Los Amores Fugaces de Nathaniel P.

Los Amores Fugaces de Nathaniel P.

Adelle Waldman

Título original: *The Love Affairs of Nathaniel P.*

Traducción: Sandra Rodríguez © 2014
Diseño de portada: David Shoemaker
Adaptación a la versión en español: Marvin Rodríguez
Diseño de interiores: Víctor M. Ortiz Pelayo

Publicado mediante acuerdo con Adelle Waldman por medio de Elyse Cheney Literary Associates LLC, Nueva York, NY, Estados Unidos

Bajo el sello editorial PLANETA M.R.
Avenida Presidente Masarik núm. 111, 2o. piso
Colonia Chapultepec Morales
C.P. 11570, México, D.F.
www.editorialplaneta.com.mx

Primera edición: mayo de 2014
ISBN: 978-607-07-2158-8

Primera publicación en inglés por William Heinemann en 2013

Impreso en los talleres de Litográfica Ingramex, S.A. de C.V.
Centeno núm. 162-1, colonia Granjas Esmeralda, México, D.F.
Impreso y hecho en México – *Printed and made in Mexico*

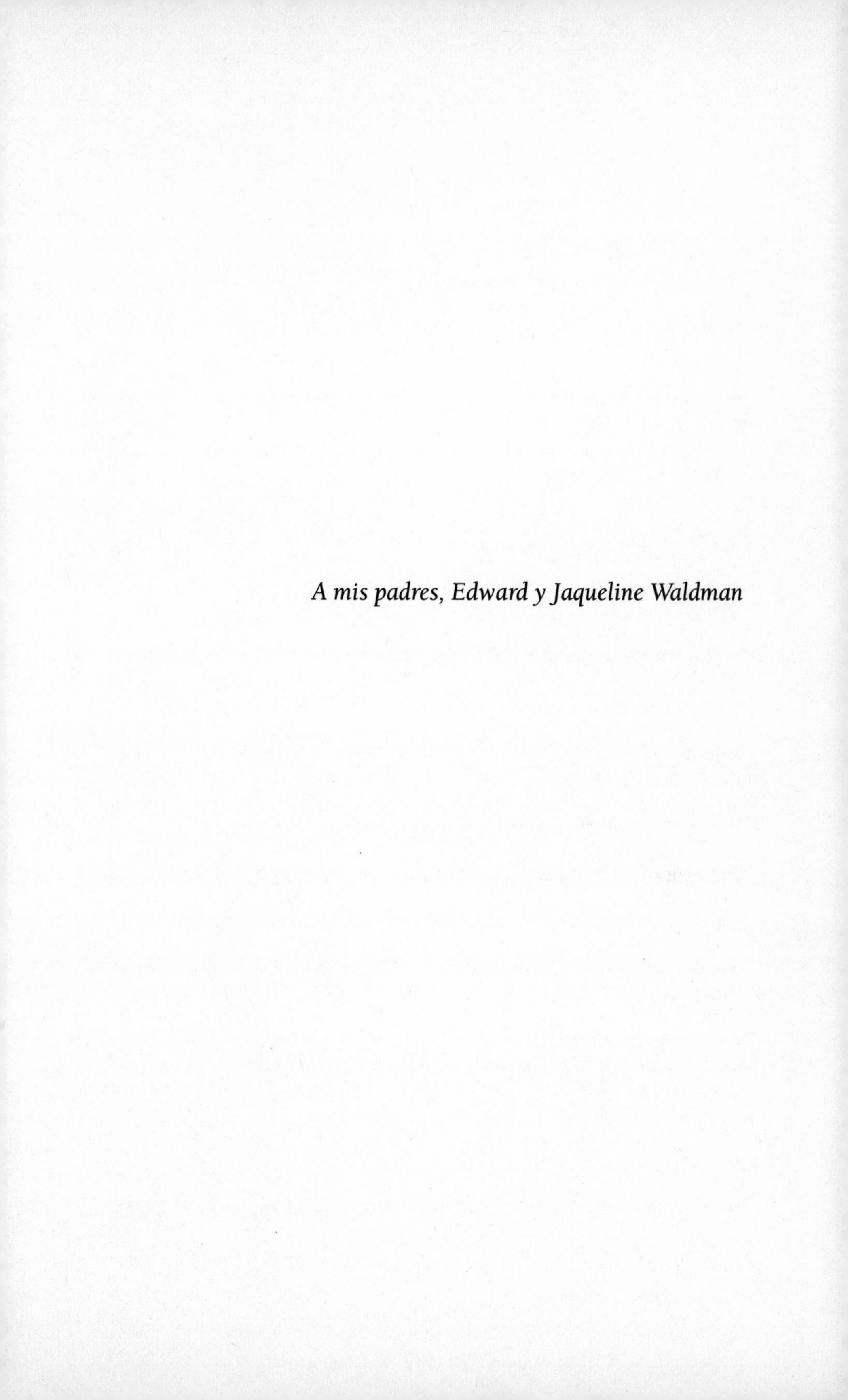

A mis padres, Edward y Jaqueline Waldman

Para dar fielmente cuenta de lo que pasa dentro de nosotros,
se necesita algo más que sinceridad.

—George Eliot, *Romola*

{ 1 }

Era demasiado tarde para simular que no la había visto. Juliet ya estaba entrecerrando los ojos para expresar que lo reconocía. Por un instante, se vería complacida de reconocer un rostro familiar en una calle atestada. Luego, ella se dio cuenta de quién era.

—Nate.

—¡Juliet! Hola. ¿Cómo te va?

Al escuchar el sonido de su voz, una pequeña y apretada mueca pasó sobre los ojos y la boca de Juliet. Nate sonrió con intranquilidad.

—Te ves de maravilla –dijo él–. ¿Cómo está el *Journal*?

Juliet cerró los ojos por un instante.

—Está bien, Nate. Estoy bien, el *Journal* está bien. Todo está bien.

Se cruzó de brazos y empezó a mirar de manera meditabunda hacia un punto justo arriba de la frente de él y hacia la izquierda. La cabellera oscura de ella estaba suelta y lucía un vestido azul con cinturón y un saco negro, cuyas mangas estaban hechas bolas cerca de sus codos. Nate miró a Juliet, luego hacia un grupo de transeúntes y nuevamente a Juliet.

—¿Vas hacia el tren? –preguntó él, apuntando con su barbilla hacia la entrada del metro ubicada en la esquina.

—¿*En serio*? –la voz de Juliet se tornó gutural y animada–. ¿Es en serio, Nate? ¿Eso es todo lo que tienes que decirme?

—¡Dios, Juliet! –Nate dio un pequeño paso hacia atrás–. Simplemente pensé que podrías tener prisa.

De hecho, estaba preocupado por la hora. Ya iba tarde hacia la cena de Elisa. Se llevó la mano hacia el cabello, siempre lo tranquilizaba un poco la gran abundancia su cabello.

—Vamos, Juliet –dijo–. No tiene que ser así.

—¿Oh? –la postura de Juliet se volvió rígida–. ¿Cómo tendría que ser, Nate?

—Juliet... –empezó a decir. Ella lo interrumpió.

—Al menos podrías haber... –sacudió la cabeza–. Oh, olvídalo. No vale la pena.

—¿Al menos podría haber hecho qué? –Nate quería saber. Pero, visualizó la mirada herida y fulminante de Elisa si llegara tan tarde que todos sus invitados hubieran tenido que esperarlo para empezar a cenar; escuchó su voz ligeramente nasal que le restaría importancia a la disculpa que él ofreciera con un "como sea", como si desde hace mucho se hubiera dejado de sorprender ante cualquier nueva cosa mala que él hiciera.

—Mira, Juliet, fue maravilloso verte. Y luces maravillosa. Pero, de verdad, ya me tengo que ir.

La cabeza de Juliet se jaloneó hacia atrás. Casi pareció que había hecho una mueca de dolor. Nate pudo ver –era obvio– que ella tomó sus palabras como un rechazo. Inmediatamente, se arrepintió. De repente, la vio no como una adversaria, sino como una mujer joven –más o menos joven–, vulnerable, infeliz. Quería hacer algo por ella, decirle algo sincero y verdadero y bondadoso.

—Eres un cabrón –dijo ella antes de que él tuviera oportunidad de hacerlo.

Ella volteó a verlo por una fracción de segundo y luego se dio la vuelta y comenzó a caminar rápidamente hacia el río y a la fila adyacente de restaurantes y bares. Nate por poco y le habla de nuevo. Quería, al menos, intentar que las cosas quedaran mejor. Pero, ¿qué podría decir? No había tiempo.

Las zancadas de Juliet, conforme desaparecía a la distancia, eran largas y decididas, pero se movía con rigidez, como una persona decidida a no permitir que sus zapatos le lastimaran los pies. Con renuencia, Nate empezó a caminar en la dirección opuesta. En medio del crepúsculo cada vez más profundo, la calle atestada ya no parecía festiva, sino sórdida y similar a un carnaval. Quedó atrapado detrás de un trío de mujeres jóvenes con lentes de sol empujados hasta la cabeza y bolsas que ondeaban y pegaban contra sus caderas. Conforme hizo maniobras para esquivarlas, la que estaba más cerca enrolló su cabellera ondulada y rubia alrededor de su cuello y les habló a sus compañeras con un acento como de abeja reina. Miró brevemente hacia el rumbo donde él estaba. Él no sabía si el desdén reflejado en su rostro era real o algo que imaginó. Se sintió conspicuo, como si el insulto de Juliet lo hubiera marcado.

Tras unas cuantas cuadras, las banquetas estuvieron menos congestionadas. Empezó a moverse más rápido. Y empezó a sentirse molesto consigo mismo por haberse inquietado tanto. Así que no le caía bien a Juliet. ¿Y qué? Ni que ella estuviera siendo justa.

¿Al menos podría haber hecho qué? Sólo había salido con ella tres o cuatro veces cuando pasó. No fue culpa de nadie. Tan pronto se dio cuenta de que el condón se había roto, se retiró. Resulta que no fue justo a tiempo. Lo sabía porque no era el tipo de chico que se desapareciera tras acostarse con una mujer –y definitivamente no después de que el condón se rompiera. Por el contrario: Nathaniel Piven era producto de una niñez posfeminista de los años ochenta y de una educación universitaria políticamente correcta de los noventa. Había aprendido todo acerca del privilegio masculino. Además, poseía una conciencia funcional y, francamente, bastante clamorosa.

Consideren, sin embargo, lo que esto había sido para *él*. (Al caminar ahora velozmente, Nate se imaginó que se estaba defendiendo ante un público). La versión oficial –le dijo a sus oyentes– es que ella, como mujer, se llevaba la peor parte. Y así era, desde luego. Pero, tampoco estaba regalado para él. Ahí estaba, a sus treinta años, con una carrera que finalmente despuntaba –un resultado que para nada había parecido inevitable ni especialmente probable, cuando tenía veintitantos– cuando de repente irrumpía la pregunta de si se convertiría en papá, lo cual obviamente cambiaría todo. Sin embargo, *no estaba en sus manos*. Estaba en manos de una persona que apenas conocía, una mujer con quien, sí, se había acostado, pero que de ninguna manera era su novia. Se sintió como si se hubiera despertado en uno de esos programas especiales que pasaban después de clases y que él veía cuando era niño las tardes de los jueves, cuya moraleja era no tener sexo con una chica a menos que estuvieras listo para criar un hijo con ella. Esto siempre le había parecido una tontería. ¿Qué chica adolescente de clase media que se respetara –y que estuviera próxima a ser estudiante universitaria, futura profesionista joven y próspera, una persona que podría llegar a hacer absolutamente cualquier cosa (manejar una empresa trasnacional, ganar un premio Nobel, ser elegida como la primera presidenta)–, qué mujer joven en tal situación decidiría tener un bebé y ,por lo tanto, convertirse, para usar el argot irrelevante como de aviso público al servicio de la comunidad que se usaba en esa época, en "una estadística más"?

Cuando Juliet le dio la noticia, Nate se dio cuenta de cuánto había cambiado en los años desde que había pensado sobre este tema. Una profesionista ya próspera de treinta y cuatro años como Juliet podría ver su situación de forma distinta que una adolescente sin nada por delante más que posibilidades. Quizá ya no estaba tan optimista con respecto a lo que el destino le deparaba (ser la primera presidenta, por ejemplo, probablemente le parecía improbable). Quizá se había vuelto pesimista respecto a los hombres y a las citas. Podría ver esto como su última oportunidad de convertirse en madre.

El futuro de Nate dependía de la decisión de Juliet y, sin embargo, no sólo no era algo que él pudiera decidir, sino que ni siquiera debía parecer que estuviera influyendo exageradamente sobre ella. Al hablar con Juliet, sentado en el sillón a rayas azules y blancas en la sala de ella con una taza de té –¡*té*!– en la mano, mientras hablaban sobre la "situación", parecía que lo señalarían como un monstruo si siquiera dejara entrever que su preferencia era abortar al bebé o al feto o como sea que uno quisiera llamarle. (Nate apoyaba plenamente el derecho de la mujer a elegir y toda la jerga que lo acompañaba). Se había sentado ahí y había dicho las cosas correctas, que era una decisión que ella debía tomar, que él apoyaría lo que ella quisiera, etcétera, etcétera. Pero, ¿quién podría culparlo si sólo sintió alivio cuando ella dijo –en su tono de "soy una reportera sabelotodo que no tolera tonterías y trabajo en un periódico"– que, obviamente, el aborto era la solución natural? Él ni siquiera entonces se permitió expresar ningún sentimiento. Habló con un tono prudente y calculado. Dijo que ella debía pensarlo muy bien. ¿Quién podría culparlo por cualquiera de estas cosas?

Bueno, ella podía. Obviamente, lo hacía.

Nate se detuvo en una esquina mientras que un taxi de sitio se mantenía ocioso por ahí y su conductor lo miró para ver si era un pasajero en potencia. Nate sacudió la mano para que el coche se fuera.

Mientras cruzaba la calle, empezó a sentirse seguro de que por lo que Juliet en realidad lo culpaba era porque su reacción, por más decente que fuera, había dejado plenamente en claro que él no quería ser su novio, mucho menos el padre de su hijo. Todo el asunto era muy *personal*. Estabas decidiendo si querías decir que sí a esta persona potencial, a una mezcla de sus dos seres o eliminar todo rastro de su existencia. Por supuesto que te hacía pensar sobre lo diferente que sería si las circunstancias fueran otras, en especial, él se imaginó, si fueras una mujer y, en cierto sentido, quisieras un bebé. Al estar sentado en la sala de Juliet, Nate se había sorprendido de qué tan mal se sentía, qué triste, qué asqueado por la libidinosidad débil y disipada (como se lo pareció entonces) que lo había llevado hasta este lugar incómodo y encubierto.

Pero, ¿algo de esto lo convertía en un cabrón? Él nunca le había prometido nada. La había conocido en una fiesta, le había parecido atractiva, le había gustado lo suficiente como para querer conocerla mejor. Había tenido cuidado de no dar a entender nada más que eso. Le había dicho que no estaba buscando nada serio, que estaba enfocado en su carrera. Ella había asentido con la cabeza, había estado de acuerdo. Sin embargo, él estaba seguro de que todo el asunto se hubiera desarrollado de manera distinta si él le hubiera dicho: Mira, Juliet, no tengamos este bebé, pero quizá algún otro, en algún momento del futuro… Pero, aunque admiraba el comportamiento sofisticado y directo de Juliet, ese aire brusco de seguridad en sí misma, en realidad lo admiraba con fascinación impasible, como un excelente ejemplo de personalidad, más que con calidez. En realidad, le resultaba un poco sosa.

Sin embargo, había hecho todo lo que podría esperarse de él. Aunque tenía menos dinero que ella, pagó el aborto. Fue con ella a la clínica y esperó mientras se llevaba a cabo, sentado en un sillón a prueba de manchas como de sala de dormitorio, junto con una gama cambiante de chicas adolescentes que escribían frenéticamente en los pequeños teclados de sus teléfonos celulares. Cuando se acabó, la llevó a casa en un taxi. Pasaron juntos un día agradable, extrañamente amigable, en casa de ella, donde vieron películas y bebieron vino. Él salió del departamento sólo para recoger los medicamentos de ella y llevarle unos cuantos comestibles. Cuando por fin, alrededor de las nueve, se paró para irse a casa, ella lo siguió hasta la puerta.

Lo miró atentamente.

—Hoy fue... Bueno, no estuvo tan mal como podría haber estado.

Él, también, se sintió especialmente tierno en ese momento. Le acomodó tantito cabello que tenía sobre la mejilla con su pulgar y dejó que permaneciera ahí un momento.

—Realmente siento lo que tuviste que atravesar –dijo.

Unos cuantos días después, le llamó para ver cómo se estaba sintiendo.

—Un poco adolorida, pero bien –ella respondió.

Él dijo que le alegraba escucharlo. Hubo una larga pausa. Nate sabía que debería decir algo locuaz que los distrajera. Abrió la boca para hablar. Pero le llegó una premonición aterrorizante: esta llamada telefónica daría lugar a una cantidad interminable de otras más, el día del departamento de Juliet a una cita fija para ir al cine, todo teñido con un sentido de obligación y un casi-coqueteo escalofriante.

—Tengo que correr –dijo él–. Me alegra que te estés sintiendo mejor.

—Oh –Juliet jaló aire.

—Bueno... Adiós, entonces.

Él probablemente debería haberle dado seguimiento después de esto. Al doblar en la esquina rumbo a la calle de Elisa, Nate reconoció que debería haber llamado o mandado un correo electrónico unas cuantas semanas después. Pero, al mismo tiempo, no sabía si una llamada suya hubiera sido bienvenida. Podría haber sido un doloroso recordatorio de algo que ella quizá prefiriera dejar atrás. Tampoco sabía qué hubiera dicho. Y se había distraído, lo habían atrapado otras cosas, la vida. Ella le podría haber llamado a él.

Él había hecho más de lo que muchos tipos hubieran hecho. ¿Era su culpa simplemente no tener ese tipo de sentimientos hacia ella? *¿Al menos podría haber hecho qué?*

La puerta principal del edificio de Elisa se mantenía abierta con una gran piedra. La luz del pasillo creaba un arco amarillo sobre la escalera de entrada de concreto. Nate hizo una pausa antes de entrar, tomó aire y pasó sus dedos por su cabello. Adentro, los escalones se hundieron y gruñeron bajo sus pies. El descansillo de la escalera de Elisa olía a cebollas salteadas. Tras un momento, la puerta se abrió de golpe.

—¡Natty! –gritó, lanzando sus brazos para ponerlos alrededor de él.

***

Aunque él y Elisa habían cortado hacía más de un año, el departamento de ella, en el piso superior de una casa adosada en el aburguesado Greenpoint, todavía le resultaba tan familiar a Nate como la suya propia.

Antes de que ella se mudara, sus paredes de ladrillo habían estado recubiertas por yeso y cubiertas con tapiz con flores. Los travesaños gruesos e irregulares del piso de madera estaban ocultos bajo una alfombra. El casero de Elisa, Joe hijo, una vez le enseñó fotos a Nate y Elisa. Tras más de veinte años, un inquilino polaco de edad avanzada se había ido a vivir con su hija a Nueva Jersey. Joe hijo había hecho pedazos la alfombra y arrancado el yeso de las paredes exteriores. Su padre, quien había comprado la casa en los años cuarenta y más tarde se había mudado a Florida, le dijo que estaba loco. Joe padre pensaba que agregar una lavadora de trastes o reemplazar la antigua tina hubiera sido mejor inversión. —Pero, le dije que esa no era la forma de atraer inquilinos de alto nivel –les explicó Joe hijo a Nate y Elisa

una tarde, mientras reparaba unos azulejos en el baño–. Le dije que el tipo de gente que paga mucha lana se vuelve loca por las bañeras independientes. Es cuestión de gusto, le dije. Joe hijo se dio la vuelta hacia ellos, con un frasco de masilla colgando de sus dedos rojizos.
—¿Y tuve razón o tuve razón? –preguntó jovialmente, mientras una gran sonrisa le iluminaba el rostro. Nate y Elisa, tomados de las manos, asintieron con la cabeza con intranquilidad, sin estar seguros de la respuesta apropiada ante ser tan abierta –y acertadamente– descritos como cierto tipo de incautos.

Nate le había ayudado a Elisa a pintar las dos paredes que no eran de ladrillo en un tono beige que contrastaba con el ladrillo oscuro y el tapete color crema bajo su sillón. La mesa del comedor la habían comprado juntos en Ikea, pero las sillas y una gran vitrina cerca de la puerta le habían pertenecido a los abuelos de ella. (¿O eran sus bisabuelos?) Sus libreros casi llegaban hasta el techo.

La familiaridad del departamento ahora le parecía a él como un reproche. Elisa había insistido en contar con su presencia esta noche.
—Si de verdad somos amigos, ¿por qué no puedo invitarte a cenar con unas cuantas personas? –había preguntado. ¿Él qué podía decir?

En el sillón, Jason, un amigo de Nate, un editor de revistas que, ante la molestia alternada con entretenimiento de Nate, desde hace mucho había deseado tirarse a Elisa, se inclinó hacia atrás como si fuera una noble, sosteniendo la parte trasera de su cabeza con las palmas de sus manos. Las rodillas de Jason estaban abiertas tan ampliamente que era absurdo, como si estuviera tratando de imprimir la marca más grande posible de sí mismo en los muebles de Elisa. Junto a Jason estaba sentada Aurit, otra buena amiga de Nate, quien recientemente había regresado de un viaje a Europa para realizar una investigación. Aurit estaba hablando con una chica llamada Hannah, a quien Nate había visto en uno que otro lugar –una escritora delgada con pechos firmes, agradable a la vista a pesar de tener facciones un poco angulosas. Casi universalmente era considerada amable y lista o lista y amable. Sentada en el *loveseat* estaba una mujer que Elisa conocía de la universidad. Nate no podía recordar su nombre y ya la había visto demasiadas veces como para preguntárselo. Sabía que era abogada. El hombre pocabarbilla que iba vestido de traje y tenía el brazo colgado por encima del hombro de ella era, presuntamente, el banquero con el que estaba desesperada por casarse.

—Nos estamos preguntando cuándo nos ibas a honrar con tu presencia –le dijo Jason a Nate tan pronto tenía ambos pies en la puerta.

Nate puso su bolsa tipo mensajero en el piso.

—Me encontré con un problema en el camino.

—¿La G? –preguntó Aurit con compasión.

A esto le siguieron murmullos de asentimiento respecto a que la G, de todas las líneas del metro de Nueva York, destacaba por ser poco fiable.

Nate tomó el único asiento vacío, junto a la amiga de Elisa de la universidad.

—Qué bueno verte –dijo él, con tanta calidez como le fue posible–. Ya había pasado un rato.

Ella lo miró con ecuanimidad.

—Tú y Elisa todavía estaban saliendo.

Nate creyó detectar acusación en su voz, como si dijera "fue antes de que pisotearas su autoestima y arruinaras su felicidad".

Se obligó a sí mismo a mantener su sonrisa.

—En cualquier caso, ha pasado demasiado tiempo.

Nate se acercó al novio banquero, se presentó y trató de hacer que el tipo platicara. Si él simplemente se refiriera a ella por su nombre, a Nate se le quitaría al menos un motivo de ansiedad. Pero, el chico, que había estado en una fraternidad universitaria, principalmente dejaba que ella respondiera las preguntas por él (análisis de valores bursátiles, en Bank of America, antes en Merrill Lynch, transición tensionante). Su método preferido de comunicación parecía ser no verbal: una sonrisa inamovible y asentimientos bondadosos y paternales con la cabeza.

Pronto —aunque no necesariamente tan pronto como debería haberlo hecho– Elisa los llamó a la mesa, que estaba repleta de latones y platos hondos.

—Todo se ve delicioso –dijo alguien, conforme rodearon la mesa y sonrieron dichosamente ante el banquete y el uno al otro. Elisa regresó del otro lado del cuarto, con un plato para mantequilla. Con el ceño fruncido, revisó el cuarto una última vez. Un suspiro que mostraba que estaba excesivamente complacida consigo misma escapó de su boca mientras se hundía elegantemente en su asiento y la ondulante tela amarilla de su falda revoloteaba durante su descenso.

—Adelante, empiecen –dijo, sin hacer ningún movimiento para empezar ella misma—. El pollo se va enfriar.

Mientras se comía su pollo a la *cacciatore*, el cual, por cierto, estaba bastante bueno, Nate estudió el rostro en forma de corazón de Elisa: esos ojos grandes y límpidos y esos pómulos dramáticos, los labios bonitos en forma de arco y la abundancia de dientes blancos. Cada vez que Nate la veía, la belleza de Elisa lo impresionaba de nuevo, como si durante el intervalo el recuerdo de su verdadera apariencia se hubiera distorsionado por los sentimientos tormentosos que ella le provocaba desde que habían cortado: en la mente de él, ella adoptó las dimensiones de una criatura desdichada. Qué asombro cuando ella abrió la puerta, rebosante de buena salud vibrante y casi agresiva. El poder de su belleza, Nate una vez había decidido, provenía de su capacidad de reconfigurarse constantemente. Cuando pensaba que ya se había cansado ello, que lo había archivado como un hecho inmutable *–chica bonita–* ella volteaba la cabeza o se mordía el labio y, como un juguete para niños que sacudes para que vuelva a empezar, su hermosura cambiaba de forma, con coordenadas alteradas: ahora provenía de los elegantes contornos de su frente inclinada y su pómulo protuberante y ahora de sus labios que sonreían con timidez. "Elisa la Bella", Nate había dicho sin pensar cuando ella lo abrazó en la puerta. El rostro de ella se había iluminado y rápidamente pasó por alto su impuntualidad.

Sin embargo, sólo un breve rato después, él ya se había aclimatado. Hannah había halagado el departamento.

—Lo odio –respondió Elisa–. Es pequeño y la distribución de espacios es mala. Los acabados son *increíblemente* corrientes– luego, una sonrisa rápida–. Pero, gracias.

Ese conocido indicio de queja en la voz de Elisa hizo que a Nate le regresara un coctel igualmente conocido de culpabilidad, lástima y pavor. También irritación pura, por esa faceta de persona demasiado consentida, con mal genio que ella tenía. Su hermosura se convirtió en motivo de irritación, un anzuelo como de calipso para atraparlo, *de nuevo*.

Además, conforme picoteó su pollo con el tenedor, Nate se fijó en los poros de la nariz de Elisa y en un poco de acné que tenía en la frente, cerca del nacimiento del cabello, defectos tan menores que sería poco caballeroso detectarlos en la mayoría de las mujeres. Pero, en Elisa, cuya hermosura parecía exigir ser juzgada con alguna escala olímpica de belleza perfecta, estas imperfecciones parecían, irracionalmente, como fallas que ella hubiera tenido en cuanto a voluntad o sensatez.

—¿Ahora en qué estás trabajando? –le preguntó ella, mientras un plato hondo con papas daba una segunda vuelta por la mesa.

Nate se limpió los labios delicadamente con una servilleta.

—Sólo estoy escribiendo un ensayo.

Los ojos redondos y la cabeza inclinada de Elisa le rogaban que fuera más detallado.

—Trata acerca de cómo uno de los privilegios de pertenecer a la élite es que le dejamos a otros el acto de la explotación –dijo, mientras miraba de reojo a Jason, quien estaba sentado frente a él en diagonal.

La idea de este ensayo estaba un poco difusa y Nate temía sonar ingenuo, como la persona que había sido cuando iniciaba su segunda década de vida, antes de que aprendiera que escribir de manera ambiciosa acerca de temas importantes o serios era un privilegio que las revistas sólo le otorgaban a personas que ya eran exitosas. Pero, recientemente, había escrito un libro. Había recibido una cantidad significativa de anticipo por él y, aunque faltaban varios meses para la publicación, el libro ya había generado bastante publicidad. Si todavía no era exitoso, se estaba acercando.

—Conseguimos que otras personas hagan cosas que tenemos demasiada debilidad moral para hacer personalmente –dijo Nate con mayor convicción–. La conciencia es el máximo lujo.

—¿Quieres decir que son casi puras personas de la clase trabajadora las que se unen al ejército y ese tipo de cosas? –preguntó Jason con una voz tan fuerte que cesaron todas las demás conversaciones. Se estiró para tomar una rebanada de *baguette* que estaba sobre una tabla de carnicero para cortar–. ¿Puedes pasarme la mantequilla? –le preguntó a Hannah antes de voltear nuevamente hacia Nate con expectación.

Los rizos de Jason estaban controlados por una pomada brillosa. Tenía el aspecto de un querubín diabólico.

—No es exactamente lo que tenía en mente –dijo Nate–. Quiero decir...

—Creo que tienes absolutamente toda la razón, Nate –interrumpió Aurit, empuñando su tenedor como si fuera un apuntador–. Creo que los estadounidenses en general están demasiado aislados de toda la fealdad que se requiere para salvaguardar la supuesta vida normal.

—Ésa es la perspectiva israelí, por supuesto... –empezó Jason.

—Eso es ofensivo, Jason –dijo Aurit–. No sólo es reduccionista, sino también tiene que ver con la creencia de que hay diferencias entre las razas...

—Sí, es ofensivo –Nate coincidió–. Pero, de hecho, no me interesan tanto los asuntos de seguridad, sino más bien la vida diaria, las formas en que nos protegemos para no sentirnos cómplices de la explotación económica que ocurre a nuestro alrededor. Como en el caso de Whole Foods. La mitad de lo que pagas cuando compras ahí es para tener el privilegio de sentirte éticamente puro –dejó su copa en la mesa y empezó a hacer gestos con los brazos–. O piensen en el tipo mexicano al que el casero le paga para que ponga la basura frente a nuestros edificios dos veces por semana. Nosotros no lo explotaríamos personalmente, pero en cierta forma sabemos que el tipo es un inmigrante ilegal que ni siquiera recibe el salario mínimo.

—Joe hijo saca la basura personalmente –dijo Elisa–. Pero, es realmente codo.

—¿Existe alguna diferencia entre "creer que hay diferencias entre las razas" y "ser racista"? –preguntó la amiga de Elisa de la universidad.

—Lo mismo pasa con los tipos que nos entregan pizza o nos hacen sándwiches –continuó Nate. Sabía que estaba violando una regla implícita de la etiqueta de las cenas. La conversación tenía que ser ornamental, enfocada a entretener. No se suponía que uno tuviera que tener tanta pasión por el contenido, sino sólo por el tono. Pero, en ese momento, no le importó–. No los explotamos nosotros mismos –dijo–. No, contratamos a alguien, a un intermediario, generalmente al dueño de una pequeña empresa, para que lo haga, para no tener que sentirnos mal. Pero, de todas formas nos aprovechamos de su mano de obra barata, incluso si nos la pasamos hablando de nuestro liberalismo,de lo buenos que fueron los programas federales como New Deal, de la semana laboral de ocho horas, del salario mínimo. Nuestra única queja, en teoría, es que no abarcó hasta más.

—Discúlpame, Nate –Aurit levantó una botella de vino vacía–. ¿Abrimos otra?

—Joe sí contrata a mexicanos para hacer renovaciones –dijo Elisa con voz ebriamente pensativa conforme caminaba hacia la vitrina que estaba por la puerta. Encima de ella estaban paradas varias botellas de vino, cuyos cuellos se asomaban de bolsas de plástico coloridas. Por supuesto que las habían traído los otros huéspedes. Nate reconoció la envoltura color verde limón de Tangled Vine, la vinatería de su propio vecindario. Esto le pareció que hacía más grave su fracaso. Había tenido la intención de comprar una botella en el camino.

Elisa eligió un tinto y regresó a su asiento.

—¿Alguien la puede abrir? –preguntó antes de voltear hacia Nate–. Perdona, Nate. Continúa.

Nate había perdido el hilo de lo que estaba argumentando.

Hannah tomó la botella que Elisa traía.

—Estabas diciendo que nos beneficiamos de la explotación, pero simulamos que tenemos las manos limpias –dijo para ayudarlo al tiempo que Elisa le pasaba un sacacorchos oxidado de cobre que parecía lo suficientemente viejo como para haber acompañado a Lewis y Clark durante su expedición hacia el oeste. Sin duda, era una de las “reliquias de la familia” de Elisa–. Creo que... –Hannah empezó a decir.

—Correcto –dijo Nate–. *Correcto.*

De golpe, su argumento le regresó a la mente.

—¿Ves cuando estás leyendo una novela de Dickens en la que niños de ocho años trabajan en fábricas o piden limosna en las calles? ¿Y te preguntas por qué a nadie le importaba un carajo? Bueno, no somos tan distintos. Sólo que nos hemos vuelto más hábiles para esconderlo, sobre todo para esconderlo de nosotros mismos. Al menos la gente de esa época justificaba su comportamiento al confesar su desprecio por los pobres.

Jason se dirigió al banquero.

—Por si acaso no lo has notado, nuestro joven Nate sufre de un caso particularmente agudo de culpabilidad por el liberalismo.

Actualmente, Jason estaba preparando un artículo acerca de la epidemia de obesidad, que iba a titular "Que no coman pastel".

Antes de que Nate pudiera responder, Hannah volteó hacia él. Estaba sosteniendo la botella de vino en un brazo y giraba delicadamente el ridículo sacacorchos con la otra.

—Cuando la gente voluntariamente paga más por comprar en Whole Foods, de acuerdo con tu lógica, ¿no será que está tratando de ser responsable? –preguntó–. ¿No estará pagando más para no sacar provecho de la mano de obra barata?

—Desde luego –dijo Nate con agradecimiento (al parecer, alguien de verdad estaba escuchando)–. Pero, ¿esos precios inflados realmente le benefician a alguien, más allá de los accionistas de Whole Foods? Todo lo que tienen que hacer es poner una foto de una pareja lesbiana de aspecto serio en una caja de cereal y simplemente damos por hecho que proviene de algún paraíso laboral donde hay amor libre. Nos conviene pensar esto porque nos permite comprar una conciencia tranquila, tal y como compramos todo lo demás –hizo una pausa antes de concluir–. Básicamente, es un argumento marxista acerca de la inexorabilidad de la explotación dentro del capitalismo.

Aurit frunció el ceño.

—¿Para quién es este ensayo, Nate?

—Todavía no lo sé –dijo Nate–. Quiero escribirlo antes de empezar a preocuparme por si va a ayudarme a avanzar en mi carrera.

Aurit lo escudriñó en la forma en que un médico estudia algún abultamiento que sospecha que pueda ser maligno.

—Además, ¿no se supone que la gente compra en Whole Foods porque la comida es más sana?

La botella de vino hizo un silbido cuando Hannah le sacó el corcho.

—Creo que tu idea suena interesante –dijo Elisa.

Elisa, pensó Nate, estaba siendo extremada y hasta atípicamente amable con él. ¿Quizá en realidad habían logrado, como ella había dicho, superar una etapa crítica?

—Yo también pienso que suena interesante –dijo la mitad masculina de la pareja, cuyo nombre, Kevin o Devon, Nate también ya había olvidado, pero que, según Nate notó, había encontrado su voz una vez que el vino había empezado a fluir más libremente–. Hace mucho que no escuchaba que alguien llamara marxista a una idea y lo dijera como si fuera una cosa buena –dijo en lo que Elisa "refrescó" su copa–. No lo había escuchado desde que estaba en la universidad.

Nate empujó su propia copa para que también le quedara visible a Elisa.

Mientras le servía, las patas de las sillas arañaron las duelas del piso, los cubos de hielo crujieron entre molares y cubiertos repiquetearon contra los platos. Nate echó un vistazo a los libros en el estante de Elisa. Su colección era impresionante, evocaba seriedad y buen gusto. La literatura comercial para mujeres y las revistas femeninas las guardaba en la recámara.

—Y, entonces, ¿cuál es la diferencia entre creer que hay diferencias entre las razas y el racismo? –finalmente preguntó la novia de Kevin/Devon.

—Creer que hay diferencias entre las razas –comenzó Aurit con entusiasmo–, en realidad no es sentir desagrado o prejuicio por un grupo sino que es...

—Ey, adivinen quién, según supe, recibió un avance de cuatrocientos mil dólares por su libro –interrumpió Jason. Por cortesía hacia Aurit, nadie respondió.

—... Una atribución de características personales o –Aurit miró enfáticamente a Jason– creencias al hecho de que una persona pertenezca a...

—Greer Cohen –concluyó Jason.

—Cierto grupo racial –las palabras de Aurit eran huérfanas. Hizo una mueca cuando escuchó el nombre de Greer. Hasta Hannah, quien esta noche le había parecido a Nate amable además de lista, alzó las cejas.

—Qué bueno por Greer –dijo Elisa, como si fuera una especie de anfitriona robótica cuyos buenos modales se extendieran incluso hasta aquellos que no estuvieran presentes.

—¿Quién es Greer Cohen?

—Una escritora. De cierta forma –les dijo Aurit a Kevin/Devon y a su novia abogada.

Entonces, los amigos de Nate empezaron a ofrecer varias evaluaciones, en su mayoría poco corteses, respecto al talento de Greer y a especular acerca de con quiénes se había acostado y con quiénes sólo había coqueteado.

—Yo sí creo que es buena escritora –confesó Hannah.

—A lo que me opongo no es tanto a su forma de escribir –dijo Aurit–. Es su disposición a capitalizar su sexualidad y llamarlo feminismo.

Nate se inclinó en su silla y estiró las piernas bajo la mesa. No sintió inquietud alguna por unirse a la plática. Él, también, recientemente había recibido un cuantioso avance por su libro (aunque de ninguna manera estaba cerca de los cuatrocientos mil dólares). Podía darse el lujo de ser magnánimo.

Su copa de nuevo estaba vacía. La botella de vino abierta estaba al lado más distante de una gran ensaladera de aspecto primitivo realizada en madera. Giró para alcanzarla y, conforme se dio la vuelta, por un momento su torso bloqueó a todos salvo a sí mismo y a Elisa. Ella lo miró a los ojos y le regaló una de sus miradas sensuales, con la cara tímidamente inclinada hacia abajo y con una sonrisita chueca que resultaba curiosamente sugerente, como el aspecto tímido pero coqueto que una mujer podría mostrar al confesar una fantasía sexual ligeramente fuera de lo convencional.

El cuerpo de Nate se tensó. Empezó a sentir pánico y a estar hiperalerta. Sentía, se imaginó, como un soldado que se hubiera estado divirtiendo de lo lindo mientras estaba de guardia, hasta que escuchó el estallido de balazos que se acercaban. Reportes previos de que la situación estaba mejorando habían demostrado ser falsos. La situación en el frente en realidad estaba mal, muy mal.

El vino hizo sonidos de gluglú conforme se escapaba presuroso de la botella y salpicaba los contornos como de pecera de su copa.

—Cuidado, amigo –dijo Jason y se rió. Nate lo ignoró. Necesitaba reforzarse para después cuando, ahora estaba seguro, Elisa le pidiera que se quedara después de que los otros se fueran e insistiría en que necesitaban "hablar". Insinuaciones mal fundamentadas los llevarían a repetir antiguas acusaciones. La noche terminaría como sus noches tan frecuentemente habían terminado, en llanto.

Exhaló a todo volumen. Una ex novia –no Elisa– una vez le dijo que era una persona que respiraba de manera teatral.

Cuando miró hacia la vitrina cerca de la puerta para asegurarse de que hubiera otra botella de vino reservada, creyó sentir que algo rozaba su pierna, cerca de la rodilla. Cometió el error de voltear para investigar.

Elisa con coquetería retiró las yemas de sus dedos.

Nate saltó de su silla y, como si al instante lo hubiera atacado un deseo repentino y maníaco de estudiar los contenidos más a detalle, se encaminó hacia el librero. Borges, Boswell, Bulgakov. Pasó un dedo por sus lomos, la mayoría de los cuales estaban marcados con calcomanías que decían "usado", provenientes de la librería de Brown.

Cuando se atrevió a levantar la mirada, con precaución de evitar la parte del cuarto que contenía a Elisa, vio la silueta de Hannah en la cocina. Traía puesta una blusa azul con una falda estrecha. En realidad tenía una figura bonita y esbelta. Estaba cargando un montón de platos y se había volteado parcialmente para responder ante algo que alguien había dicho. Se rió, una risa verdadera, afable y con la boca abierta.

Conforme se aquietó, los ojos de Hannah miraron los suyos. Ella sonrió. Era una sonrisa amigable, una sonrisa cuerda, quizá la última que vería esta noche. Se preguntó si ella salía con alguien.

{2}

Nate no siempre había sido el tipo de chico al que las mujeres le dicen cabrón. Sólo fue hasta hace poco que se había vuelto lo suficientemente popular como para inspirar semejante mala voluntad.

Cuando estaba más chico, lo habían considerado "buena gente". También era un niño prodigio que iba en clases avanzadas, una estrella del debate y un compositor incipiente cuyo homenaje a Madonna para obtener puntos extra durante la Semana de Aprecio por las Matemáticas –"Como un coseno (resuelto por primera vez)"– desafortunadamente había sido transmitido a toda la escuela preparatoria. A pesar de haber jugado en los equipos universitarios de futbol y beisbol desde el décimo grado (cierto, él iba a una escuela judía privada), nunca obtuvo en realidad la reputación de ser atleta. No le era repugnante a las chicas, no exactamente. Lo buscaban para que las ayudara con temas de Biología o Cálculo, incluso le pedían consejos sobre sus problemas personales. Coqueteaban con él cuando querían darle un impulso a su propio ego y luego le contaban que les gustaba Todd o Mike o Scott.

En ese entonces no tenía un aspecto especialmente atractivo. Con cabello oscuro y cuerpo flaco, poseía un pecho pálido y sumido, que él sentía que hacía que luciera cobarde, como si perpetuamente estuviera haciéndose hacia atrás. Aunque no era lastimeramente chaparro, tampoco era alto. Sus manos, cejas, nariz y manzana de Adán daban la impresión de haberse diseñado para una persona mucho más grande de tamaño. Esto hizo que mantuviera la esperanza, incluso conforme avanzaba la preparatoria, de poderse estirar un par de pulgadas más hasta alcanzar cinco pies con un número de pulgadas de dos dígitos. Entre tanto, estas características no agregaban muchos beneficios a su reserva existente de encantos personales.

Todd y Mike y Scott eran sus compañeros de equipo de futbol y beisbol. Scott era el chico más popular de su clase. Era alto, con hombros anchos, y tenía esa combinación de tosquedad y seguridad en sí mismo que hacía que la inteligencia no sólo pareciera irrelevante, sino ligeramente ridícula, un talento curioso, si no es que enteramente poco entretenido, como la habilidad de andar en monociclo. Todd y Mike y Scott no eran exactamente amigos de Nate –no en términos de igualdad–, pero lo consideraban chistoso. También dependían de él para que les ayudara con Cálculo. (Al menos así sucedía con Todd y Mike; Scott nunca llegó más allá de la Trigonometría). Nate iba a sus fiestas. Nate se emborrachaba. Se hacían chistes respecto a qué chistoso era que Nate, poeta del área de Matemáticas, con una puntuación académica perfecta de 4.0, estuviera borracho.

Nate deseaba a chicas como Amy Perelman, la sirena rubia y curvilínea de su clase, cuyos ojos apartados con timidez de los demás y cuya sonrisa modesta contrastaban bien con sus suéteres pegados y los jeans que le abrazaban el trasero. Naturalmente, Amy salía con Scott, aunque un día le confesó a Nate que estaba preocupada sobre su futuro.

—Es decir, ¿qué va a ser de él? Digamos que a las tiendas de su papá, con artículos de diseñador a precios de barata, no les siga yendo tan bien. Mi papá dice que tienen, ya sabes, demasiadas palancas. Pero, Scott a duras penas puede leer, quiero decir, sí puede leer. Sólo que, bueno, no libros completos. Pero, no me imagino que en la universidad vaya a sacar buenas calificaciones ni que consiga un trabajo normal. Simplemente no sería él, ¿sabes?

En retrospectiva, no fue sorprendente que Amy Perleman, quien en realidad no era tonta y que sólo simulaba ser tonta con su manera de hablar porque eso estaba de moda, finalmente dejara a Scott y obtuviera una maestría en administración de empresas de Wharton. En esa época, sin embargo, Nate se había sorprendido un poco a sí mismo al defender a Scott.

—Sin embargo, es un buen chico. Y de veras le gustas.

Amy lucía pensativa, pero no del todo convencida.

—Supongo.

En esos años, Nate-el-chico-bueno, el amigo de las chicas que necesitaban ayuda, dedicó abundantes recursos intelectuales a responder a tales preguntas como la verosimilitud de diversos artículos del hogar con los genitales femeninos. Después de clases, mientras sus padres seguían en el trabajo, merodeaba por la casa del rancho espeluznantemente silenciosa en busca de inspiración erótica y dejaba las luces apagadas conforme la oscuridad empezaba a girar por sus pasillos. Escabulléndose de cuarto en cuarto como un ladrón, evaluaba guantes recubiertos por lana, condimentos, incluso las pantimedias de su mamá, para posiblemente apropiárselos. Un día, en la recámara de sus padres, descubrió un libro sorprendentemente atrevido escrito por una mujer llamada Nancy Friday y, durante un tiempo, sus materiales también incluyeron una dona para sostener el cabello que Amy Perelman había usado para su cola de caballo y que se le había olvidado un día en el laboratorio de Física. En esas tardes solitarias de televisión y autoasistencia, Nate, impulsado por las aseveraciones de Friday de que las mujeres también tienen pensamientos sucios, olfateó la tela amarilla con blanco hasta que el olor de los rizos rubios de Amy por fin se agotó. Si literalmente había inhalado todo o si la sobreexposición le había restado sensibilidad, él no lo sabía. Con la esperanza de que hacer un pausa en cuanto a su uso diario restaurara la antigua gloria de la dona, la escondió hasta atrás del cajón de hasta abajo de su escritorio, tras una antigua calculadora gráfica y algunos botes con gomas coloridas en forma de animales que había coleccionado en la primaria. Antes de que el experimento hubiera concluido, ya se le había olvidado, habían empezado las prácticas de beisbol e interrumpieron sus tardes autoeróticas. Sin embargo, probablemente todavía apestaba a autoamor porque alrededor de esa época Scott le puso como apodo Learned Hand, el nombre de un juez y filósofo estadounidense, que también significa Mano Sabia (un indicio sorprendente de que Scott había puesto atención en la clase de Ciencias Sociales cuando menos una vez).

Años más tarde, cuando Nate y Kristen, su novia de la universidad, habían ido a Maryland a empacar las cosas de su antigua recámara antes de que sus padres vendieran la casa, ella se topó con la dona de Amy Perelman.

La sostuvo y la alzó.

—¿Por qué tienes esto?

Unos cuantos cabellos rubios, que en alguna época Nate tuvo mucho cuidado de no mover, todavía se adherían a la tela.

Tan pronto se dio cuenta de lo que era, Nate le arrebató la dona de la mano, con horror, temeroso de que ella se contagiara de algo, como una enfermedad cutánea debilitante o que percibiera un aire de su antiguo ser.

—Ha de ser de mi mamá –murmuró.

Nate sí tuvo una admiradora durante la prepa: Michelle Goldstein, con cabello crespo. No es que Michelle no fuera bonita, a él le habían interesado hasta chicas que lucían peor, pero había algo dolorosamente cohibido en su personalidad. Aunque podría haber sido un respiro de aire fresco ver que *alguien* en la escuela estaba ensimismada con *Reivindicación de los derechos de la mujer*, de Mary Wollstonecraft, el entusiasmo de Michelle por la cultura parecía fingido. Sentía un gusto inexplicable por la frase *pas de deux*, y una vez Nate la había escuchado usarla, aterrorizantemente, al referirse a su "relación" con él.

Sin embargo, por momentos, sentía un afecto real por Michelle. Una noche de primavera, debe haber sido después de una obra teatral o un concierto escolar, se sentaron juntos por horas en una banca afuera de la escuela preparatoria, y miraron hacia abajo, donde estaba una colina cubierta de hierba y después la oscura superficie de los campos deportivos. Michelle habló, con inteligencia y conmovedoramente, sobre la música que le gustaba (cantautoras femeninas malhumoradas con letras socialmente progresistas) y sobre su intención de vivir algún día en Nueva York y de ir seguido al Strand, " una gran librería de libros usados que está en el centro".

Nate no estaba seguro de siquiera haber estado alguna vez en una librería de libros usados. No había ninguna en su suburbio, al menos él no lo creía.

—Deberías ir a Nueva York algún día –dijo Michelle.

—He ido. No fuimos a ningún lugar como ése.

De ese fin de semana con su familia en Nueva York, Nate tenía fotos, tomadas por su papá, de él y de su mamá acurrucados en la plataforma de observación del edificio del Empire State. Traían impermeables recién comprados y sonreían tenuemente mientras que una llovizna fría les caía en la cabeza.

Michelle sonrió con lástima.

Bajo la luz que entraba desde el estacionamiento, a Nate le parecieron bonitas las pecas y el cabello color paja de Michelle. Estuvo a punto de estirarse hacia el otro lado de la banca para tocarla, su mano o su muslo.

Ni siquiera era un asunto de sexo. En la vida de Nate había escaseado un poco la amistad, la verdadera amistad, distinta del tipo de alianza condicional que tenía con Scott y compañía. Había tenido a Howard, del campamento de verano; a Jenny, una chica tipo marimacho que vivía en su calle y que se mudó a Michigan cuando él estaba en sexto grado y de quien Nate había recibido una carta ocasional durante varios años más, y a Ali, también de su vecindario, quien iba a la escuela pública. Él y Nate se habían distanciado después de la secundaria. Al estar sentado en la banca con Michelle, sintió como si los dos compartieran algo, una sensibilidad nebulosa y ligeramente melancólica que los diferenciaba de sus compañeros.

Pero, el lunes en la escuela Michelle parecía haberse convertido de nuevo en su otro ser.

—No puedo creer que te hayas sacado un diez en ese examen –dijo después de la clase de Cálculo–. Qué *coup d'État* –se despidió al agitar ligeramente la mano conforme se alejaba caminando–. *Ciao, chéri.*

—*Coup* –le dieron ganas de gritar–. Lo que quieres decir es sólo *coup*.

Sin embargo, a él y a Michelle constantemente los asociaban y los trataban como si fueran pareja. En reiteradas ocasiones, Scott le preguntó que si su vagina olía a bolas de naftalina, debido a toda la ropa antigua que se ponía. El estatus social ambiguo de Michelle, ni *cool* ni no *cool*, al parecer la convertía en su equivalente femenino. Incluso fueron juntos al baile de graduación. Nate se había estado animando a invitar a una guapa estudiante de segundo año y sintió tanto resentimiento como alivio cuando la invitación de Michelle acabó por anticipado con esa posibilidad. La noche del baile, pensó que Michelle probablemente hubiera estado dispuesta a tener sexo, pero él realmente ni lo intentó; aunque fajaron, de hecho, hicieron más que eso: tuvo una oportunidad breve de evaluar la hipótesis de Scott *vis-á-vis* el aroma de sus partes femeninas (la palabra que él usaría sería "almizclado"). Nate no insistió porque en ese momento específico de su vida no quería involucrarse con una chica que le fuera ligeramente repugnante. Tampoco podía imaginar acostarse con Michelle y luego mandarla a volar, como probablemente lo hubieran hecho Todd o Mike (aunque Scott no, pues a pesar de ser muy tosco era sensible y tenía una devoción inquebrantable por Amy). Había algo que le desagradaba a Nate sobre la actitud de Todd y Mike hacia las chicas: su creencia implícita de que lo que le pasara a una tonta o poco atractiva era simplemente lo que se merecía. Reservaban su empatía para las chicas más guapas. (Las dificultades más pequeñas de Amy, como sacarse un nueve o tener un ligero catarro, provocaban suaves sonidos que reflejaban gran preocupación).

Además, para cuando llegó la época del baile, Nate ya había empezado a poner, en gran medida, sus ilusiones eróticas en la universidad, donde, se imaginaba que hasta las chicas que lucieran como Amy Perelman serían inteligentes y, lo más importante, maduras, una palabra que él últimamente había empezado a interpretar como "dispuestas a tener sexo con él". Si tuviera que enumerar las decepciones más grandes de su vida, el primer año de la universidad estaría casi hasta arriba, justo después del momento, mucho después, en que se dio cuenta de que algo aparentemente tan sublime como el sexo oral –¡su pene en la boca de una mujer! *¡su pene en la boca de una mujer!*– podría ser aburrido, incluso ligeramente desagradable, bajo las circunstancias equivocadas o si era realizado de manera inexperta.

Aunque hubiera sido un niño pobre, rescatado de un callejón donde buscara comida en contenedores de basura y resolviera problemas milenarios de matemáticas en la parte de adentro de cajas de cereales desgarradas, no podría haber sido más ingenuo y menos conocedor de los valores sociales tradicionales de un lugar como Harvard. Y si hubiera sido un autodidacta sin hogar, al menos hubiera obtenido el beneficio social de ser exótico. Lo que le había parecido normal en su casa ahora calificaba como centro comercial suburbano, mandos medios y mediocridad ante un campus donde el ambiente había sido establecido desde hace mucho por puritanos con apellidos como Lowell, Dunster y Cabot. Todd y Mike y Scott, con sus cabelleras engominadas que se extendían como abanico sobre sus frentes y con sus playeras polo y sus autos BMW, se encogieron. Los chicos que parecían pertenecer a Harvard –aquéllos que lucían cómodos, que platicaban relajadamente en el Patio, que saludaban a viejos amigos y echaban la cabeza hacia atrás al reír– conducían Volvos viejos, pedían su ropa a través de catálogos (una actividad que Nate antes había relacionado con granjas aisladas en las praderas y los antiguos volantes de Montgomery Ward) y, con un inglés plano, libre de cualquier acento regional, recitaban los nombres de lugares que jamás había oído nombrar: "¡Sí, he ido a Islesboro!", "¡Mi tío ahí tiene una casa!", "Vamos a Blue Hill cada verano".

Antes de llegar a Cambridge, Nate se había preparado mentalmente para Park Avenue, clubes campestres, yates, caviar y el derroche sin reparo de Tom y Daisy Buchanan, pero lo sorprendió Maine, *Maine*. Nate estaba acostumbrado a lugares vacacionales para el verano que se anunciaban como tales por medio de sus propios nombres: *Isla de Long Beach, Ocean City*. Sus nuevos compañeros de clase no eran *playboys* ni chicas de sociedad. No usaban sacos. Las chicas no se llamaban Muffy ni Binky. Una buena cantidad había asistido a escuelas públicas (eso sí, en su mayoría a un tipo específico de escuela pública de élite). Eran chicas delgadas con colas de caballo que no usaban maquillaje y tipos encorvados con playeras y pantalones cortos color caqui. Hablaban de andar en kayak o caminar en medio de la naturaleza como si fueran los medios de entretenimiento *non plus ultra* de sus vidas jóvenes. Nate, quien había hecho esas cosas en su campamento de verano, no les había atribuido ningún significado especial más allá del que tuviera cualquiera de las otras actividades requeridas, como cantar alrededor de la fogata y hacer títeres de dedo con tiras de fieltro.

Cuando la familia de Amy Perelman se había ido a Vail durante las vacaciones de primavera, todos en la escuela se enteraron de que se había quedado en un hotel de esquí que sonaba como un tipo de palacio alpino atendido por un regimiento de botones vestidos de gala. Por el contrario, las personas de Harvard se referían a los "lugares" en Vermont o New Hampshire de sus familias como si fueran cabañas que sus padres o abuelos hubieran construido personalmente y casi parecían competir por ver cuál tenía menos comodidades. ("Nunca tenemos suficiente agua caliente porque dependemos de nuestro propio generador solar, completamente fuera de la red"). Amy había hablado del restaurante de carne de cinco estrellas donde su familia comió tras un largo día en las pistas; la gente de Harvard hablaba sobre estar afuera en un clima de cero grados mientras esperaba a que se calentaran sus parrillas de carbón, como si sus familias jamás hubieran aceptado esa moda pasajera de las estufas instaladas dentro de la casa. Nate también había ido a esquiar. Junto con un grupo de chicos de su sinagoga, pasó un fin de semana en una montaña desolada en Pennsylvania, donde también se encontraba una mina abandonada. Al viaje se le llamaba *Shabbaton*. Se quedaron en un Holiday Inn y comieron en el Denny's que había del otro lado del estacionamiento.

Nate nunca se había considerado como un necesitado. Sus padres eran inmigrantes, pero del tipo que tiene buen trabajo. Trabajaban para contratistas de la defensa. Creció en una casa independiente con jardín y con unos columpios de metal en la parte trasera. Acudió a una escuela privada, eso sí, religiosa, donde recibió una educación excelente. Sus padres tenían posgrados (maestrías en ingeniería de la Universidad Politécnica de Bucarest en vez de, digamos, doctorados en historia del arte de Yale). Cuando estaba chico, Nate platicaba sobre sucesos de actualidad durante la cena; como familia, veían *60 Minutos* y el programa de concurso *Jeopardy*. Sin embargo, al parecer, algunos padres leían la *Reseña de Libros de Nueva York* y bebían martinis. Con el tiempo, Nate aprendió a identificar las diferencias más sutiles entre los hogares de sus compañeros de clase más sofisticados –los blancos anglosajones protestantes más tradicionales versus los intelectuales académicos (judíos o no)–, pero en las primeras semanas de la universidad le pareció que todos ellos, desde los hijos de figuras izquierdistas conocidas hasta los descendientes de titanes de la industria que desmantelaban sindicatos, hablaban el mismo lenguaje. Y así parecía porque así era. (Muchos de ellos habían ido a las mismas escuelas preparatorias). A fin de cuentas, estos grupos eran como los Montesco y los Capuleto. Sin importar cuáles fueran sus diferencias, ambos eran de familias acaudaladas de Verona. La familia de Nate era de Rumanía.

Antes de llegar a Harvard, Nate había leído *La guerra y la paz* y *Ulises* para educarse, pero lo más importante es que se había presentado sin jamás haber escuchado hablar de J. Press, así que no se podía burlar. (Finalmente, descubrió que se trataba de una tienda de ropa). Sólo conocía vagamente la publicación *The New Yorker* y no tenía idea de lo fácilmente que una manzana podía convertirse en un aparato para fumar mariguana. Nate había sido el capitán del equipo de cultura general de su escuela preparatoria. Sabía muchas cosas, por ejemplo, la capital de cada país africano, así como el nombre colonial de cada nación, los cuales podía recitar en orden alfabético, pero no sabía el tipo de cosas que hacían que una persona de Harvard pudiera considerarse conocedora durante el otoño de 1995.

Como consecuencia, estaba encantado de que lo guiara su compañero de cuarto, Will McDormand. El bisabuelo de Will había sido un ejecutivo ferrocarrilero lo suficientemente destacado como para que Eugene Debs lo odiara personalmente. Tras días largos de esforzarse por hacer plática durante las actividades de orientación, Nate se quedó boquiabierto ante la multitud de "güeyes" que llegó para beber con Will. A pesar de que estaban pegándole tragos a latas de Miller Lite y bromeando el uno con el otro acerca de la chica con barros que libremente había repartido sus favores en el internado, claramente eran del tipo de jóvenes que daban apretones de mano firmes, que hacían que las viejitas se ruborizaran y rieran nerviosamente, y que pronunciaban el pésame de forma apropiada durante los funerales (antes de escaparse a la parte desértica del cementerio para fumar un poco de hierba). Lucían expresiones de ligera ironía y su conversación hábilmente esquivaba todos los temas serios, intelectuales o sentimentales. Cuando Nate sacó a colación un curso que tenía ilusión de tomar, un silencio apenado cayó sobre la sala.

Nate creía intensamente en la igualdad de los hombres, desdeñaba el privilegio heredado y por motivos ideológicos se lamentaba de los fracasos de las revoluciones francesa y rusa; sin embargo, durante esos primeros días en Harvard, cada vez que tocaban la puerta, saltaba del sillón con emoción. Estaba tratando de averiguar cuál de los recién llegados era sobrino de un miembro del gabinete y cuál era nieto del economista ganador del premio Nobel, detalles que Will comentaba con un desenfado que Nate trataba de imitar al responder. (¡El rescate que un secuestrador podría haber obtenido si hubiera raptado al grupo de chicos que estaban viendo a los Medias Rojas con el sonido apagado mientras que escuchaban a los Smashing Pumpkins en el estéreo de Will!) Will seleccionó a Nate por encima de sus otros dos compañeros de cuarto –Sanjay ("Jay") Bannerjee, un chico afable, pero ligeramente rígido de Kansas City, quien trataba sin éxito de ocultar su nerviosismo respecto al hecho de que tomaran cerveza, y Justin Castlemeyer, un joven republicano de un pueblo pequeño en Carolina del Norte– y a ambos Will los trataba con un sentido de *noblesse oblige* que, conforme progresó el semestre, tomó cada vez un mayor aire de superioridad. Pero, Will pensaba que Nate era "hilarante". Le gustaba cuando Nate decía "cosas inteligentes" al tomar un caballito tras otro de vodka, tequila, Jägermeister, licor de durazno o lo que hubiera a la mano. A Will sobre todo le gustaba escuchar que Nate recitara los nombres coloniales de países africanos.

—¡Eres como un juguete de cuerda! –gritaba–. ¡De nuevo! ¡De nuevo!

A Nate le tomó mucho tiempo darse cuenta de que "gracias" no era la única respuesta posible para la oferta de amistad que Will le hacía. Durante mucho de su primer año, estuvo entre los amigos de Will y sentía deseo por chicas sorpresivamente superficiales quienes, pese a tener suficiente energía para expediciones en velero y fines de semana en el campo y aunque *las hubieran admitido en Harvard*, evitaban no sólo la conversación abstracta, sino también cualquier forma de cultura que no estuviera relacionada con beber o con estar al aire libre (incluyendo las películas con subtítulos y cualquier cosa que cupiera dentro del rubro del *performance*). De vez en cuando, en privado, y sólo con Nate, alguna de estas chicas bronceadas y saludables discretamente hacía un comentario sobre alguna novela de cultura media que hubiera leído alguna vez en su casa de veraneo después de que un invitado despistado la olvidara ahí. Así que claramente sí sabían leer. Nate estaba consciente de que había otros tipos de chicas en el campus, pero estas chicas, con las que Will se juntaba, muchas de las cuales habían sido sus compañeras de clase en el internado o hijas de amigos de la familia o chicas cuyas familias habían veraneado cerca de la suya durante tanto tiempo que ya eran "como primas", estas chicas parecían ser "las mejores", las que en realidad pertenecían aquí.

Otras compañeras de clase quedaban arruinadas ante Nate después de que Will se burlaba de ellas. Las chicas a las que les gustaba el teatro eran "actrices lesbianas", las activistas eran "sin tetas" y las aspirantes a periodistas en el campus eran "vaginas difusoras de escándalos". Cuando Nate pasaba tiempo con otras personas, Will parecía sentirse amenazado. Al menos así es como la psicología popular le enseñó a Nate a interpretarlo. (Años después, Nate llegó a la conclusión de que Will simplemente era un cabrón).

—¿Vas a salir con la gente fea esta noche? –le preguntaba–. Si eso es lo que te hace feliz, bien, pero si te aburres de pitoaguado y de esas mujeres tan feas como perros que ladran, vente al cuarto de Molly. Vamos a estar jugando un juego de beber, o, si no, vamos estar abordando el problema mente-cuerpo.

¡Como si Nate hubiera venido a Harvard para jugar juegos de beber! Sin embargo, inevitablemente, acababa por salirse discretamente del cuarto del dormitorio donde un grupo estuviera viendo *Teatro de Ciencia de Misterio 3000* o alguna cinta de Godard y se iba al cuarto de Molly. Ahí jugaba juegos de beber con chicas ebrias que le decían "guapo" y le preguntaban, con voces risueñas mientras arrastraban las palabras, si Will estaba saliendo con alguien y si de veras era tan ligador como se decía. (Nate no sabía si la respuesta que esperaban escuchar era sí o no).

No fue sino hasta la mitad de su segundo año que Nate se hartó por completo del mundo de Will. Era demasiado tarde. No tenía muchos amigos adicionales. A veces se juntaba con su antiguo compañero de cuarto Jay, pero, en general, había alejado a toda la gente amable y cortés que tentativamente, más o menos, quizás le había caído bien durante el primer año al abandonarla constantemente por estar con Will. Cuando, gracias a una u otra actividad extracurricular, sí se juntaba con otras personas, otros tipos de personas, no podía dejar de pensar en términos de Will. Cada vez que veía a una chica con medias de color, sin importar lo bonita que estuviera o lo mucho que le interesara la poesía, pensaba "actriz lesbiana" y oía un sonido de carcajadas en el fondo. Y los paseos que hacían los chicos amables, al cine o a alguna conferencia en el propio campus y luego a una cafetería o a un restaurante económico, eran asuntos deprimentemente tranquilos, libres de alcohol. Muchos de esos apasionados expertos en debate e intensos editores de periódicos bebían mucho café y, con voces que se volvían agudas en momentos de alta tensión, discutían las implicaciones alegóricas de *Seinfeld*.

Fue entonces que Nate empezó, en realidad, a leer. Le pareció como si todas las lecturas que hubiera realizado en la escuela preparatoria hubieran estado contaminadas. Una parte de él había tenido la intención de impresionar y había buscado una sofisticación que pensó que le sería útil –en el ámbito social– en la universidad. (Ja). Durante la primavera de su segundo año, empezó a leer debido a una soledad febril, una soledad que empezó a temer que fuera permanente. Después de todo, si él, si alguien como *él*, no estaba contento en la universidad, ¿dónde y cuándo estaría feliz? Su decepción y aislamiento lo volvieron amargado y juzgó duramente al mundo que lo rodeaba, con las pinceladas demasiado amplias de un cascarrabias. Salvo por personas como Will, que ya tenían tantos privilegios que podían darse el lujo de darlos por sentado, sus compañeros de clase se esforzaban ciegamente por trepar la escalera de la meritocracia, como si sus vidas no fueran más que una preparación para el colegio de negocios o de leyes, o, si eran "creativos", para empleos como escritores en Hollywood. Sólo cuando Nate leía, y ocasionalmente durante discusiones en clase o en las horas de oficina de los profesores, sentía algún chispazo de esperanza. Quizá su personalidad no estaba tan inadecuadamente formada, dado que al menos encontraba afinidad en algún lado, aunque fuera sólo en las palabras de hombres que habían muerto hace mucho, o, en clase, que todos sabían que era la parte menos importante de la universidad.

A mediados del tercer año conoció a Kristen. Estaban juntos en un seminario de Ciencias Políticas. Por los comentarios que ella hacía en clase, Nate pudo notar que era muy inteligente. También era guapa, con el aspecto saludable y atlético que las amigas de Will tenían en común. Poseía el tipo de seguridad silenciosa en sí misma que provenía de su fe en su propia autodisciplina firme y su sentido común tan ágil. Con frecuencia, Ella y Nate estaban de acuerdo cuando se involucraban en discusiones. Pronto empezaron a intercambiar sonrisas cuando hablaba algún compañero de clase especialmente fatuo. Comenzaron a irse caminando juntos al término de la clase y descubrieron que la crianza de ambos había sido similar en cuanto a mesura. Kristen, que había crecido en Nueva Inglaterra, parecía estar intrigada por los padres inmigrantes de él. Se reía de los chistes que él hacía. Sin embargo, cuando al final consiguió el valor para invitarla a salir, Nate plenamente esperaba que lo rechazara, que se sacara de la manga al novio en Hanover o Williamstown, o un lesbianismo latente, o un voto de castidad que seguiría vigente hasta que se implementara el cuidado universal de la salud. Pero... Kristen dijo que sí. Recientemente había cortado con su novio (de Providence).

Kristen tomaba el curso preparatorio de ingreso para estudiar Medicina y tenía un gran corazón; era el tipo de chica que dedicaba las vacaciones de invierno a realizar proyectos con Hábitat para la Humanidad en la selva de Honduras, pero también era insensible y áspera, dada a mostrar un desdeño fulminante ante lo tonto o lo absurdo, lo cual era a la vez deslumbrante y un poco intimidante. La gente por instinto deseaba su aprobación. En medio de este aire de autoridad y su belleza de aspecto alegre, Kristen era, de acuerdo con la tosca opinión del mundo, un gran partido para Nate, varios niveles por encima de él en la jerarquía social universitaria. Nate estaba completamente de acuerdo con el mundo: se consideraba extremadamente afortunado. Kristen no compartía su amor por la literatura; bueno, eso parecía irrelevante, como insistir que tu novia compartiera tu preferencia por la Pepsi en vez de la Coca. Y ella no insistía en salir sólo con hombres especializados en biología.

Cerca de la época en que conoció a Kristen, Nate conoció a Jason en una clase de teoría literaria y, a través de Jason, conoció a Peter. En ciertos sentidos, era Peter, quien era sensible y pensativo, con quien Nate sentía una conexión fuerte. Pero, tres resultaban mejores que dos. Parecería demasiado emocionado y entusiasta que dos tipos tomaran whisky y platicaran sin cesar hasta muy entrada la noche acerca de libros y de la transición hacia la derecha de la nación financiada por las corporaciones y sobre si era justo decir que el marxismo había sido probado o no, dado que el estilo soviético de comunismo había sido una perversión tan grande. Jason, como tercero, equilibraba la dinámica. Su alegre fanfarronería disipaba la timidez de Nate y Peter y les brindaba a sus paseos el sello de aprobación social de ser una salida con los cuates.

El último año de la universidad, mientras alternaba su tiempo entre Jason-y-Peter y Kristen, Nate estuvo feliz. Durante muchos de los años siguientes, se preguntaría si había estado más feliz entonces de lo que jamás podría estar. Era tan nuevo, la chica y sus amigos. Y él había esperado tanto por las dos cosas. Tras la graduación, siguió a Kristen hasta Filadelfia, donde ella empezó la escuela de medicina y él pudo escribir artículos como reportero independiente para una revista izquierdista en Washington, D.C. Extrañaba a Jason, que trabajaba para una revista sofisticada en Nueva York, y a Peter, quien estaba consiguiendo su doctorado al especializarse en estudios estadounidenses en Yale. Cuando estaba en casa por su cuenta –como escritor independiente–, Nate se sentía aislado. Quizá había esperado demasiado de Kristen. Ella tenía un tipo distinto de mente, y además estaba ocupada y cansada. La escuela de Medicina le satisfacía, mental y socialmente.

Al paso del tiempo, Nate se empezó a sentir frustrado por la falta de sensibilidad literaria de ella, por la absoluta practicidad de su inteligencia, además de por cierta rectitud o inflexibilidad de su parte, en otras palabras, por la propia esencia de Kristen, que él antes había venerado. Visitó a Jason en Nueva York con más y más frecuencia. Empezó a darse cuenta de que había mujeres que se vestían de manera diferente, que usaban lentes de aspecto pulcro y botas con tacón *sexy*, que tenían cabelleras *cool* que hacían que la cola de caballo de Kristen le pareciera poco especial. Muchas de esas mujeres aparentemente estaban leyendo a Svevo o Bernhard en el metro. En casa, le leía pasajes de Proust a Kristen, y a ella se le comprimía la cara, como si el simple derroche de la prosa de Proust fuera cuestionable desde el punto de vista moral, como si hubiera niños en África que podrían haber aprovechado mejor esas palabras excesivas. Kristen también parecía desaprobar del estilo de vida de Nate, basado en quedarse en casa, a un grado visceral, casi calvinista, que ella no podría justificar con ninguno de sus valores fundamentales. (En teoría, ella se dedicaba a servir a los pobres y los inactivos).

Pero, el resentimiento se acumuló tan lentamente que durante mucho tiempo Nate casi no lo notó. Se sorprendió de forma genuina cuando Jason sacó a colación la idea de que la relación podría no ser absolutamente feliz:

—No sé –dijo–. Es sólo cómo suenas cuando hablas acerca de ella, dices "Kristen, suspiro, tal cosa" y "Kristen, suspiro, tal otra". Nate se había molestado tanto que le costó contenerse y no irse del bar. No importaba que en las últimas veinticuatro horas silenciosamente hubiera acusado a Kristen de ser mojigata y de mente estrecha al menos una docena de veces. No importaba que, apenas unos segundos antes de que Jason hubiera hablado, se hubiera estado imaginando cómo sería que su mesera, con aspecto gótico, le practicara sexo oral.

Esa primavera, Kirsten les inscribió a ambos para servir como guías para ciegos en una carrera de cinco kilómetros en el parque Fairmont. La mañana de la carrera, Nate quería quedarse en la cama a leer y, quizá, quizá tomarse un Bloody Mary o dos un poquito después, al tiempo de leer un poco más en un bar deportivo donde pasaran algún juego.

—¿Por qué todo tiene que ser siempre tan encabronadamente íntegro y alegre y encaminado a hacer el bien? –preguntó.

No estaba gritando, pero casi.

Kristen estaba sentada en su silla del escritorio y había flexionado la cintura para ponerse los tenis. Volteó a ver a Nate, no con preocupación sino con sorpresa, que rápidamente cuajó en molestia. Luego continuó con el asunto de sus zapatos. Esto le enojó aún más.

—No soy el pinche Jimmy Stewart –dijo, pues confundió a Pollyanna con *La vida es bella*.

Un espasmo de fastidio, realmente de desdén abierto, pasó por el rostro de Kristen.

—Si quieres pasártela en calzones todo el día y quedarte sentado, adelante –ella dijo–. Te traeré una cerveza del refrigerador, si eso es lo que deseas.

Nate se había llevado su computadora portátil a la cama. Ahora la cerró y miró a la pared que estaba atrás de la cabeza de Kristen.

—Eso no es lo que quise decir.

Kristen empezó a hacerse una cola de caballo.

—Ya me voy a la carrera –le dijo con esa voz de doctora que había estado desarrollando: neutra y distante y sólo con empatía impasible–. Creo que deberías ir también, porque dijiste que lo harías y están contando contigo, pero es tu decisión.

Desde luego que Nate se disculpó. Por supuesto que empezó a arreglarse. Pero, la verdad es que todavía deseaba no tener que ir. De alguna manera, sentía que tenía razón, aunque claramente estaba equivocado, porque había hecho una promesa y porque sería horrible estar ciego y porque él tenía la fortuna de poder ver.

Después de eso, sus discusiones empezaron a parecer más como juicios sublimados respecto a la esencia entera del otro. Durante un tiempo, tras cada pleito surgía una fuerte reacción contraria interna, al menos así le ocurría a Nate. Se sentía intranquilo respecto al precipicio rumbo al cual parecían llevarlo sus pensamientos de resentimiento. Quería disculparse y retractarse, incluso en su mente, por sus críticas hacia Kristen y restaurar el *statu quo* mental (Kristen era la mejor, él la adoraba) que tanto le había beneficiado desde hacía tanto tiempo. Pero, conforme persistieron los pleitos, empezó a decrecer su deseo subsecuente de echarse para atrás. Entre tanto, se incrementó el interés de Kristen por pasar tiempo con sus compañeros de clase. Nate descubrió que se sintió aliviado cuando lo dejaron por su cuenta. Pronto reconocieron que se habían "alejado".

Su ruptura fue muy amistosa; fue simplemente como si, al decidir separarse, las frustraciones que uno le causaba al otro se encogieran hasta tomar dimensiones manejables y, aunque a Nate le sorprendió un poco lo pronto que ella después se juntó con uno de sus compañeros de la escuela de medicina, hasta este día no había nadie a quien respetara más que a Kristen, en el sentido de que era buena, confiable y una ciudadana ejemplar.

Nate se mudó a Nueva York. Tenía altas expectativas, tanto profesional como románticamente. El estirón en cuanto a estatura que él había deseado nunca se materializó, pero se había vuelto más corpulento. Sus proporciones ahora eran armoniosas. También sentía que había sido validado y que el sello de aprobación de Kristen, por medio de algún nuevo aire de seguridad en sí mismo, se transmitiría a todas las demás chicas bonitas. Después de todo, cuando todavía estaba saliendo con Kristen y llegaba, digamos, a intercambiar miradas con alguna chica del otro lado del vagón del metro, parecía como si, de no ser por la existencia de Kristen, de seguro él y la extraña atractiva se hubieran bajado del tren y se hubieran dirigido a un bar modesto para tomar un trago y tener una conversación inteligente y efervescente. Ya que quedó soltero, sin embargo, rápidamente Nate cobró conciencia de los sucesos que tendrían que ocurrir antes de que una mirada se tradujera en una conversación y un número telefónico, y ni qué decir de traducirse en beber algo. Resultó que muchas de esas chicas guapas que brillaban tan promiscuamente en el metro tenían novios que las estaban esperando arriba, en la superficie. O al menos eso decían.

Cuando lograba conseguir una cita con alguna chica que se ligaba en público, por lo general recibía una serie de sorpresas. Sí, esas chicas con los lentes cuadrados que leían a Svevo o a Bernhard o, más frecuentemente, a Dave Eggers (Nate tenía que confesar que encontrar a Svevo o Bernhard siempre había sido algo mucho más raro, incluso al tomar el tren F), eran, como categoría general, muy atractivas. Y, cuando la suma total del conocimiento de Nate respecto a tal mujer era lo que había intuido a través de su ropa, postura, material de lectura y expresión facial, él sin dificultad llenaba los espacios en blanco. Ella no sería vegana, no tendría gatos (o a lo sumo tendría uno), sería izquierdista y criticaría las fallas del sistema educativo estadounidense sin encarnarlas personalmente. Había sido extremadamente ingenuo.

Fue alrededor de esta época que empezó a entender lo que quería decir la frase *baja autoestima*, algo con lo que antes pensaba que se identificaba intuitivamente. Pero, lo que él mismo había experimentado no era nada como la aclimatación total a recibir malos tratos que encontró en algunas de las chicas que conoció durante su primer año en Nueva York. Salió con una chica llamada Justine, una estudiante de Pratt que vivía en un pequeño departamento tipo estudio en Bed-Stuy junto con un poodle, llamado Pierre, y una gata, llamada Debbie Gibson. Varias noches después de que Nate delicadamente había insinuado que quizá no tuvieran un futuro en común, le llamó al celular.

—Pensé que a lo mejor te gustaría venir –dijo ella.

Eran las dos de la mañana. Nate le dijo que probablemente no debería hacerlo.

—Creo, bueno, no estoy seguro de si ya me olvidé de mi ex.

Aunque Kristen le acababa de decir que su nuevo novio se iba a mudar al departamento que antes había compartido con él, y aunque se había sentido, bueno, *sorprendido* ante la presteza con la que esto había ocurrido, lo que le dijo a Justine no era, en un sentido estricto, cierto; no estaba suspirando por Kristen. Pero, era lo mejor que se le ocurrió decir en ese instante.

Justine empezó a llorar.

—Creo que Noah tenía razón.

Noah era su ex. Al parecer, le había dicho que necesitaba conseguir implantes de mama si es que quería que algún tipo la deseara. Comprometido a comprobar que este príncipe estaba equivocado, Nate le dijo que llegaría en veinte minutos.

Al día siguiente se sintió avergonzado. ¿De qué servían los lentes cuadrados y los tatuajes vanguardistas si estabas hablando acerca de una chica que indicaba, en una voz monótona y resignada que rompía el corazón, que quizá a él le gustaría tener sexo con ella mientras veían películas pornográficas "porque así es como le gustaba a Noah"? (Nate se preguntaba qué opinaba Noah acerca de la silueta con pelos como de alambre de Pierre-el-poodle que se atravesaba frente a las escenas con nalgadas y penetración anal mientras que el can malhumorado perseguía a Debbie Gibson por todo el cuarto). Nate se sintió mal por Justine por que ella había crecido en una zona suburbana infinitamente más desolada de la que él había conocido; porque su mamá en reiteradas ocasiones había preferido al "cabrón" (a su padrastro); porque, a pesar de haber ido a la escuela de arte, desalentadoramente esperaba ser mesera o secretaria toda su vida ("no conozco a la gente correcta") y porque chicos como Noah o el propio Nate se aprovechaban de ella. Pero, la lástima no se podía transmutar en sentimientos románticos, y Nate sabía que lo mejor que podía hacer por Justine era dejar de verla.

Además, él tenía sus propios problemas. Al no estar contento con la manera en que fue editado uno de sus artículos, durante un momento de rencor o de principios elevados, juró jamás volver a escribir para la revista izquierdista que había sido su fuente principal de ingresos y también de credibilidad. Esta decisión tuvo consecuencias desastrosas para su carrera y sus finanzas.

Cuando se acababa de mudar a Nueva York, creía que ya había trabajado duro en puestos poco prestigiados en Filadelfia y que por lo tanto ya merecía algo mejor. Esto resultó ser falso, al grado de ser risible. Incluso con los contactos de Jason en revistas masculinas de alto nivel, a Nate se le dificultó conseguir que le encargaran algo en Nueva York. Tomó un trabajo temporal que se convirtió en uno de tiempo completo, por un plazo indefinido, en la biblioteca de una empresa de capital privado, con la intención de escribir durante la noche. El trabajo lo desmotivaba tanto que acabó más que nada por beber durante sus horas libres. Fue un mal año (de hecho, casi fueron dos años). Sus padres trabajadores, quienes por su bien habían emigrado a una tierra poco conocida y cuyas labores ni creativas ni especialmente satisfactorias habían brindado los fondos para educarlo espléndidamente, como es de suponer, no estaban contentos. Nate, sin embargo, estaba decidido a ganarse la vida mediante la escritura.

Al recordar el pasado, estaba orgulloso de haber "perseverado", con lo cual se refería a no haber ido a la escuela de leyes. Se había mudado a un departamento más barato, lo cual le permitió renunciar al trabajo de capital privado y dedicarse a bloques más cortos de trabajo temporal y a hacer corrección de estilo como empleado independiente para un despacho de abogados. Escribía ficción y ofrecía artículos y reseñas de libros, de modo que de vez en cuando le encargaban algo. Su voz como crítico mejoró. Le empezaron a encargar más tareas. Hacia fines de su segunda década de vida, era claro que había logrado armar una carrera real como escritor independiente. Este logro fue rematado con la oferta que le hizo una destacada revista en línea de darle un puesto en el que reseñaría libros de manera fija.

Para entonces, ya casi había dejado de ligar con chicas en bares (y mucho menos en el metro), pues había aprendido que sería más probable conocer a alguien con quien pudiera tener una conversación si salía con mujeres que conocía en fiestas del medio editorial, asistentes editoriales y editoras asistentes, publicistas y hasta practicantes. No todas eran brillantes, pero había escasas probabilidades de que tuvieran un ex novio llamado Noah, que les dijera que se pusieran implantes de mama. Nunca había conocido a nadie como Noah, al menos no en un contexto romántico ni tampoco en Wesleyan ni Oberlin ni Barnard. Y si no habían leído a Svevo o a Bernhardy, seamos sinceros, la mayoría no lo había hecho, cuando menos sabían quiénes eran. ("*La conciencia de Zeno*, ¿verdad? ¿A James Wood no le encanta ese libro?")

De manera conveniente, este tipo de mujeres cada vez tendía más a sentir agrado por él. Las mujeres bien arregladas, vestidas a la moda y con estudios costosos que pertenecían al medio editorial lo encontraban atractivo. Mientras más seguido aparecía su crédito, más atractivo lo encontraban. No era que fueran trepadoras sociales descaradas, sino más bien que lo empezaban a ver bajo una luz más favorecedora, aquella luz bajo la cual él se empezaba a ver a sí mismo. No estaba sobrecalificado para su empleo ni tenía problemas crónicos de dinero, o por lo menos no era sólo esas cosas. También era un intelectual literario joven, en ascenso.

Nate no sólo se sentía contento sino también reivindicado, como si una discusión larga finalmente hubiera tenido un resultado a su favor. Su falta de popularidad, aunque persistente, nunca le había parecido completamente lógica. No era, y jamás había sido, del tipo nervioso o sumiso; su interés en la ciencia ficción, jamás muy intenso, había llegado a su punto máximo a los trece años. Siempre había sido una persona más bien positiva y agradable, al menos así lo consideraba él.

Supo que en realidad había alcanzado el éxito cuando empezó a salir con Elisa la Bella. Al poco tiempo, avanzó rápidamente con el libro que después le permitió recibir un pago anticipado por una suma de seis dígitos por parte de una casa editorial destacada, lo cual dio un mayor impulso tanto a su reputación profesional como a su popularidad personal. Las aguas, como dicen, buscan su nivel.

{ 3 }

El bloque de texto que apareció en la pantalla de su computadora resultaba opresivamente denso. Nate se estiró para tomar su tarro de café antes de empezar a leer.

El correo electrónico era de Hannah, la de la cena de Elisa.

—Me preguntaba algo –ella había escrito–. La otra noche dijiste que la indiferencia ante el sufrimiento que era normal en las épocas de Dickens todavía existe. Sólo nos hemos vuelto más hábiles para mantenerlo alejado de nosotros. Pero, en ese entonces, las cosas como el trabajo de menores de edad se toleraban en una forma que no se toleran ahora. Literalmente, se han vuelto ilegales. ¿Acaso eso no importa?

Continuaba sobre esta misma línea durante otro par de párrafos antes de concluir con un toque amigable:

—Me divertí mucho la otra noche. Me gustó hablar contigo.

El tarro de café de Nate contenía Coca sin gas. Ésta no era su elección ideal como primera bebida para tomar por la mañana, pero no tenía el ánimo de hacer café, en parte porque no había tenido el ánimo para hacer café durante tantas mañanas de corrido que tenía miedo de enfrentarse a los cultivos vivos que estuvieran colonizando su cafetera.

Tras leer el correo electrónico de Hannah, dejó su tarro. Su impacto sobre el escritorio hizo que se tambaleara una pila de libros. Al estirar su mano para estabilizarla, la engrapadora que estaba colocada sobre una pila adyacente se cayó hacia adelante y aterrizó sobre el reverso de su mano estirada. Aulló.

Pasaron varios minutos antes de que volviera a hacer clic en el mensaje de Hannah. Frunció el ceño al releerlo. Sobrio, a la luz del día, tuvo la extraña sensación de titubear a la hora de pensar en seguir adelante con esta conexión. La razón de ello no era clara.

Por otro lado, no estaba lo suficientemente despierto como para empezar a escribir su ensayo sobre la transformación-de-la-conciencia-en-mercancía. Y no tenía otra cosa en especial que hacer. Cuando había estado escribiendo su libro, siempre había tenido trabajo por hacer. Incluso cuando no tenía ánimos de escribir nuevo material, siempre podía regresar y ajustar frases que ya hubiera escrito. Ahora que el libro estaba en manos de su casa editorial, extrañaba esto.

Presionó RESPONDER.

—Pero, ¿acaso no es cierto –sus dedos tamborilearon sobre el teclado e hicieron un agradable sonido de productividad–, que somos tan dados a adquirir objetos como lo eran las personas de ese entonces, si no es que más? Queremos vidas cómodas y si no tenemos sirvientes, tenemos aparatos hechos en China que nos ahorran trabajo. Sólo que ahora, además nos queremos sentir bien respecto a esto. Así que nos aseguramos de que la explotación ocurra sin que la veamos. China es ideal.

Tras presionar ENVIAR, Nate revisó para ver si había correo nuevo. Estaba esperando algo de Peter, quien recientemente se había mudado desde New Haven a Maine, debido a un trabajo académico. Pero, no, nada.

Se levantó y se asomó por la ventana. Su calle estaba desolada, los árboles que bordeaban sus banquetas lucían chaparros y flacos, con hojas escasas a pesar de estar en plena primavera. Los habían sembrado unos cuantos años atrás como parte de una estrategia de revitalización urbana y tenían una apariencia triste y fracasada, como si nadie, salvo los servidores públicos, jamás se hubiera ocupado de ellos. Además, quizá eran de la especie equivocada o simplemente malos ejemplos de su tipo. Los residentes acaudalados de, digamos, Park Slope, el vecindario aledaño, jamás hubieran permitido que la ciudad sembrara retoños tan torcidos y enanos en sus calles. La gente de Park Slope probablemente importaba sus propios árboles opulentos, verdes y quizá hasta con frutas.

Un aroma a tocino entró por la ventana. Nate se preguntó si había pasado por alto alguna cosa la última vez que estuvo hurgando en sus alacenas en busca de comida.

Al caminar hacia la cocina, sus calcetines se adhirieron al piso de madera. Gotitas de café, que databan de aquellos días antes de que hubiera dejado de usar la cafetera, se habían solidificado y habían convertido su pasillo en una tira de papel matamoscas que atrapaba polvo y recibos hechos bola y los pequeños discos de papel que su perforadora lanzaba.

Se asomó a su refrigerador, en busca de algo que él mismo no sabía qué era. Un desayuno ya preparado, compuesto por huevos benedictinos y una taza de café fuerte, hubiera estado bien. Sin suerte. Ni siquiera un contenedor de arroz de su restaurante chino favorito que hacía entregas a domicilio, cuyo lema era "Siempre USTED encontrará lo delicioso". Se sirvió lo último que quedaba de la Coca en el tarro y tiró la botella. Un olor rancio surgió desde el bote de basura. Cerró fuerte la tapa.

Desde la otra habitación, la computadora hizo un sonido. Nate corrió de regreso a su escritorio.

—Aún en ese caso –Hannah había escrito–, ¿no importa que las formas de explotación que se toleraban abiertamente en el pasado se hayan visto obligadas a esconderse bajo la mesa? ¿No nos dice eso algo respecto a cómo ha cambiado nuestro entendimiento sobre lo que es aceptable?

Ella tenía un buen punto. Nate se inclinó en su silla. No era un punto que cambiara todo, pero definitivamente tendría que comentarlo en su ensayo. ¿Será que, conforme nos volvemos más ambiciosos en cuanto a lo ético, tenemos un mayor incentivo para ocultar nuestras fallas de modo que no las veamos nosotros mismos? Escribió "Rawls" en un *Post-it* y lo pegó en la pantalla de su computadora portátil.

Luego empezó a pensar detenidamente en las implicaciones personales de estos correos electrónicos. ¿Por qué se sentía tan temeroso?

Estaba Elisa. No creía que involucrarse con una buena amiga suya le pareciera bien, y Hannah había estado en su cena. Sin embargo, no quedaba claro si eran buenas amigas. Él nunca había escuchado que Elisa le mencionara. Y Hannah era mayor que Elisa, por lo menos de treinta años, más cercana a su edad que a la de Elisa. Y simplemente parecía, a diferencia de Elisa, más madura o algo. No parecía probable que fueran amigas íntimas.

No, era algo más que Elisa lo que lo estaba deteniendo. Nate cerró los ojos y visualizó a Hannah al momento en que se dio la vuelta en la entrada de la cocina de Elisa. Se veía bien, algo llamativa y atractiva por momentos, cuando su expresión estaba animada, pero había algo en la línea severa de sus cejas y lo puntiagudas que eran sus facciones que no resultaba precisamente bonito y, aunque tenía buen cuerpo, era más bien alta y tenía, en cierta medida, esas extremidades aguadas que caracterizan a los actores cómicos, torpes y cohibidos, bonachones, pero quizá también un poco asexuales.

Si Hannah hubiera sido más abiertamente *sexy*, estaba bastante seguro de que hubiera pensado en ella más seguido antes de la otra noche, cuando ella había sido la única mujer presente que pudiera considerarse una candidata viable para obtener su interés. Eso de seguro significaba algo, aunque Nate no estaba seguro exactamente de qué. Cuando era más joven, se había imaginado que, al crecer, poco a poco se volvería menos superficial y que la apariencia de las mujeres no le importaría tanto. Ahora que había, más o menos, crecido, se daba cuenta de que eso no iba a suceder. Ni siquiera era especialmente superficial. Muchos de sus amigos eran mucho más fríos y se portaban más como conocedores en cuanto a sus actitudes hacia la apariencia de las mujeres, como si ya se les hubieran agotado los sentimientos más tiernos que habían animado los enamoramientos de sus años más tempranos. Lo que surgió para sustituirlos era el ojo frío del evaluador experimentado que sobre todo sabe cómo calcular el valor de mercado.

La atracción física lo había llevado directamente a las camas de Elisa y Juliet. Esto no fue precisamente evidencia de su sabiduría. Con Kristen, por otro lado, hubo un breve momento, antes de que hablaran, cuando pensó que ella era un poco ordinaria, con un aspecto ligeramente similar al de un conejo y con apariencia de mojigata. Más adelante, cuando Kristen ya le parecía dolorosamente bella, le costaba trabajo creer su evaluación inicial tan rigurosa.

El problema, se dio cuenta, no era la apariencia de Hannah.

Nate se encaminó de nuevo hacia la ventana, abrió las persianas por completo y entrecerró los ojos para ver el cielo de color blanco lechoso. El problema es que no tenía especial interés en el tipo de relación que había tenido con Kristen.

Pensó en Juliet, en la cara que puso el otro día justo antes de darle la espalda. Y, luego, en Elisa. *Jesús*. Cuando los demás se habían ido, ella trató de besarlo.

No creo que sea buena idea, para ninguno de nosotros –él le había dicho, mientras se zafaba de ella. Estaba molesta, él no sabía si apenada o enojada. Él estaba en ambas situaciones. No podía creer que ella provocara que pasaran por esto de *nuevo*. Mientras ella lloraba y sacaba a colación algunas reclamaciones que Nate pensaba que ya habían dejado por la paz, él se acabó el resto del vino y siguió con una botella de vodka que le había traído hacía siglos, que todavía estaba acostada de lado hasta el fondo de su congelador. Una hora más tarde, ella seguía hablando. Para entonces, él estaba tan enojado que tuvo la tentación de cogérsela, sólo para hacer que se callara. Pero, no lo hizo. Él ya había tenido algo de culpa en cuanto a crear esta situación y lo sabía. Después de un rato, ambos se calmaron y él la animó a acostarse.

—Sólo para que lo sepas, no era sólo cuestión de sexo –ella dijo desde debajo de las cobijas. Él estaba recargado en la puerta de su recámara, listo para irse–. Sólo quería ser abrazada –ella dijo–. Quería, por un ratito, no sentirme sola. ¿Sabes?

—Lo sé –dijo él. Al tomar su mochila como de mensajero y cerrar la puerta de su departamento, él también quería llorar.

A diferencia de lo que estas mujeres parecían pensar, él no se sentía indiferente ante su infelicidad. Y, sin embargo, parecía que, a pesar de esto, él la provocaba.

Cuando tenía veinticinco años, a cada lado que volteaba veía a una mujer que ya tenía, o que no quería tener, novio. Algunas estaban tomando un descanso de los hombres para experimentar con mujeres o con el celibato. Otras estaban ocupadas, pues hacían solicitudes para estudiar posgrados o planeaban viajes con un año de duración a ashrams en la India o estaban de gira por todo el país con sus bandas de rock que sólo incluían chicas. Las que tenían novios descuidaban la relación y parecían engañar con frecuencia (lo cual, en ocasiones, le benefició). Pero, en su tercera década, todo era distinto. El mundo parecía poblado, a un grado alarmante, por mujeres cuyas carreras, ya sea que fueran exitosas o que a duras penas pudieran avanzar, habían dejado de absorberlas. Sin importar lo que aseveraran, en la práctica parecía que nada les importara tanto como las relaciones románticas.

Salió el sol, que había estado detrás de las nubes. Una gota de sudor rodó por el cuello de Nate y fue absorbida por la tela blanda de su camiseta. Al quitarse la playera y lanzarla al piso, se le ocurrió que quizá Hannah sólo quisiera ser su amiga. ¿Será que estaba dando por hecho algo sin que fuera así?

Regresó a su computadora y golpeó ligeramente la barra espaciadora. Cuando la pantalla volvió a la vida, revisó muy rápido los correos electrónicos de Hannah. Dickens tal cosa, el trabajo de menores de edad tal otra. Aunque ella no estaba abiertamente ofreciéndose a mamarle la verga, en cierto sentido, estaba haciendo justamente eso. Se notaba en su actitud amigable cuidadosa y reflexiva, incluso al estar en desacuerdo, por la simple extensión de su nota inicial. Estos correos electrónicos eran invitaciones para que él la invitara a salir. Si le seguía la corriente, en uno u otro momento su pito acabaría en la boca de ella.

Ante la sorpresa de Nate, la idea de que Hannah le practicara sexo oral provocó que sintiera un ligero cosquilleo en la entrepierna. Interesante. Sólo traía boxers grises pegados y giró su silla en el sentido opuesto de su escritorio para poder estirar las piernas y pensar en sexo oral de parte de ella, por motivos de investigación, para determinar su nivel de interés en la chica.

Lo distrajo una rajadura que parecía una mala señal en su pared; iba hacia abajo desde las molduras que estaban arriba de su cama. En forma de flecha, parecía señalar acusadoramente hacia la sordidez que había abajo. Partes de su colchón negro tipo futón estaban expuestas porque las sábanas en blanco y negro, que había comprado en una de esas "tiendas departamentales"que venden artículos defectuosos en vecindarios urbanos no del todo aburguesados, eran demasiado pequeñas para el colchón, y cada noche se zafaban las orillas y se enredaban como nudos corredizos alrededor de sus tobillos. Su edredón verde llegaba hasta el piso, y una orilla colgaba hasta entrar en un tarro abandonado.

Dado que su departamento no tenía sala, su recámara era el espacio principal donde habitaba. Alguien una vez le dijo que no tener sillón era un método eficaz para llevarse a las chicas a la cama, aunque ese plan daba por hecho que traer a una chica no haría que sintiera repulsión de inmediato. En este momento, su departamento era como un cuerpo humano sin arreglar, con olores fétidos que salían de recovecos oscuros y parches no controlados de crecimiento excesivo por aquí y por allá. A Nate no le gustaba mucho limpiar ni que alguien más lo hiciera. Ni siquiera era que no quisiera gastar los sesenta o setenta dólares necesarios cada par de meses. El hecho de ver una señora hispana agachada para tallar su excusado atormentaba a su conciencia; se aguantaba hasta que el nivel de suciedad fuera intolerable. Cuando finalmente venía, Consuela o Imelda o Pilar lo miraban con ojos grandes y asustados, como si una persona que viviera de esta manera probablemente fuera peligrosa. No la culpaba. Al flotar en sus propios desechos, Nate con frecuencia se sentía avergonzado. Cuando tocaban inesperadamente a la puerta, sentía tanto pánico como si tuviera que subirse los pantalones presurosamente, desatar las medias colocadas alrededor de su cuello y esconder la muñeca inflable en forma de mujer en su clóset.

Tras un instante, Nate dejó por la paz su "investigación". Se volvió a meter en la cama para juntar fuerzas.

Jason le sugeriría cogerse a Hannah si lo deseaba. Pero, Jason –con el dedo, Nate trazó en el aire, por encima de su almohada, un círculo del tamaño de un plato para la cena– no era la persona correcta a quien consultar este tipo de cosas. Aunque técnicamente era guapo (y tres pulgadas –tres pulgadas y media– más alto que Nate), a Jason le faltaba el gen de gustarles-a-las-mujeres que Nate había descubierto que él sí tenía, incluso en aquellos días en los que principalmente querían ser sus amigas. A pesar de toda su plática exagerada, Jason era puritano, casi quisquilloso en lo referente al contacto físico. Dejaba de besar a una chica para decirle que debería usar bálsamo para los labios más potente.

—¿Qué? –decía, auténticamente confundido, si le hacían notar este tipo de cosas. La creencia de que él merecía sólo lo más deseable estaba tan profundamente arraigada, que Jason sentía asco ante los defectos menores de las mujeres, y además daba por hecho que ese asco era razonable–. ¿Cómo podría besar a una chica cuyos labios eran como lija? –preguntaba–. Bien, Jason, bien. Aparta a cada pinche mujer que te dé siquiera media oportunidad. Vete a casa solo a ver películas pornográficas. *De nuevo*.

Y, sin embargo, Jason le daba consejos a Nate:

—Deja de pensar demasiado, güey. Te estás portando como una chica.

Nate odiaba, realmente odiaba, que le dijeran que pensaba demasiado. Jason no era el único que lo decía: las personas medio *hippies* que idealizan lo natural y lo "intuitivo" también prefieren sentir que pensar. Pero, no pensar era una forma de darse permiso de ser un cabrón. Si Nate sólo consultaba sus "sentimientos", se cogería a Hannah sin preocuparse por nada más.

Nate olfateó el aire varias veces con rapidez. Algo apestaba. No era el departamento. Era su sudor, con olor a moho y a animal. Saltó de la cama. Desde hacía un rato su estómago estaba siseando y aullando como si se tratara de unos gatos al momento de aparearse. Pronto necesitaría conseguir algo de comer. Darse una ducha era buena idea, pensó por adelantado.

Después, se paró ante el lavabo de su baño con una toalla atada a la cintura. En el espejo empañado con vapor, su cuerpo parecía estar en estado de pánico. Sus pezones eran letras O de color rosa y los pelos tipo alambre que había en su pecho, que apuntaban hacia todas direcciones, parecían huir en forma amotinada. Había desarrollado una pequeña panza que sobresalía de manera deprimente por encima de la toalla blanca. Sus cejas, tan gruesas y espesas como el cabello de su cabeza, requerían ser recortadas. Elisa le había enseñado el concepto de arreglarse las cejas, así como le había enseñado muchas otras innovaciones estéticas, como que los calcetines no llegaran hasta la mitad de sus pantorrillas.

—Como jitomates en una vid –ella había dicho y había fruncido el ceño ante el aro donde terminaban sus calcetines y sus vellos de la pierna se escapaban de modo salvaje, con fervor para gesticular.

Ante el espejo, Nate contrajo la mandíbula y apretó los labios. La expresión era como la de un experto que apareciera en las noticias por cable y que estuviera tomándose un momento para pensar su respuesta ante una pregunta polémica: ¿cuándo atacara de nuevo Al Qaeda? ¿Irán tiene suficientes cantidades de plutonio para crear un arma nuclear? Aunque Nate nunca había dejado de considerar que su nariz era problemática (protuberante y como de campesino, similar a la de un monje disipado que apareciera en una farsa), su agente literaria, una atrevida y alegre decana de la industria, le había dicho que tenía un rostro telegénico: inteligente sin lucir como gazmoño, atractivo, pero no tan atractivo como para minimizar su credibilidad, le dijo con júbilo. Nate escuchó este último punto con un humor ligeramente menos bueno que el que ella había tenido al informárselo.

Mientras se vestía, volteó a ver su computadora portátil. Todavía no decidía cómo responderle a Hannah. Al ponerse un par de calcetines cafés, notó que uno tenía un hoyo del tamaño de una moneda de diez centavos cerca de la costura. Giró la tela para que el hoyo no atrapara su dedo gordo mientras caminara. Luego le vino a la mente: era un hombre con un contrato. Recientemente, dada la importancia del contrato para escribir un libro, hasta había contratado a un contador, un suceso excepcional en la vida de una persona que desde hace años estuvo a punto de cumplir los requisitos necesarios para recibir un crédito fiscal debido a los ingresos generados por su trabajo. Otras personas, personas como Jason y Peter, tenían un sentido mucho más exaltado de lo que se merecían. Jason valoraba tanto su bienestar que no relegaría a su pie a estar en un calcetín con hoyos. Y Peter, a pesar de ser un académico que atravesaba dificultades, probablemente utilizara calcetines de seda cosidos a mano encargados especialmente a un creador de calcetines italiano y avejentado. ¿No merecían los pies de Nate las mismas consideraciones? Nate se quitó los calcetines cafés. Encontró otro par en su cajón.

Antes de irse, revisó su correo electrónico una vez más. Sólo envíos masivos de parte de distintos medios noticiosos. Molesto, ocultó el programa de correo. En su lugar, apareció la última página de internet que había visitado. Una mujer desnuda estaba parada con los senos presionados contra una pared de ladrillos y sus pompas sobresalían de su parte trasera conforme se tambaleaba al pararse de puntas.

Había pasado mucho tiempo –casi dos meses– desde que se había acostado con alguien. El fin de semana anterior, en una fiesta, probablemente se podría haber apostado con una asistente editorial joven, o al menos podría haberse besuqueado con ella, pero, en el último instante, decidió largarse e irse a casa solo. Recientemente, se había sentido destrozado ante el simple temor de las lágrimas, las lágrimas femeninas, las lágrimas femeninas futuras y especulativas que posiblemente jamás llegarían a surgir. (¡Ni que le gustara a todas las mujeres con las que fajaba!) A la mitad de un faje, sólo necesitaba un instante pasajero de sobriedad para que su mente imaginara la escena tensa e incómoda que podría darse después de una noche o dos o tres, cuando tratara de salir del departamento de ella sin comprometerse a verla de nuevo, sin mirarla a los ojos porque sabía que ella sabía lo que él estaba haciendo. Luego se daría la llamada unos cuantos días después, cuando, en una voz calculadamente alegre, obligándose a ser optimista, ella sutilmente sugiriera que hicieran planes para hacer algo. Al sostener el teléfono cerca de su oreja, Nate no sólo se sentiría mal, sino también culpable. ¿Le había dado falsas esperanzas, había actuado sólo un poco más interesado de lo que estaba, debido a alguna combinación perversa de tacto y estrategia y una falta de disposición, por el bien de ambos, a arruinar el momento? Una vez que esto ocurría, una vez que su mente se salía del presente con ebriedad y manoseos para imaginar este futuro sentimentaloide que inducía un *déjà vu*, todo el asunto podría simplemente convertirse en... Algo imposible de hacer. Increíble. Se trataba de Nate, cuyas erecciones incansables en el pasado habían provocado que se preocupara por ser un adicto latente al sexo, susceptible de terminar arrestado por masturbarse en un cine pornográfico en Florida. Pero, en vez de tranquilizar su mente, esta nueva templanza sexual lo llenó de otro tipo de ansiedad. Lo hizo sentirse como un cobarde.

A la chingada, pensó al tiempo de agarrar su cartera y sus llaves que estaban sobre el tocador. Quizá debería simplemente cogerse a Hannah, así como a cualquier otra chica dispuesta que existiera, desde Red Hook hasta Williamsburg. Quizá empezaría en la cafetería, con Beth, la chica guapa que trabajaba tras el mostrador.

{4}

La luz era tenue y rojiza en el bar que Hannah eligió en la avenida Myrtle (antes conocida como Murder o Asesinato). La música, un álbum alternativo de principios de los años noventa que Nate conocía de forma vaga, no estaba a un volumen demasiado fuerte. Una tubería expuesta recorría el techo. Las mesas tenían encima lámparas de escritorio al estilo antiguo, un toque elegante en un lugar que en general era intencionalmente lóbrego, un establecimiento con cortinas pesadas, que quería asemejarse a un sitio de mala muerte. Como decía Jason, puedes reconocer un auténtico lugar de mala muerte por sus baños. Si no apestan, no es de mala muerte, sin importar cuánto grafiti se vea en las paredes.

Hannah llegó unos cuantos minutos después de las ocho y se disculpó por su tardanza.

—No tengo excusa –dijo, al tiempo de deslizarse hasta quedar sentada en el banco del bar–. Vivo tantito más adelante en esta misma calle.

A Nate le llegó un olorcito a shampoo de coco.

Mientras que Hannah se decidía entre un Chianti y un Malbec, con la cabeza inclinada hacia la dirección opuesta de donde estaba la de él y con los labios ligeramente fruncidos, Nate notó que se parecía mucho a una chica que había conocido en la preparatoria. Emily Kovans estuvo en décimo grado cuando él estaba en su último año. Todavía podía visualizar a Emily, sentada afuera sobre la tira de pasto que había entre el edificio de la escuela superior y la cafetería. Su cabello largo color rubio oscuro, brillante como el de Hannah, pero más claro y menos rojizo, estaba trenzado con un poco de cordón y llevaba montones de pulseras de plata y anillos con piedras coloridas. Sus sandalias estaban recostadas a su lado; sus pequeños pies se asomaban desde abajo de una falda larga con flores. Nate, por lo general, no se sentía atraído por las chicas hippies, pero durante meses había sentido un deseo tierno por la pequeña Emily Kovans. El puro recuerdo lo llenó de una sensación extraña y ligera.

Hannah murmuró las gracias cuando la cantinera puso su copa en la mesa. Nate le preguntó acerca del vecindario.

—Me encanta –dijo–. Por supuesto, la última vez que mis padres me visitaron vieron gente comprando drogas enfrente de mi edificio –sonrió mientras pasaba su mano sobre una cortina lisa de cabello–. No les gusta tanto.

Nate siguió estudiando su rostro para ver si encontraba pinceladas de Emily. El parecido iba y venía, según el ángulo. Tras un momento, la sonrisa de Hannah comenzó a titubear. Nate se dio cuenta de que era su turno de decir algo.

—A los míos les desagrada todo Brooklyn –dijo.

Hannah inclinó la cabeza.

—¿Por qué?

Con el pulgar y el índice, Nate rotó su copa sobre la barra.

—Hasta el hijo del quiropráctico de mi mamá vive en Manhattan –dijo. Levantó la mirada para ver los ojos de Hannah. Y él, tal y como a mi mamá le gusta hacerme notar, no fue a Harvard.

Hannah se rió nerviosamente.

—Bien.

—Entienden que me mudé aquí cuando estaba quebrado –continuó Nate–. No pueden entender por qué me quedo. Les digo que me gusta. Que todos mis amigos viven aquí. Les dije que toda la industria editorial vive en Brooklyn.

Hannah seguía sonriendo.

—¿Y?

—Y caí en una trampa. Mi papá dice, "¿Ves? Es exactamente como siempre te lo dije, nadie consigue dinero por escribir. Excepto Stephen King. Y hasta donde sé, él no vive en Brooklyn".

Con un pequeño y desenfadado movimiento de barbilla, Hannah lanzó por el aire su cabellera para quitarla de encima de su rostro.

Nate se sintió transportado a la preparatoria. La clase de historia, la voz áspera de la señora Davidoff cuando describía las batallas de Franklin Delano Roosevelt con el poder judicial (Scott se tapaba la boca con las manos y formaba con sus labios las palabras Mano Sabia cada vez que ella mencionaba las cortes), mientras que Nate miraba hacia la ventana para ver a Emily.

No podía recordar la última vez que había pensado en Emily Kovans. En este bar oscuro, donde un olor a cigarro provenía de la ropa de las personas y una copa de martini de color rosa neón brillaba tétricamente desde la pared, se acordó no sólo de Emily, sino también de cómo era que él había percibido el mundo en aquel entonces. Pudo ver lo que en esa época no había visto: la medida en que su enamoramiento emocionante y excepcionalmente libre de ansiedad estaba relacionado con su juventud, con la excitación específica que siente durante los meses de abril y mayo un estudiante del último grado que va a Harvard, con la universidad y la edad adulta brillando ante él como recompensas por su buen comportamiento. (Qué ingenuamente se había creído lo que sus maestros y consejeros escolares le contaron sobre las alegrías de la universidad). Entonces, no sabía que la capacidad de sentir la clase de deseo sincero e incondicional que sentía por Emily era algo que desaparecería, se retiraría de él como si fuera piel que le quedara demasiado pequeña. Su ser actual era considerablemente más libertino, golpeado por deseos breves y grandemente lascivos, cuya gratificación ya no creía que lo hicieran feliz, al menos no por mucho tiempo.

—Antes me encantaba esta canción.

La voz de Hannah lo trajo de regreso al presente. Nate escuchó. *Estas sábanas están sucias y tú también lo estás*, un vocalista entonaba al son de un acompañamiento pop alegre, como de surfista californiano. Era de un álbum distinto al que habían estado tocando. Él no lo reconoció.

—Lo escuchaba todo el tiempo cuando estaba en la preparatoria –dijo Hannah–. También en el primer año de la universidad.

Le contó que había crecido en Ohio y que había ido a una escuela pública grande, del tipo donde el equipo de porristas se toma en serio.

Le dio un sorbo al vino.

—Puedes imaginarte por qué lo *punk* me parecía tan *cool*.

—¿Ohio, entonces?

—Sip.

Ella pasó su dedo sobre la costura de una servilleta de coctel que había doblado hasta formar un triángulo.

—La mayoría de mis amigos de la infancia todavía está en Cleveland. Quizá en Chicago, si es que eran ambiciosos.

Le dijo que ella había estudiado en Barnard por puro antojo y acabó por quedarse en la ciudad para ir a la escuela de periodismo.

—Nadie que conozca de mi ciudad escribe ni hace nada remotamente parecido –dijo–. Tienen trabajos normales, en bancos y empresas de seguros. Ese tipo de cosas.

Descansó su barbilla en la palma de la mano. Una pulsera delgada de plata se deslizó por su brazo y desapareció bajo la manga de su suéter.

—¿Y tú? –preguntó–. ¿Te sentiste alejado de este mundo antes de llegar aquí? O tu familia…

Nate sabía lo que ella quería decir.

—¿Te conté lo que mi papá piensa acerca de la escritura como profesión?

Hannah tenía una risa cálida y gutural.

Nate se sintió encantado por algo que no podía terminar de identificar, quizá un tono, una especie de malicia que todo permeaba. Ahora que estaba a solas con ella, Hannah le pareció un poco diferente de lo que se había esperado. Se había creado la idea de que ella era el tipo de persona alegre y competente que a uno le gusta tener a la mano durante una cena o al ir de campamento, pero le pareció más interesante que eso.

—Definitivamente, no crecí en un ambiente intelectual elegante –él le dijo–. Pero, estaba decidido a no quedarme en Baltimore. Trabajé como practicante en Washington, D.C. durante un año y conocí a chicos cuyos padres eran políticos y columnistas del Washington Post. Sabía que quería eso, lo que sus papás tenían. Sentí que si ellos lo tenían, no había ninguna razón por la que yo no lo pudiera tener.

Hannah se inclinó hacia adelante, lista para ser entretenida.

—¿Qué era exactamente lo que querías?

Nate alcanzó a echar un vistazo al escote que había bajo el cuello en V de su playera de corte holgado.

Jugueteó con un cubo de hielo cubierto en whisky que tenía dentro de la boca y lo presionó contra su mejilla. Ni siquiera tenía algo planeado para esta noche. Ni siquiera había tomado la decisión consciente de invitarla a salir. El día después de que recibió su correo electrónico, simplemente había estado intranquilo. Con el mismo ánimo con que ojeaba pilas de menús de establecimientos que entregaban comida a domicilio, revisó los nombres en su teléfono hasta llegar al final, Eugene Wu, sin encontrar ninguno que le atrajera. La plática de todos ya se sentía aburrida, demasiado conocida. Hannah ofrecía, al menos, novedad. Le escribió para sugerirle que continuaran la conversación en persona…

—¿Qué quería? –repitió–. ¿De veras quieres saber?

—De veras quiero saber.

Se acordó de antiguas fantasías: un catedrático convencionalmente guapo con una mandíbula bien definida, sentado en una oficina con acabados de madera, con una fila de estudiantes esperándolo afuera y una esposa hermosa al teléfono. A veces, la oficina no tenía acabados en madera, sino en cromo y vidrio, con una secretaria que le pasaba sus llamadas y una pared de ventanales que se abrían para dejar ver los rascacielos de Nueva York. También había una pequeña choza en África donde repartía antibióticos y les enseñaba a los aldeanos a amar a Shakespeare.

—Por un lado, hacer algo interesante –dijo–. Y por otro, ser admirado por ello.

Nate recordó algo más: la creencia de que el éxito era algo que simplemente te pasaba, que simplemente hacías lo tuyo y que, si te lo merecías, se te otorgaba por la misma mano invisible que se aseguraba de que la *delicatessen* tuviera leche que pudieras beber y sándwiches que pudieras comprar. ¿A poco no sería bonito? Nate a veces envidiaba a la gente que veía las cosas con menos claridad, a la gente tan seducida por el éxito en sí que sentía un entusiasmo completamente auténtico por las personas exitosas. Nate notaba con perfecta claridad cuando sólo estaba quedando bien, o tratando de hacerlo, y tenía plena capacidad de sentirse contaminado por ello.

—Antes pensaba... –empezó a decir. Pero, no supo cómo terminar.

Empezó a juguetear con uno de los botones de su camisa.

—Es más complicado de lo que pensaba, todo el asunto, la ambición y la escritura –dijo por fin–. Más sórdido.

Hannah se rió.

—¿Has vendido tu alma recientemente?

—Sólo algunos pedazos.

—Eres afortunado –ella dijo–. Yo he intentado. Nadie la quiso.

Al igual que él, Hannah era una escritora independiente, pero Nate estaba seguro de que ella todavía no llevaba tanto tiempo en eso. Recordó que estaba tratando de que la contrataran para escribir un libro.

—Ya la querrán –le aseguró.

Cuando Hannah se levantó para ir al baño, caminó con los hombros encorvados y la cabeza ligeramente inclinada hacia abajo, como si estuviera acostumbrada a habitaciones diseñadas para gente más baja. Llevaba un suéter abierto sobre su playera, así como unos *jeans* metidos en unas botas, un estilo que a Nate le había recordado a la Mujer Maravilla cuando las chicas empezaron a adoptarlo masivamente hacía un año o dos. Su atuendo casi parecía ser poco *sexy* a propósito. Pero, ella tenía lo que parecía ser una costumbre por nervios de jalar los dos lados de su suéter para cerrarlo más, lo cual tenía el efecto de hacer que sus senos (no poco sustanciales) lucieran más prominentes. Conforme se alejaba, el suéter largo evitó que él pudiera darle una revisión fresca a su trasero.

—¿Quieres otra?

Nate giró la cabeza. La cantinera, una mujer joven, miraba fijamente el lugar donde hubiera estado el rostro de Nate de no haber estado mirando cómo se alejaba Hannah. Más que ser bonita, tenía estilo, con una nariz que tenía un ligero aspecto de pico de ave y labios carnosos. Su cabellera oscura estaba dividida en dos colitas que le colgaban a cada lado de la cara.

—Sí, gracias –dijo él. Asintió con la cabeza al mirar la copa vacía de Hannah–. Y otro Chianti para ella.

—Ella estaba tomando Malbec.

—Malbec entonces.

La cantinera se inclinó sobre la barra para recoger la servilleta de coctel hecha bola de Hannah. *Su* escote era franco y sin disfraz. Los primeros botones de su camisa a cuadros estaban desabrochados y, aunque traía una playera sin mangas abajo, ésta también era escotada.

Se deslizó hacia el otro extremo de la barra. Mientras que él y Hannah platicaban, más personas se habían filtrado en el cuarto, nadaban sombras alargadas y ondulantes. Una bola de espejos tipo disco lanzaba manchas errantes rojas y azules sobre las paredes del espacio largo y angosto.

Cuando Hannah regresó, miró su copa de vino.

—Gracias. Yo invito la siguiente ronda.

Jason tenía la teoría de que las chicas que ofrecen pagar durante las citas padecen de baja autoestima. No creen merecer que alguien pague por lo suyo; es una señal de que hay algo malo con esa chica. Nate no estaba seguro de coincidir. A veces, simplemente era algo amable y justo, sobre todo si no eras Jason, a quien nunca le había faltado dinero porque, Nate estaba seguro, siempre había recibido cuantiosos complementos a su ingreso por parte de sus padres o abuelos. No es que él y Jason hablaran abiertamente de semejantes cosas. Nadie en su círculo lo hacía.

Jason de todas formas jamás saldría con Hannah. Sólo le interesaban las mujeres muy atractivas desde el punto de vista convencional, una preferencia que una vez había defendido con base en la justicia social: "Si la gente inteligente sólo se apareara con gente inteligente, las estructuras de clase se justificarían. Habría una clase inferior permanente de gente tonta. Pero, cuando los hombres inteligentes se aparean con mujeres hermosas, sean inteligentes o no, ese sistema rígido de castas queda minado. Los chicos ricos y tontos le hacen a todos un favor al erosionar cualquier justificación que haya para el privilegio basado en el nacimiento".

Jason era un idiota. Sin embargo, pensar en la evaluación de su amigo –Jason probablemente diría que Hannah se sacaba un siete de calificación ("parece compañera de trabajo")– le molestaba a Nate. No le gustaba la idea de salir con chicas con las que Jason no pasaría. Eso le parecía equivocado, dado que Nate claramente era mejor persona, más exitoso, además de más digno de recibir lo bueno.

Pensar en este tipo de cosas no ayudaba.

—¿De qué se trata la propuesta de tu libro? –le preguntó a Hannah.

—¿Qué? Oh... *eso* –empezó a ajustar los pliegues de su suéter abierto–. La clase y la universidad en los Estados Unidos –dijo por fin–. Es como una historia y un análisis de una obsesión nacional. Las universidades que componen la Ivy League son como nuestra propia versión de la aristocracia –ella asintió con la cabeza al tiempo de mirarlo–. Bonita camisa, por cierto.

Nate miró hacia abajo. Había desabrochado los botones superiores de su camisa tipo Oxford. Abajo, traía una playera vieja. Apenas se alcanzaban a ver las letras A-R-V en color carmesí. Se rió.

A la chingada con Jason. Nate se estaba divirtiendo.

—¿Cuándo envías tu propuesta? –preguntó.

Hannah se llevó la mano hacia uno de sus aretes, una cosa plateada colgante.

—Todavía no la termino –dijo–. Me está tomando más de lo que me esperaba.

Nate asintió con la cabeza.

—Es mucho trabajo. Quieres que quede lo más persuasiva que se pueda.

Un momento después, hizo un comentario descartable sobre cómo es triste que sean tan pocas las personas que leen en la actualidad.

—Es difícil no sentirse irrelevante en un mundo donde un libro al que realmente le va muy bien quizá venda cien mil copias. Hasta el peor programa de televisión sobre viajes en el tiempo o mascotas asesinas sería cancelado al instante si le fuera tan mal.

—Oh, no lo sé—dijo Hannah, y se dio la vuelta en el banco del bar para mirarlo de frente–. Creo que es un asunto de vanidad querer que sea de ambas maneras. Ya sabes, querer escribir libros porque es lo que tuyo, pero también desear que te traten como estrella de rock.

Sostenía su copa de vino con bastante elegancia, aunque precariamente, al tomarla del tallo elevarla casi al nivel de la barbilla. Ahora había en su actitud cierto aire despreocupado que realmente no iba de la mano con su timidez previa.

—¿De veras eres tan indiferente ante el destino de los libros? –Nate le preguntó–. La otra noche dijiste que te encantaba Nabokov. ¿No sería algo malo si la gente dejara de leer *Lolita*?

—Yo creo que la gente que probablemente valore a Lolita leerá *Lolita* –dijo, con una expresión retadora, coqueta–. No me importan los demás. Quiero decir, no me importa con qué se entretengan.

Pasó por la mente de Nate que la postura de Hannah no era muy femenina. Sonaba más como una esteta que como una educadora, y las mujeres, de acuerdo con su experiencia, por su carácter tendían a ser educadoras. De manera intuitiva, sintió que ella estaba parafraseando a alguien más (¿a un profesor?, ¿al *Curso de literatura rusa* de Nabokov?), y que ese alguien era un hombre.

—¿Quieres decir que la mayoría de las personas son filisteos y que ninguna cantidad de educación o acercamientos culturales podrá cambiar eso? –preguntó.

Ella alzó una ceja.

—No precisamente. Quiero decir, ¿quién todavía dice "filisteos"?

—Sabes a lo que me refiero.

—Yo no creo que sean peores personas porque no les gustan las novelas, si es eso a lo que quieres llegar.

—¿No lo crees?

—Podrían ser, no lo sé, genios científicos o cristianos que dedicaran su vida a hacer obras de caridad. No entiendo por qué ser una persona que lee novelas me convierta a mí o convierta a alguien más en alguien superior.

—¿De veras quieres decir eso? ¿O sólo estás hablando de dientes para afuera porque la idea es políticamente correcta?

Hannah se rio y su suéter se abrió, revelando los contornos de sus senos a través de su playera.

—Lo creo en su mayoría –dijo–. Trato de creerlo.

Nate se dio cuenta de que estaba teniendo una conversación con Hannah, es decir, no estaba simulando tener una conversación con ella al tiempo de ennumerar en privado los tics y los límites mentales que ella pudiera tener. Cuando se trataba de ir a citas románticas, su inteligencia con frecuencia parecía ser un apéndice incómodo que la mayoría de las veces no le proporcionaba la cosa específica que se requiriera, un sentido del humor ácido y sarcástico, caballerosidad, aprecio por ciertos novelistas de moda, y que además se convertía en una molestia al recordarle cuando estaba aburrido. Ahora no estaba aburrido.

—¿Es elitista pensar que *Lolita* es mejor que un programa de televisión sobre mascotas? –persistió él.

—Es elitista pensar que eres mejor persona que alguien más sólo porque simplemente no le emociona la narración más elegante que ha existido en el mundo sobre abuso sexual infantil.

Los ojos de ella brillaron bajo la luz lanzada por la bola disco.

Nate sugirió que pidieran otra ronda.

Cuando la cantinera les trajo sus bebidas, él se acordó de algo.

—No sabía que tú y Elisa fueran amigas –dijo.

Hannah miró hacia la barra negra de formaica. Con las yemas de los dedos, empujó su copa de vino al tocar su superficie y guió la copa como si fuera un *puck* de *hockey* puesto sobre el hielo.

—Realmente no lo somos –dijo–. Para ser sincera, me sorprendió que me invitara a su cena –miró hacia arriba–. Fue una sorpresa agradable, debo decir.

Esto tenía mucho sentido. Elisa no era muy buena para mantener amistades con mujeres. Con frecuencia buscaba nuevas amigas con entusiasmo, pero de un año al otro había una alta rotación. A Nate no le había parecido coincidencia que la mitad de los invitados de la cena hubieran sido amigos de él, más que de ella misma.

—¿Y qué me dices de ti? –preguntó Hannah–. ¿Tú y Elisa...?

—Antes salíamos –dijo Nate con rapidez.

Hannah asintió con la cabeza. Nate asintió también. Sospechaba que Hannah ya sabía esto sobre él y Elisa. Por un momento, siguieron asintiendo con la cabeza al tiempo de mirarse el uno al otro.

—Qué bien que sigan siendo amigos –ella dijo.

Sugirió que salieran por un cigarro. A Nate le agradó tener la oportunidad de levantarse.

Había sido un junio helado; el aire de afuera estaba fresco. Él y Hannah se pararon de modo que le dieron la espalda al bar. Del otro lado de la calle, en una nueva bodega bien iluminada, una mesa tenía encima pilas altas de piñas y plátanos. Su pared trasera estaba recubierta con montones de papel de baño marca Nature's Harvest, envueltos en celofán verde bucólico. Junto a la bodega estaba una oficina de seguros avejentada, con ventanales de vidrio al frente.

Hannah buscó en su bolsa y le pasó a Nate una cajetilla de cigarros. Sostuvo la caja amarilla a cierta distancia de su cuerpo, como un abstemio que es forzado a sostener una copa para servir martinis.

—No sabía que fumaras –dijo él.

Hannah siguió hurgando en su bolso.

—Sólo cuando estoy bebiendo –respondió. Su voz había tomado un tono ligeramente cantado. Le había seguido el paso, bebida por bebida. Esto lo había sorprendido.

El semáforo se había puesto en verde. Dos taxis amarillos con luces que indicaban que estaban vacíos pasaron a toda velocidad, yendo lo más rápido posible hacia Manhattan. Hannah retiró un encendedor de plástico. Nate miró mientras se colocaba un cigarro en la boca, para luego cubrirlo con una mano y encenderlo con la otra. Cuando inhaló, su boca formó una pequeña letra O. Sus párpados cayeron lánguidamente. El placer parecía moverse en olas grandes a través de ella.

—Eres como una adicta.

Sin mirarlo a los ojos, alzó su dedo medio. Este gesto sorprendió a Nate y lo hizo reír.

—Simplemente, me harta este asunto de la prohibición de fumar –dijo ella–. Es tan totalitario.

Antes de saber lo que estaba haciendo, Nate se acercó y la besó. Descendió sobre ella tan rápidamente que le desató una especie de risa con sonido infantil que denotaba sorpresa-con-posibilidad-de-complacerlo antes de empezar a besarlo a su vez. Él sintió cómo se cayó el cigarro al suelo.

Su boca sabía ligeramente a cenicero. A él no le molestó. Le gustó que a ella le pareciera que el asunto de la prohibición de fumar fuera "totalitario".

Empezó a caminar junto con ella hacia atrás hasta que la espalda alta de ella tocó la parte frontal de ladrillo de un edificio adyacente. Se inclinó hacia ella, con una mano apoyada en la pared por encima de su cabeza, mientras la otra se deslizaba hacia abajo por la curva de su cadera. Luego, de repente, sintió una presión en el pecho, como si su cuerpo reaccionara ante un pensamiento antes de que hubiera terminado de formarse en su mente. Sin desearlo en absoluto, había empezado a preguntarse si esto era una buena idea, si el afecto espontáneo que había sentido por Hannah no sería una señal de que esto era lo último que debería estar haciendo.

No. La mano que estaba puesta en la pared se cerró para formar un puño y raspó contra el ladrillo; la otra encontró su camino hasta donde la espalda baja de Hannah se hundía y ensanchaba para convertirse en su trasero, el cual en verdad estaba bien, muy bien. Se dijo a sí mismo que se callara el hocico y que disfrutara el momento.

{ 5 }

Nate alzó su cafetera hasta la luz. La mitad de abajo era una mezcla de manchas color café pálido con orillas oscuras, un registro fosilizado de cada vez que hizo café desde la última ocasión en que había limpiado esta cosa. Empezó a tallar el interior con una esponja tibia.

Tras un ratito, comenzó a pensar en Hannah. Se había divertido con ella la otra noche. Eso no era tan inusual. Generalmente, le gustaban las primeras citas. Lo que resultaba inusual era la impresión de ella que él se había llevado, pues le pareció tanto razonable como dueña de profundidad intelectual. Aunque no fuera algo que confesara en voz alta, con frecuencia pensaba que las mujeres eran o profundas o razonables, pero rara vez ambas cosas. Aurit, por ejemplo, era profunda, pero no razonable. Kristen era razonable, pero no profunda.

A veces se preguntaba si no sería un poco misógino. A lo largo de los años, distintas mujeres se habían quejado de que casi todos los autores que admiraba no sólo estaban muertos y eran blancos, sino que también eran hombres. Aunque esto se lo hacían notar con un júbilo acusatorio, a Nate no le parecía que fuera algo tan relevante. Las mujeres se habían topado con barreras sistémicas ante la educación y las oportunidades durante la mayor parte de la historia. No habían escrito tanto.

Lo que él no decía, ¿para qué ayudarle al fiscal con su caso?, era que el tipo de escritura que él prefería parecía inherentemente masculina. Los autores que más lo impresionaban no estaban impulsados por una sensación de reclamo personal. (Era improbable que escribieran, digamos, poemas titulados "Mami"). Por supuesto que esa no era una descripción precisa de todo lo escrito, o siquiera de la mayoría de lo escrito, por mujeres. Sin embargo, el hecho es que cuando leía algo que admiraba, algo escrito en la actualidad, ficción, no ficción, no importaba, había como una probabilidad del ochenta por ciento de que un tipo lo hubiera escrito.

Pensaba que las mujeres eran absolutamente igual de inteligentes que los hombres, absolutamente igual de capaces de averiguar cuánto tiempo tardaría que el tren A chocara contra el tren B, si ambos estaban encaminándose el uno hacia el otro a una velocidad promedio de C. Eran igual de capaces de contar con pensamiento racional; simplemente no parecían estar tan interesadas en él. Les parecía bien aplicar argumentos racionales para defender lo que ya creían, pero era poco probable que las convencieran de lo algo distinto, si estaba en conflicto con su tendencia o, peor aún, su intuición, si minaba alguna opinión valorada o si afectaba su autoestima. Así que muchas veces, cuando Nate había discutido con alguna mujer, había llegado un punto en el que quedaba claro que ningún argumento cambiaría la manera de pensar de ella. Su postura era la que ella "sintiera"que era la correcta; como resultado, era impermeable.

Hasta las mujeres que sabían que eran intelectuales parecían estar principalmente interesadas en abogar por algo, en usar el intelecto para beneficio de alguna causa como el feminismo o el ambiente o el bienestar infantil o para la interpretación de su propia experiencia. Como en el caso de Aurit. Era una de las mujeres –de las personas– más inteligentes que Nate conocía. Tenía visión clara y original y, a diferencia de cierto tipo de mujer, no era temerosa en cuanto a la intelectualidad; se sentía cómoda al confrontar las creencias convencionales. Pero, sus temas –sionismo, judaísmo, patriarcado– provenían de su vida. Cuando trataba de escribir de manera más abstracta, el resultado era desfavorable por comparación. No le interesaban la relaciones internacionales ni la política del Medio Oriente, le interesaba el haber crecido en una familia israelí loca y conflictuada que funcionaba como un monstruo de dos cabezas, con liberalismo social y tribalismo primitivo por doquier que se golpeaban el uno al otro. En otras palabras, le interesaba ser Aurit. Y estaba bien. Pero, era una diferencia.

Desde luego, si le hicieras notar esto a Aurit, se pondría furiosa. Y para Aurit, el hecho de que algo la hiciera sentirse mal era razón suficiente para rechazarlo. Ni siquiera le gustaba cuando Nate mencionaba cosas que estuvieran fuera de su comprensión. Si empezaba a hablar acerca de filósofos que ella no hubiera leído, es decir, la mayoría, su rostro se ponía rígido, con los labios muy cerrados y con pulsaciones alrededor de las sienes, como si Nate, al hablar sobre Nietzsche, en realidad estuviera sacándose la verga y golpeándola con ella. Hasta Jason, y Aurit sin duda era mejor persona que *Jason*, era más justo en lo intelectual.

Y eso era el caso de Aurit, quien era brillante. Si Nate era sincero, también pensaba que las mujeres, como categoría general, parecían menos capaces de mostrar una evaluación estética desinteresada de la literatura o el arte (o les interesaba menos): eran más propensas a basar sus juicios en el mensaje de una cosa, en si era uno que ellas aprobaran o no, y en si era algo que "necesitaba ser dicho".

Para este momento, la jarra de la cafetera ya estaba razonablemente transparente.

Nate la puso a un lado e inspeccionó la cafetera en sí, y examinó los granos solidificados que tenía pegados. Cuando puso de cabeza el aparato ligero de plástico, se abrieron los compartimentos, los cuales colgaban de bisagras de plástico, y se mecieron de manera alocada. La máquina se le empezó a escapar de las manos. Rápidamente se puso en cuclillas, la atrapó y la abrazó contra su estómago. La puso en el fregadero y empezó a golpearla con la esponja aguada.

Cuando terminó, dejó la cafetera en el mostrador junto a la jarra para que se secara. Al caminar hacia su recámara, se quitó la playera húmeda. El aire de la recámara estaba espeso, debido a un pesar inquieto surgido cuando la mayoría de la luz tenue de fines de la tarde fracasó al intentar perforar una cobija gruesa de nubes. Una capa ligera de condensación formaba puntos en la ventana y le daba a la habitación una sensación de estar sellada, hermética.

Sintió una ola de afecto por su pequeña buhardilla. Su sello característico de miseria le parecía atractivo a un nivel elemental. La verdadera miseria no era esto, sino lo desoladamente utilitario del condominio suburbano de sus padres, donde varios aparatos ocultos hacían un sonido monótono, como si fueran monitores en un hospital. O era la elegancia simulada, como de plástico, de la casa de rancho donde habían vivido cuando era niño, la versión que un inmigrante podría tener del hogar estadounidense, armado a partir de programas de televisión de una generación atrás, con flores artificiales y una sala que rara vez se utilizaba. Incluso los edificios de alto nivel, creados con buen gusto en la época previa a la guerra, que algunos de sus amigos habían adquirido en años recientes, con sus bardas de protección para bebés y sus refrigeradores para vino (¡refrigeradores para vino!), le parecían a Nate más sórdidos que su pequeño departamento, el cual era, de forma contrastante, el hogar de una persona que vivía por otras cosas que no fueran relacionadas con la calidez doméstica y domesticadora que a casi todo el mundo parecía gustarle.

Había limpiado un poco. Eso ayudaba. La vida diaria de Nate se caracterizaba por explosiones de productividad matizadas por descensos hacia el letargo, la soledad, la suciedad y el pesar. Sus etapas de mal humor tenían la característica de que se autoperpetuaban. No tenía un empleo o una rutina recurrente para detener el lodazal, y su herramienta habitual –la bebida– tendía a ayudarle sólo a corto plazo. Eso sí, Nate realmente nunca había quedado incapacitado por sus estados de ánimo, no por más de un día o dos, y desde que su libro se había vendido, sus ataques de ánimos bajos habían sido tanto menos frecuentes como menos severos. Aunque su éxito relativo no lo hubiera vuelto precisamente feliz, en promedio había hecho que estuviera menos infeliz. Hoy, el hecho de que se acercara una fecha de entrega lo había sacado de su inactividad. Tenía que escribir una reseña de un libro, y escribirla rápido. Para prepararse, se había puesto en modalidad hiperproductiva. En las últimas horas, se había ido a correr (cinco millas en cuarenta y un minutos con treinta y ocho segundos), había enviado por correo una tarjeta para indicar que acudiría a la boda de un amigo, había dejado su ropa en la lavandería y se había aventurado a entrar en la tienda de abarrotes, donde compró cerveza, leche, tres pizzas Celeste para Uno (que estaban de oferta) y un gran surtido de cereales Total Raisin Bran y Lucky Charms (su desayuno predilecto era un plato de Raisin Bran, seguido por unos Lucky Charms "como postre").

Como se sintió merecedor de un momento de reposo, Nate jaló la ventana de su recámara para abrirla y se inclinó hacia afuera para respirar bocanadas de aire húmedo. Las dos ventanas de su departamento –una en la recámara y una en la cocina– eran las únicas características que un *yuppie* pudiera anhelar. Daban hacia el sur y dejaban entrar mucha luz solar y desde el sexto piso, la vista era decente si mirabas por encima de las azoteas de los edificios vecinos y hacia la línea del horizonte, más que a la calle que estaba abajo. Pero, quería más a su manzana debido a su fealdad. Su cercanía a la moda –bares y restaurantes atractivos, cafeterías, sus amigos– era conveniente, pero lo que le encantaba era que no estuviera de moda. En la esquina, el toldo amarillo de un taller de reparación de llantas decía "Abierto 7 a.m. hasta –". Las mañanas de los domingos, una iglesia albergada dentro de una tienda del otro lado de la calle atraía a una multitud de mujeres negras cuyas faldas, que les llegaban hasta la pantorrilla, se les pegaban a las piernas en medio de la brisa.

Semejantes vestigios del vecindario que éste alguna vez había sido ahora eran especialmente conmovedoras. En su propio edificio, personas que habían vivido durante muchos años en departamentos oscuros con moho y con losetas de linóleo cuarteadas miraban desde sus entradas cómo las unidades que lo rodeaban quedaban destrozadas, y luego eran reconstruidas con nuevas ventanas brillantes, pisos de madera y enseres de acero inoxidable, y un distinto tipo de inquilino, del tipo que pagaba una renta varias veces superior a la que se cobraba antes de las renovaciones. Nate se había mudado ahí unos cuantos años antes de la ola actual de súper aburguesamiento; el hecho de que su propio departamento casi no hubiera tenido mejorías era una fuente de orgullo.

Eso sí, al igual que las personas que habían llegado más recientemente, sólo vivía superficialmente entre los pobres. Caminaban por las mismas calles y andaban en los mismos metros (los camiones, sin embargo, en gran medida eran cedidos a la clase baja), pero los dos grupos bien podrían haber existido en distintas capas de la atmósfera de la tierra que sólo parecen estar en un mismo plano cuando se ven a la distancia. Una tienda llamada National Wines & Liquors, Inc., donde tanto el licor como el cajero estaban resguardados tras vidrio a prueba de balas, realmente no era competencia para el mucho más nuevo Tangled Vine, que se especializaba en vinos orgánicos y locales y exhibía la obra de artistas de la zona durante sus catas celebradas las tardes de los jueves. Incluso en las bodegas, donde todos los caminos, de hecho, sí convergían, los diferentes niveles de residentes rara vez sujetaban la misma mercancía. Nate se estiraba para tomar el *New York Times* (que apenas habían empezado a surtir de manera relativamente reciente; cuando él se acababa de mudar al vecindario, tenía que caminar hasta Park Slope para conseguirlo), mientras que los taxistas y los albañiles agarraban el *Post*. Compraba paquetes con seis cervezas para llevárselos a la casa en vez de latas con una sola porción de cuarenta onzas. Sólo el efectivo que pasaba de un lado al otro del mostrador tocaba todas las manos.

Desde la calle, Nate oyó la pulsación gutural de un motor sin amortiguadores, seguido por el chirrido de unos frenos. Nate pudo escuchar gritos, pero no distinguió las palabras surgidas cuando un par de mujeres jóvenes cruzó la calle enfrente de un auto detenido.

Pensó de nuevo en Hannah. Después de que se habían besado la otra noche, habían regresado al bar para terminar sus bebidas. Él la acompañó a casa y se besuquearon un poco más enfrente de su edificio. Incluso en retrospectiva, le pareció, por su relajada disposición a contradecirlo, por su atuendo poco femenino, pero para nada poco favorecedor, poderosamente sexy.

Pero, debería tranquilizarse. Tenía la mala costumbre de enfocarse inicialmente en una o dos cosas que le gustaban de cada chica nueva por la cual se interesaba, como si fuera para justificar su atracción. Ésta (Emily Chiu) no sólo era hermosa en una forma pequeña y delicada que él encontraba especialmente atractiva, sino que él y ella, cuando se conocieron por primera vez, habían tenido una conversación intensa que los unió respecto al hecho de ser hijos de inmigrantes. Esa otra (Emily Berg) era chistosa. Una tercera era deslumbrantemente impresionante en cierta forma cuerda y competente y profesional. (Sí, al principio, él había pensado que quizás se enamoraría de Juliet). Pero, las impresiones tempranas no eran confiables. El caso de Juliet, por ejemplo. Se enorgullecía de ser una persona que tenía el valor de expresar lo que pensaba, que decía las cosas tal y como las veía, pero tras unas cuantas citas, Nate había sentido que agresiva quizá fuera una descripción más adecuada. Ella era un almacén de verdades tanto evidentes como groseras: una amiga debería ponerse a dieta, un colega que tenía dificultades debería aceptar sus limitaciones, debería dejar de intentar ser "un reportero exitoso, pues no está destinado a serlo". Rara vez le hacía a Nate preguntas sobre sí mismo, salvo para cuestionarle si había ido a tal o cual restaurante y para asombrarse cuando la respuesta era no. Parecía que no tocaban muchos temas de interés mutuo; Nate dedicó mucho de su tiempo en pareja a simular interés por asuntos que sólo le atraían ligeramente: problemas con el personal en el Wall Street Journal, el gran número de reporteros de negocios que carecían de un entendimiento claro de los negocios, los méritos relativos de los granos enteros versus los refinados. También, el alto porcentaje de hombres neoyorquinos que, de acuerdo con Juliet, se sentían intimidados por las mujeres exitosas.

No había nada de malo con Juliet, Nate no tenía duda de que a muchos otros hombres les parecía deseable, pero había sido obvio que él y ella no eran adecuados el uno para el otro. Eso sí, cuando se daba cuenta de que había estado equivocado con su impresión inicial respecto a Juliet o a cualquier otra mujer con la que hubiera salido, invariablemente se sentía como un tonto por haber mostrado, inicialmente, más entusiasmo del que al final resultó tener.

Desde luego, estas mujeres deberían haber escuchado cuando les dijo que no estaba buscando nada serio, pero, en cierta forma, realmente no importaba, si esto era tonto de parte de ellas. Las personas éticas no se aprovechan de la debilidad de la demás gente; eso sería como ser un dueño de un tugurio o un manipulador de precios. Y enfrentarse a la debilidad es exactamente lo que sentía durante sus salidas con tantas de estas mujeres, con sus esperanzas plenamente a la vista, con su hambre de conexión y su despreocupada suposición de que los hombres también deseaban eso con la misma intensidad.

¿Basada en qué? ¿En quién?

El aire de afuera empezó a enfriar su pecho descubierto. Nate lentamente regresó adentro, ahora listo para empezar. El libro que debía reseñar estaba escrito por un novelista israelí de izquierda. En las últimas semanas, él había leído todas las obras anteriores del autor y otros libros relacionados, pero, hasta hoy, no había leído el libro que en realidad debía reseñar. Rápidamente, lo absorbió el texto, y sólo de vez en cuando levantaba la mirada, conforme el sol se hundía tras un horizonte irregular y gris formado por edificios de seis o siete pisos. Ya se estaba sintiendo cada vez más desencantado con el texto, estaba repleto de sentimentalismo y su política le resultaba trillada y autocomplaciente, cuando se dio cuenta de que estaba entrecerrando los ojos para leer en medio de la casi total oscuridad; encendió su lámpara de escritorio. Terminó el libro alrededor de la medianoche y empezó a tomar notas. Varias horas después, apagó la lámpara para tomar una siesta breve. Ya estaba de vuelta ante su escritorio, agachado encima de su computadora portátil, cuando el primer matiz de naranja salmón empezó a teñir la oscuridad de afuera. Caminó hacia la ventana. Incluso la iglesia ubicada en una tienda lucía austera y digna en medio de la neblina del amanecer. *La ciudad lleva puesta, como una vestidura / la belleza del día; silenciosos, desnudos...* Juró prestar atención más frecuentemente a la salida del sol, cuando no hubiera estado despierto toda la noche. Lo cual era lo que siempre decía cuando había estado despierto toda la noche.

Para la media mañana, el sol estaba brillante, fuerte y centellante. Las nubes que permanecían estaban reducidas a rulos tipo hilos, a los cuales la brisa pateaba de un lado al otro. Nate cerró sus persianas para bloquear el resplandor. Para entonces, estaba determinando el punto principal de su argumento. Aunque compartía la furia del autor ante ciertos desarrollos surgidos en el Israel contemporáneo, existía, escribió, inevitabilidad con respecto al traslado de dicho país hacia la derecha. Cuando una nación que asegura ser fiel a los principios liberales-democráticos se basa en fundamentos explícitamente nacionalistas, la contradicción de seguro regresará para perseguirla, incluso si el nacionalismo está disfrazado de sionismo. Como Israel desde su concepción estuvo infestado por la evasión, como los Estados Unidos, en cuanto a esclavitud, no hay una base firme sobre la cual discutir con el creciente número de israelíes, en especial judíos ortodoxos e inmigrantes rusos, quienes descartan los principios liberales por considerarlos simple debilidad. Finalmente, será necesario hacer un verdadero ajuste de cuentas, no sólo mostrarse angustiado. (Aurit, Nate se dio cuenta, iba a odiar el artículo).

De vez en cuando, mientras evaluaba una frase o generaba un contraargumento, se paraba para caminar y juntaba las manos detrás de su cabeza conforme merodeaba por el pequeño perímetro de su departamento. Ya entrada la tarde, abrió las persianas y miró hacia fuera. Sombras de nubes pasaron tan rápido por encima de los edificios que tuvo la sensación de estar en movimiento él mismo.

Era el principio de la noche cuando envió la reseña terminada. Sintió como si hubiera salido de alguna cámara oscura e íntima. Se dio una ducha y luego dejó un rastro de pisadas mojadas conforme caminó de regreso a su recámara con su toalla atada a la cintura, con las mejillas sensibles y de color rosa por haber usado el rastrillo. Contuvo el impulso de mandarle un correo electrónico a su editor con algunas correcciones menores que se le habían ocurrido conforme se rasurada. En vez de ello, tomó tres platos para cereal, dos tarros, una lata vacía de Bud Light, un plato de cerámica naranja lleno de orillas de pizza y varias toallas de papel grasosas. No parecían ser demasiados deshechos, dado que habían sido veinticuatro horas de casi puro trabajo de corrido.

Aproximadamente una hora después, sentado en un bar deportivo cercano, con el hambre saciada y con un interés decreciente por el juego de los Yankees transmitido en el televisor de pantalla plana –ahora que su ventaja por encima de los Orioles se había vuelto más grande–

sintió deseos de ver a Hannah. Quería hablar con ella sobre su reseña, respecto a la cual estaba bastante contento. Había hecho una sutil referencia a Nabokov que le pareció que ella valoraría.

Jugueteó con la idea de llamarle para ver si quisiera unírsele. Pero, eso era ridículo. Casi se estaba quedando dormido en el banco del bar y se había sentido borracho tras tomar una sola cerveza. También estaba el hecho de que tenía temor de iniciar algo.

Dejó unos cuantos dólares bajo su vaso y meneó la cabeza para decirle adiós al cantinero, un tipo hosco y musculoso como de la edad de Nate. Cuando salió a la calle, un repartidor en una bicicleta pasó a toda velocidad, lo cual lo obligó a dar un paso hacia atrás. Pensó en lo ridículo que estaba siendo, qué neurótico. Le estaba dando demasiada importancia a esto. Decidió llamarla al día siguiente.

***

El restaurante en el que se vieron era uno de esos lugares tipo *bistro*, con gabinetes de cuero rojo y un piso con azulejos blancos y negros, un tipo de decoración inspirado por *Casablanca* y el colonialismo francés. Cuando Nate llegó, Hannah estaba recargada en la barra y tenía una bebida en la mano. Un rayo de sol que entró por la ventana trazó una raya sobre su espalda esbelta y luego, conforme se dio la vuelta para mirarlo, sobre su pecho y sus hombros.

Traía puesta una blusa pegada y una falda estrecha que no era precisamente una minifalda, pero que tampoco le alcanzaba a cubrir las rodillas. Se veía bien.

—Te ves bien –le dijo.

—Gracias.

Nate se jaló la playera, pero entonces notó que su panza lucía un poco prominente en la parte frontal. La sumió y notó que sus *jeans*, unos de moda que Elisa le había escogido, le quedaban flojos por haber dejado pasar demasiado tiempo entre lavadas. Sus bolsillos, que contenían su cartera y su teléfono celular y sus llaves, lucían saltones y poco atractivos.

—¿Crees que vaya a llover? –preguntó Hannah.

Asintió con la cabeza al mirar el paraguas que él cargaba, y luego la inclinó hacia la ventana. El cielo azul brillante se alcanzaba a ver por encima de los tejados.

—Quizá me informaron mal –dijo él.

Le contó que esa tarde le había dado el paraguas la chica que trabajaba en la cafetería que habitualmente visitaba. Alguien lo había dejado ahí unas semanas atrás.

—No hay nada mejor que algo gratis, ¿cierto? –dijo él. Luego entrecerró los ojos y miró el paraguas. Era demasiado grande, con un toldo morado con amarillo–. Bueno, quizá sí sea un poco conspicuo.

Cuando Hannah sonrió, de nuevo notó el parecido con Emily Kovans.

—Espero no estarme convirtiendo en mi papá –dijo, después de que los sentaron en una mesa en la parte trasera del restaurante–. Le gusta presumir que nunca tiene que comprar trapos para lavar platos ni para bañarse porque simplemente se lleva los que te dan para usar en el gimnasio.

Hannah le preguntó cómo eran sus padres, "quiero decir, cuando no se están robando artículos para el hogar".

Nate de inmediato quería retractarse de lo que había dicho. No le gustaba el aire burlón que habitualmente se colaba en su voz al hablar de sus padres, como le había sucedido la última vez que vio a Hannah, cuando se había mofado de su actitud con respecto a Brooklyn. Por buscar entretener, con demasiada frecuencia acababa por ridiculizar sus costumbres de inmigrantes de clase media: sus comentarios no políticamente correctos acerca de las minorías, sus aseveraciones casi infantiles de superioridad por encima de los estadounidenses y de la cultura estadounidense que con tanta recurrencia malinterpretaban, su preocupación demasiado abierta por el dinero y su constante sospecha de que la gente pretendía aprovecharse de ellos. Todas estas historias eran ciertas, pero cuando Nate las sacaba a relucir, algo en ellas no se lograba traducir. Sentía más empatía por sus padres que lo que daba a entender y sospechaba que lo que en realidad intentaba decir era "Soy distinto, soy de Harvard, de Nueva York, no soy de estos pueblerinos".

Esto había sido especialmente grave con Elisa. Quizá él nunca le perdonó la falta de remordimiento en su risa cuando le contó sobre cómo, hace mucho, habían hecho sonidos de asombro y admiración ante los muebles del aparador de una tienda que permitía alquilarlos antes de comprarlos. Le habían dicho que la mesa de centro laqueada de colores crema y oro, así como la cama con cabecera en forma de cisne, les recordaban a Versalles.

—No son tan malos –le dijo a Hannah, al tiempo que un mesero les dejaba la carta–. Son buenas personas.

Ella fue más comunicativa. Su padre y su madre habían crecido en el lado oeste de Cleveland ("el lado equivocado"). Su padre era el hijo inteligente de un obrero automotriz que había cortejado y cautivado a una chica popular, la madre de Hannah, mientras eran estudiantes en la Universidad Estatal de Kent.

—Ella literalmente había sido la reina de los estudiantes –dijo Hannah. Su padre era un abogado corporativo. Tenía dos hermanas mayores, ambas equilibradas emocionalmente y exitosas, "más como del medio oeste de Estados Unidos" que ella. Estaban casadas; una vivía en Chicago y la otra, en Cleveland. Del lado este.

Cuando se terminaron sus cocteles, Nate pidió una botella de vino.

Vaya que esto se está convirtiendo en una cena refinada –dijo Hannah–. Muy al estilo de los blancos anglosajones y protestantes.

Le contó que había visitado la casa de playa de una amiga en Cape Cod hacía un par de fines de semana. Describió la cava de la casa, así como la recámara en la que se había quedado, la cual, al abrirse, llevaba hacia una veranda cerrada que a la vez daba hacia la playa. Dijo que, en realidad, no podía creer que estuviera ahí. Nate mencionó que los ricos disfrutan de ser hospitalarios con la gente inteligente, artística. Necesitan un público compuesto por personas lo suficientemente sagaces como para valorar de verdad todo lo que tienen. Les ayuda a disfrutarlo más. Hannah insinuó que él estaba siendo demasiado cínico. La familia de su amiga tenía dinero. ¿Por qué esto volvería su hospitalidad más sospechosa que la de otras personas? Nate dijo que no trataba de insultar a su amiga. Estaba hablando a nivel macro.

—Oh, a nivel *macro* –dijo Hannah–. Ya veo, entonces.

Nate se sintió apenado de inmediato. ¿Por qué había usado esa palabra? Tenía la mala costumbre de dejarse llevar y revelar, sin pretenderlo, su precisión pedante, el estilo académico de su mente. Al escribir, podía ocultar esto con lenguaje engañosamente informal, un tono conversacional creado con esfuerzo que con frecuencia se le escapaba al conversar. De manera contrastante, a pesar de su ligera timidez, Hannah tenía un aire cool; se notaba en su postura divertida, irónica, encorvada, en el tono pícaro que usaba invariablemente e incluso en la manera descuidada en que sostenía su bebida.

—Quiero decir... –él empezó.

—–Sé lo que quieres decir –dijo ella–. Sólo es que pienso que cualquier teoría dominante basada en un error o en una exageración probablemente está mal.

Sonrió de manera inocente.

Nate se rió. ¿Por qué decían las mujeres que los hombres se sentían amenazados por las mujeres que los confrontaban?

El mesero les sirvió lo que quedaba del vino en las copas. Cuando dejaron el restaurante, los edificios y las banquetas estaban resbalosos y brillantes. Nate se limpió una gran gota de agua que tenía en la frente. Hannah miró, indignada, hacia el cielo.

Nate sacudió el paraguas triunfalmente.

—¡Lo sabía!

Hannah volteó la mirada hacia arriba, con la especie de desesperación falsa que a las mujeres les gusta simular al coquetear. Cuando se metió debajo del paraguas junto a él, su cadera rozó la de él. Estaba tan cerca que Nate casi podía sentir el cabello de ella sobre su propia cara.

—Vamos a tu casa –dijo él.

La expresión de Hannah se volvió inquisitiva. Empujó su cabello hacia atrás de una oreja y se alejó de él lo más que pudo sin dejar de permanecer bajo el paraguas. Parecía estar pensando muy seriamente en la pregunta. Nate tuvo la tentación de tocarla, pero algo, quizá el hecho de que estaba ocupada en "pensar", lo detuvo, como si el hecho de hacerlo constituyera una interferencia ilegal, como sobornar a un jurado.

—Quiero ver tu colección de libros –fue lo que dijo entonces.

—Qué horror.

—Voy a tomar eso como un sí.

El taxi que él llamó parecía moverse sobre la calle brillosa como si fuera un carrito chocador, y arrojó agua mientras se deslizó antes de detenerse unos seis metros adelante de ellos. Corrieron hacia él, con risas de ebriedad, mientras se apresuraban a meterse al asiento trasero. El conductor, poco corpulento y con pérdida de cabello, refunfuñó cuando le dijeron que iban a Brooklyn y, al murmurar por teléfono celular en un idioma del sur de Asia, golpeó el puño contra su volante cubierto de encaje. Esto también les pareció extremadamente gracioso.

Al cruzar el puente, Nate volteó para poder admirar el horizonte de Manhattan que dejaban atrás. Las hileras de luces blancas que bordeaban los cables de los otros puentes del Río Este parecían collares colgantes bajo las torres encendidas de forma brillante, como una exhibición de fuegos artificiales que se hubiera quedado congelada en su momento más expansivo. La vista, conocida y a la vez siempre emocionante, en combinación con el olor a plástico del taxi, casi hizo que se sintiera aturdido. Rara vez los tomaba, excepto cuando iba hacia la cama con una chica nueva.

El departamento de Hannah estaba justo al lado de Myrtle, en el segundo piso de un edificio sin elevador. Nate esperó cerca de la puerta mientras que ella daba vueltas por la sala para prender una serie de lámparas pequeñas. El espacio se iluminó gradualmente, hasta que llegó a la tercera o a la cuarta. Sus pisos de madera estaban rayados, pero las paredes eran de un color blanco muy limpio y severo,conservaban las molduras originales hasta arriba y tenían colgados muy pocos cuadros. Una pared estaba recubierta por libreros. Del otro lado, una media pared separaba la cocina del área de estar. El cuarto parecía inusualmente amplio para ser Nueva York, en parte porque tenía relativamente pocos muebles. No había, notó Nate, un sillón. Tampoco un televisor.

Hannah le hizo una seña a Nate para que se sentara cerca de la ventana donde dos sillas tapizadas que no hacían juego estaban a ambos lados de una pequeña mesa triangular. En la repisa de la ventana, había un cenicero.

Una brisa sopló a través de la malla que recubría la ventana. El aire, pesado de tan húmedo, olía limpio y fresco. Hannah puso un poco de música en un tocadiscos, a un tipo que tocaba la guitarra y sonaba drogado, con voz etérea y triste.

—Pensé que te gustaba el *punk* –gritó Nate cuando Hannah se encaminó hacia la cocina.

—¿Qué?

Se dio la vuelta.

—Ah, sí...los Descendents. De una era distinta.

Era. A Nate le gustó eso. La música no estaba mal, tampoco, aunque le recordaba a Starbucks.

La brisa volvió a hacer que el aire crujiera. Nate se inclinó hacia atrás en su silla y experimentó la sensación placentera de estar fuera de los límites del tiempo y de la vida normal. Oficialmente era el primer día del verano y, para variar, su ánimo sí estaba sincronizado con el calendario. Se sentía libre y emocionado, como cuando era más joven, cuando el verano era una posibilidad larga, un estado mental, no un período en el que había menos trabajo porque los editores estaban de vacaciones.

Hannah se movió alrededor del departamento con alegría alocada y giraba temblorosamente, apoyada en la parte frontal de sus pies, cada vez que cambiaba de dirección. De puntitas, tomó una botella de whisky y dos copas delgadas con bordes azules que había en una vitrina de la cocina. Colocó las copas en la mesita que estaba junto a Nate y empezó a servir el whisky, con la botella elevada hasta arriba, como si fuera una cantinera, y la oleada alargada de color ámbar brilló bajo la luz de la lámpara. Al pasar de una copa a la otra, tiró un poquito, de modo que un rastro punteado de líquido unió sus bebidas.

Nate alzó la que estaba más cerca de él.

—Salud.

Notó que había algunas piezas de vajilla de porcelana azul y blanca en el mostrador de Hannah.

—Eso me recuerda las cosas que mi mamá se trajo de Rumanía –dijo. Aunque la había esquivado cuando le preguntó, él sintió deseos de contarle a Hannah acerca de su familia desde que ella le contó acerca de la suya. Ella para nada era como Elisa.

Le platicó acerca de la casa del rancho de ladrillos rojos en la que había vivido cuando era niño. Después de la escuela, Nate y su madre se sentaban ante la mesa, un mueble de formaica, en su cocina alegre de los años sesenta y tomaban té, esto fue antes de que su mamá tuviera un empleo de tiempo completo. Recordó cómo disolvía terrones de azúcar tomados de un plato hondo de porcelana con un delicado borde estriado y una parte interior laminada en oro. Dado que el pequeño plato hondo era una de las pocas cosas que se había podido traer cuando ella y su papá emigraron, en su hogar se le consideraba como un tesoro de valor incalculable. En retrospectiva, le dijo a Hannah, era sorprendente la manera en que su madre transmitía algo aristocrático relacionado con su vida en Rumania, algo muy romántico del Viejo Mundo, a pesar de la pobreza, el antisemitismo, lo inhóspito.

—Todavía conserva algo de ese elitismo europeo –dijo él. Mientras tomaban té, ella le había dicho que los niños de allá no leían "esto, esto" y, había arrugado la nariz, el libro *Encyclopedia Brown*. Entonces le dio a Nate una copia de *Veinte mil leguas de viaje submarino*. También fue mientras tomaban té que le habló por primera vez acerca de las novelas que ella amaba. Lanzaba su larga cabellera color miel por encima de sus hombros al tiempo de explicarle cómo era que Ana Karenina simplemente no podía aguantar más. El señor Karenin era un buen hombre, pero su tipo de bondad, y Nate pudo recordar la forma en que su mamá lo agarró del brazo con una mano huesuda al decirlo, su tipo de bondad podía resultar atrofiante. El borde de su taza de té había quedado manchado de lápiz de labios rojo.

—Supongo que ella no tenía muchos amigos en ese entonces –dijo Nate rápidamente, y de repente sintió que había dicho demasiado–. Ella y mi papá son muy distintos.

Hannah asintió con la cabeza.

Nate se sintió aliviado al ver que ella no le hacía cuestionamientos respecto al matrimonio de sus padres ni sobre lo que él, como adulto, pensaba acerca de la interpretación algo convenenciera que su madre hacía de él.

Se levantó para examinar detenidamente sus libreros.

—Tienes mucho de Greene.

Tenía principalmente ediciones antiguas de pasta suave, con títulos impresos con tipografía sesentera tipo *mod* arriba del nombre de Graham Greene.

—Me educaron como católica –dijo ella.

Había caminado discretamente hasta quedar junto a él y llevaba consigo el dulce aroma a whisky. Nate se volteó y la besó.

Un momento después, ella se hizo para atrás. Miró el piso. La luz de la lámpara brillaba sobre sus pestañas largas, lo cual le daba a su rostro un aspecto lánguido y salvaje. Las siguientes palabras que salieron de su boca arruinaron este efecto. Le dijo que podía quedarse a dormir si quería, pero que ella prefería no... Bueno, ya sabes –se mordió el labio–. Probablemente te lo debería haber dicho antes de que vinieras.

Nate dio un paso hacia atrás como si lo hubieran culpado. Deseaba que ella no se viera tan nerviosa. Él no era ninguna bestia que fuera a montar en furia si ella no se lo cogía. Miró hacia la cocina.

—Está bien –dijo–. Como te sientas cómoda.

—Es sólo que... –la mirada de Hannah se disparó desde el piso hasta el rostro de él–. Es sólo que no nos conocemos tanto. Eso es lo principal.

Nate empezó a tronarse los nudillos de la mano derecha con su mano izquierda. No se moriría si no tuvieran sexo, pero, en realidad, no quería ser llevado a una larga e incómoda conversación al respecto.

—Hannah –le dijo–. Entiendo. No es un problema. De veras.

De seguro sonó impaciente, porque ella aparentemente se encrespó. Le lanzó una rápida sonrisa.

—Excelente –dijo ella.

Nate se guardó las manos en los bolsillos. Empezó a ver de nuevo el librero.

—Sólo dime una cosa –dijo después de un momento–. ¿Esto tiene que ver con el hecho de que seas católica?

Durante un instante, Hannah pareció sorprendida. Luego alzó una ceja.

—No. Tiene que ver con el hecho de que tú seas judío.

Nate se rio, una risa auténtica y entusiasta. Cuando se detuvo, la incomodidad que había sentido el minuto anterior se había ido. A Hannah también parecía que se le había pasado la molestia. Se recargó contra el librero, con aspecto divertido. Nate le tocó la mejilla.

—Si de veras está bien, me gustaría quedarme.

Ella asintió con la cabeza.

—Sí, está bien.

{ 6 }

Nate y Aurit tenían un restaurante al que siempre iban. Ubicado en el punto medio entre el departamento de cada uno, era un lugar lo suficientemente moderado en cuanto a precios como para quedarle bien a él, pero no estaba tan libre de pretensiones culinarias como para resultarle inaceptable a ella. También estaba, un poco misteriosamente, en opinión de Nate, de moda. Ciertos toques medievales, paredes oscuras, bancas altas de manera, iluminación como de antorcha que surgía de dispositivos de iluminación de hierro en el techo, lo hacían parecer temático, de modo que fácilmente podría no haber estado nada de moda.

Nate llegó primero y lo sentaron en una mesa cerca de la cocina.

Aurit se presentó diez minutos después. Recorrió el lugar con la mirada.

—No entiendo el porqué te quiere sentar aquí, si hay gabinetes vacíos –dijo.

Nate volteó a ver la hora en su teléfono.

Tras cambiarse de mesa, Aurit le empezó a contar acerca de una fiesta a la que había ido el fin de semana anterior.

—Escuché a un par de tipos feos y completamente sosos que hablaban acerca de cuál era la mujer de ahí con la que más ganas tenían de irse a su casa. Yo quería decirles: "¿No entienden que la gente los puede oír? ¿Piensan que están hablando en alguna lengua exótica?". Movió la cabeza. "¿Te mencioné que estaban feos?". Otra noche, había ido a cenar con una amiga, quien "en general es buena gente, pero tiene una costumbre que me saca de quicio. Haces un comentario sobre cualquier cosa y empieza a explicártela, como si no supieras absolutamente nada. Le dices 'Muchas personas se están mudando hacia South Slope', y te dice 'Bueno, es más accesible para el presupuesto que otros vecindarios', y te dan ganas de decirle 'Gracias, y, por cierto, no soy una idiota'". Nate se rió–. De hecho, es increíblemente molesto –continuó Aurit–. Pero, también es un poco trágico. De seguro aleja a la gente todo el tiempo sin tener idea de por qué se va.

Su mesera tenía el cabello blanco de tan rubio, con raíces oscuras, y antebrazos con tatuajes complejos. Después de que les tomó la orden, Aurit le preguntó a Nate qué novedades tenía. Le contó acerca de su reseña del libro y evitó mencionar los aspectos que pensó que a ella le resultarían cuestionables.

—Jmm… mjm, mjm… Está interesante.

Pareció estar mucho más interesada cuando le mencionó que había salido de nuevo con Hannah. Ella se inclinó hacia él.

—Cuenta.

Nate describió su cita y se sorprendió a sí mismo por lo efusivo que sonaba. Fuera de ese único momento tenso, había sido una noche realmente agradable.

—¿Eso fue cuándo, el miércoles? ¿El jueves? –preguntó Aurit–. ¿Y qué ha pasado desde entonces?

Le estaba untando mantequilla a una rebanada de pan. Cuando Nate no le contestó de inmediato, dejó el pan.

—Nate. ¿No le has llamado?

A veces Aurit le recordaba un poco al Lórax, el pequeño personaje con mirada amenazadora del Dr. Seuss, que sale del tocón de un árbol para acosar al capitalista avaricioso. Al igual que la torre en el ajedrez, era de baja estatura además de ser amplia de arriba, con grandes pechos maternales y hombros anchos que eran como la parte superior de un triángulo, y su figura se reducía hasta llegar a unas caderas estrechas que le gustaba lucir con *jeans* ajustados. Tenía piel oscura y facciones atractivas, pequeñas, casi cadavéricas. Su pelo oscuro era corto, pero tenía la característica desconcertante de no lucir corto o al menos a Nate no le daba la impresión de lucir andrógino, de la manera en que el cabello corto a veces le parecía. Tenía muchas capas ligeras, así que siempre había bastante cabello alrededor de su rostro, mechones un poco largos que le llegaban casi a la barbilla y que siempre se caían hacia adelante y eran empujados hacia atrás de sus orejas como de duende.

Aurit hace mucho le había explicado a Nate que los dos jamás se habían involucrado románticamente porque cuando empezaron a pasar tiempo el uno con el otro, él estaba saliendo con Elisa. Para cuando él y Elisa cortaron, era demasiado tarde: él y Aurit ya eran "solo amigos". Durante mucho tiempo, Nate lo había creído porque Aurit lo decía con tanta autoridad y sonaba factible, y él tenía la costumbre de creer que Aurit poseía un mayor entendimiento que él en cuanto a estas cosas. Hasta que se le ocurrió que nunca se había sentido atraído por ella. Había sido perfectamente capaz de encontrar atractivas a otras mujeres que no fueran Elisa. Ella simplemente no era una de ellas. Notar esto lo había asustado un poco. Casi había estado convencido de un recuerdo falso sobre sus propios sentimientos, sólo porque Aurit había sido tan enérgica. También se sintió aliviado. Aurit siempre se salía con la suya. Si hubiera querido que fuera su novio, había bastantes posibilidades de que, con atracción o sin ella, en este justo momento él estuviera cargando las bolsas de la compra de ella.

La mesera llegó con la hamburguesa de Nate. Le llevó a Aurit un gran plato de hojas similares a los germinados y luego se retiró con rapidez, como para prevenir cualquier solicitud adicional.

—¿Qué es eso? –Nate le preguntó a Aurit.

—No has respondido mi pregunta –dijo ella–. ¿Cuántos días han pasado?

Nate se inclinó hacia delante para ver mejor.

—¿Es arúgula? ¿Son brotes de bambú?

—¿Cuatro? ¿Cinco?

—¿Algún tipo de trébol? ¿Te sirven algo más con esto?

—¿Te divierte hacer que espere? Sólo me gustaría saber qué están pensando los hombres cuando hacen este tipo de cosas.

—¿Estás siguiendo alguna clase de dieta extrema? ¿Me debo preocupar?

Aurit estaba demasiado orgullosa de su figura esbelta como para que eso se quedara sin respuesta.

—Es una pizza.

—Quizá en el lugar de donde tú vengas le llamen pizza. Aquí en los Estados Unidos lo llamamos colina con pasto.

—Para tu información, es una pizza de *prosciutto* con arúgula.

Aurit usó su tenedor para amontonar una sección de los matorrales. Nate vio que debajo sí parecía haber una pizza bastante convencional con queso y *prosciutto*. Ella dejó reposar el tenedor y la capa de arúgula regresó a su lugar.

—Me decías… ¿*Hannah*?

Nate empezó a verter cátsup sobre su hamburguesa.

—¿Por qué insistes en interrogarme? Sólo salí con ella dos veces. Ni siquiera me he acostado con ella todavía.

En la cama de Hannah, esa noche, hacía cuatro noches, de hecho, alternadamente habían platicado y llevado a cabo algo que se sintió como una ronda prolongada de toqueteos adolescentes y bastante inocentes. Eso sí, había sido muy agradable. Quizá se estaba haciendo viejo, pero le había parecido un consuelo sorpresivo el saber que no se iba a despertar con esa sensación dura de vergüenza que con frecuencia surge tras ligues entre personas ebrias. Por la mañana, se había quedado un rato. Caminó a su casa por una calle en especial que le gustaba, con mansiones alejadas de la banqueta. Construidas por industrialistas del siglo XIX, estas mansiones a mediados del siglo XX se habían degenerado, hasta convertirse en casas donde se alquilaban habitaciones individuales. Recientemente, el vecindario de nuevo había tenido un cambio y las casas con habitaciones individuales para rentar se habían convertido en edificios con departamentos lujosos. Esa mañana de verano, Nate se había sentido excepcionalmente alegre camino a su casa.

—¿Entonces qué? –dijo Aurit–. ¿Acaso no importa? ¿Puedes hacer lo que gustes porque no le metiste tu cosa?

Por Dios.

Nate le puso el pan a su hamburguesa, la levantó con ambas manos y le dio una mordida. Hizo una mueca cuando un poco de cátsup saltó desde abajo del pan y le cayó en la mano. Podía sentir los ojos de Aurit puestos en él. Tenía una manera muy curiosa de mirar fijamente. Se quedaba quieta, salvo por un ligero ensanchamiento de sus pupilas, lo cual insinuaba que su mente estaba trabajando duro para tratar de dar cabida a alguna verdad nueva y terriblemente incriminatoria que acabara de descubrir. Nate miró con atención el pan de su hamburguesa y se imaginó que estaba en un velero que se mecía con suavidad. Lo único que había en el barco con él era una hamburguesa con queso grande y jugosa. El idilio duró poco.

—Eso está sencillamente sensacional, Nate –dijo Aurit–. Mientras escribías la reseña del libro del año y lo que sea que hayas hecho, resulta que sales con una chica un par de veces, pasas la noche con ella, ¿a quién le importa si en realidad se acostaron o no?, pero para ti, ojos que no ven, corazón que no siente. Tan pronto no está en la habitación, te regresas a Natelandia. ¿Qué hay de ella?

Nate pensó que hubiera sido mejor llamarle a Jason. Por lo menos con él sí podías comerte tu pinche hamburguesa con queso.

—Creo que sería un poco raro que Hannah estuviera tan interesada después de dos citas – dijo finalmente. Sentía que el simple hecho de responder era darle la razón a Aurit, pero no encontraba ninguna alternativa que no la molestara incluso más–. No creo que le estés dando mucho crédito.

—Dos citas que tú mismo dijiste que en realidad estuvieron muy bien –dijo Aurit–. Así que ella está pensando en ti y se pregunta si quizá lo imaginó, si quizá está loca por creer que ustedes se divirtieron mucho; de lo contrario, ¿por qué no le has llamado?

—Quizá esté pensando que no le he llamado porque he estado ocupado. Lo cual, de hecho, es cierto. Quizá no ha pensado nada porque *ella* está ocupada. Es una chica inteligente y tiene cosas que hacer. En verdad, no creo que estés siendo justa con ella, al convertirla en una criatura triste, que está sentada a la espera de que le llamen. Quizá yo ni siquiera le guste tanto.

Nate acomodó sus facciones para formar una sonrisa que esperaba que resultara encantadora.

—Por más sorprendente que parezca, no todas las mujeres me encuentran irresistible.

Aurit arrancó un solo ramito de arúgula de su pizza.

—Sin ofender, Nate, pero realmente suena como si estuvieras a la defensiva.

Él soltó su hamburguesa y dejó que se cayera al plato.

Aurit empezó a hacer ligeros trazos pequeños con su tenedor para empujar porciones de verduras para ensalada y eliminarlos de la superficie de su pizza. Cortó un minúsculo bocado triangular. Estaba a punto de ponérselo en la boca cuando mejor decidió hablar.

—La cosa es que Hannah suena cool, como alguien que en realidad podría gustarte –Aurit habló en un tono intencionalmente tranquilizador, al mover el tenedor con la pizza en el aire por encima de su plato–. Por lo general, eliges a las mujeres equivocadas. Ves alguna bonita y se te ocurre alguna razón para opinar que es interesante. Luego, cuando no funciona, actúas como si el problema estuviera en "las mujeres"o en "las relaciones", en vez de "en las mujeres que eliges"... Como Emily, que era una ingenua y que para el caso podría haber tenido dieciséis años.

—¿Cuál Em...? –Nate empezó a preguntar, pero obviamente se refería a Emily Berg. Cerró los ojos por un momento–. Realmente no quiero hablar de esto –dijo cuando los abrió–. ¿Podemos dejarlo por la paz?

Sabía que Aurit interpretaría su reacción como "estar a la defensiva".Y no lo estaba. Se sentía frustrado por su insulto (injusto) hacia Emily y su análisis superficial de la vida personal de él, expresado, naturalmente, con una certeza inamovible en el tono.

—Bien –dijo Aurit.

—Gracias.

Nate le dio una mordida a su hamburguesa.

—Es sólo que no entiendo –dijo Aurit–. Me parece que cuando conoces a alguien que es adecuada y te la pasas bien con ella, deberías andar con cuidado, tomarlo en serio...

Nate se sintió como si fuera el objeto de un tipo de tortura altamente sofisticado en el cual el torturador escuchara todas tus objeciones, e incluso simulara comprender, y luego siguiera administrando toques eléctricos.

En alguna época, Aurit había apoyado un sistema para categorizar a las personas, que a él le parecía útil. Decía que algunas estaban orientadas hacia lo horizontal, mientras que otras eran verticales. Las personas orientadas hacia lo horizontal se preocupaban exclusivamente por lo que pensaran los demás, por integrarse o por impresionar a sus pares. Las personas orientadas hacia lo vertical estaban obsesionadas sólo con alguna "verdad" elevada, en la cual creían absolutamente y deseaban proclamarla, sin importar a quién le interesara. Las personas orientadas hacia lo horizontal son falsas y aduladoras, mientras que las que están completamente orientadas hacia lo vertical carecen de todas las habilidades sociales, son aquéllas que andan por la calle gritando acerca del Apocalipsis. La gente normal está en el centro, pero tiende a irse a un lado o al otro. Nate se sintió tentado a decirle a Aurit que estaba cayendo en territorio vertical insensible.

—¿Podemos hablar, por favor, de algo que no sean citas románticas? –fue lo que dijo en vez de eso–. Quiero decir, hay muchas otras cosas en el mundo, no sólo quién quiere salir con quién y "Ay, Dios, ¿ya le llamaste?". Bien podríamos estar en el pinche programa *Sexo y la ciudad*.

Aurit alzó las cejas y echó la cabeza hacia atrás, con la barbilla en el aire, de modo que, a pesar de ser de tan baja estatura, parecía mirarlo desde algún tipo de tarima elevada.

—Oh, lo siento, Nate. Se me olvidó lo profundo que eres. Qué tontería de mi parte, no puedo creer que te aburrí con mi palabrería de niña. Quizá deberíamos hablar sobre el desarme nuclear.

¿Cómo fue que él acabó por ser el malo? Nate no sabía lo que había pasado, pero ahora nada podría ayudarle.

—Perdón –dijo–. Sólo estoy cansado.

—Como sea –Aurit se encogió de hombros–. Está bien. Sólo odio la manera en la que tantos hombres tratan las "citas románticas" como si fueran un tema frívolo. Es digno de un cabeza dura.

Sonrió fríamente e inclinó la cabeza en su dirección, por si acaso hubiera alguna incertidumbre respecto a quién era exactamente esa persona a la que estaba llamando cabeza dura. "Salir con alguien probablemente sea la interacción humana más riesgosa que exista. Estás evaluando a las personas para ver si son merecedoras de tu tiempo y atención, y ellas están haciendo lo mismo contigo. Es la meritocracia aplicada a la vida personal, pero no hay un sentido de la responsabilidad. Nos sometemos a estas inspecciones íntimas y simultáneamente las imponemos a los demás y tratamos de mantener intacta nuestra psique –tratamos de evitar volvernos fríos e insensibles– y esperamos que al final acabemos por estar más felices que nuestros abuelos, quienes no pasaron este vasto período de sus vidas, estos años de plenitud, tan completamente solos, y sin ser diseccionados explícitamente una y otra vez. Pero, ¿a quién le importa, verdad? Sólo son cosas de chicas".

Algo típico de Aurit. Tomaba cualquier cosa que le interesara en lo personal y aplicaba todo su ingenio para convertirlo en *algo importante*. Nunca se le ocurría pensar que hubiera alguna otra cosa que importara o sobre la cual valiera la pena pensar, más allá de la búsqueda de la felicidad por parte de las mujeres de clase media alta, en el sentido de la palabra que evoca parejas cálidas y resulta fatalmente burgués. Pensaba que si tan sólo pudiera transmitir *cuánto significaba* esto para las mujeres –expresarlo de una vez por todas–, el mundo le daría la razón. Nunca se daba cuenta de lo limitada que era su perspectiva, de lo insensible que era ante todo lo que quedaba fuera del ámbito de sus propias preocupaciones.

—No lo sé –dijo Nate con un tono que pretendía tranquilizar, a pesar de que estaba a punto de mostrar su desacuerdo–. Es fácil sobrestimar la importancia de cualquier cosa por la cual te veas afectado en lo personal. Es como las mamás cuyos hijos no salen bien en los exámenes y piensan que las pruebas estandarizadas son la peor cosa del mundo. Simplemente, no creo que las citas románticas sean el azote de la vida moderna, que es como tú lo interpretas. No creo que sea un asunto tan relevante. Sólo es un aspecto de la vida y, definitivamente, no el más importante.

—No, a ti no te parecería un asunto tan relevante, ¿verdad? –reflexionó Aurit. Su voz ya no estaba encabronada, sino pensativa, como si fuera una experta en la naturaleza, que estuviera clasificando una nueva especie poco atractiva–. La próxima vez que te sientas solo, supongo que pensarás que sí es un asunto muy relevante. Pero, siempre y cuando te sientas calmado y tranquilo y puedas enfocarte en tu libro y en tus reseñas de libros altamente intelectuales y oh-tan-importantes y cualquier otra cosa, puedo ver cómo es que actuar como si fueras demasiado profundo como para darle mucha importancia refuerza tu sentido del yo.

Esto le resultó entretenido a Nate.

—Lo que estás diciendo es que soy un cabeza dura.

Antes de que Aurit pudiera responder, la mesera se acercó.

—¿Ya acabaron?

—Um, *no* –dijo Aurit, quien estaba a punto de morder un pedazo de pizza sostenido con su tenedor.

La mesera frunció el ceño y se fue. Las fosas nasales de Aurit se ensancharon. El mal servicio era una fuente de gran frustración para ella, una molestia que podría hacerla explotar en cualquier momento, de la misma manera en que la ciencia había irritado a la Iglesia medieval.

Cuando regrese, le voy a decir que mi pizza tenía demasiada arúgula.

—Hola, chicos.

Tanto Nate como Aurit voltearon. Al lado de su gabinete estaba parada Greer Cohen, la Greer Cohen cuyo anticipo por escribir un libro había desatado tal resentimiento durante la cena de Elisa. Greer sonreía con júbilo, como si encontrárselos fuera lo mejor que le hubiera pasado en semanas.

Ver a Greer tampoco era una sorpresa tan grande, en realidad. En Brooklyn, todo el mundo se aparecía por todos lados. Aunque las partes de Brooklyn adecuadas para la gente de su grupo demográfico se habían expandido dramáticamente a lo largo de una red cada vez más ancha de lugares que simulaban ser de mala muerte y restaurantes que misteriosamente estaban de moda, a Nate le parecía que el lugar nunca había sido tan pequeño; conocía a demasiada gente ahí.

—Pensé que eran ustedes –dijo Greer con su entonación como de niña, en la cual alargaba las vocales.

La forma de hablar de Greer no sólo era coqueta, sino que era tan coqueta como una chica adolescente con chicle en la boca, una falda para jugar tenis y muslos bronceados.

—Nos enteramos de tu libro –dijo Aurit–. Felicidades. Es una gran oportunidad.

Greer sonrió y encogió los hombros un poco, como para decir "¿Quién, yo?". Era como si el contrato para escribir el libro simplemente se hubiera aparecido en su camino, y que apenas se hubiera tomado el tiempo para notarlo. Eso sí, Greer era una persona orientada hacia lo horizontal. Incluso su sensualidad tenía algo artificial. Algunas personas apestaban a sexo; Greer, a pesar de su estilo de vestir como de marimacho, apestaba a una sensualidad prefabricada más como de coqueta que como de piruja, como las chicas sexys que aparecían en los pósters de los años cuarenta.

La última vez que Nate la había visto en una fiesta, habían entrado en una discusión larga y cansada. Nate había dicho que, en cierto sentido, y sólo en cierto sentido, negarse al sexo es más difícil para los hombres que para las mujeres. Cuando una mujer dice que no, no quedan heridos los sentimientos de nadie. Los hombres esperan ser rechazados. Pero, cuando un hombre dice que no, la mujer siente como si él acabara de decir que está gorda y que no es deseable. Esto hace que él se sienta como un tipo nefasto. Greer pensó que él era un cabrón sexista que no creía que las mujeres debieran tirarle la onda a los hombres y que se negaba a entender la seriedad del acoso sexual y la violación. Nate sintió que ella era estridente y nada sutil, y que simulaba no entenderle a propósito para crear cierto efecto, o bien, que simplemente no tenía la capacidad para comprender la diferencia que estaba marcando.

Ahora, sin embargo, mientras que Greer le describía a Aurit su libro ("en parte son mis memorias, centradas en mis desgracias de adolescencia, pero también es como un libro de arte con fotos, dibujos y letras de canciones"), quedó hipnotizado por su escote. Ella empezó a asentir vigorosamente con la cabeza ante algo que Aurit dijo. Los senos de Greer, bien guardados dentro de una playera sin mangas de color verde olivo, eran del tamaño favorito de él, apenas lo suficientemente grandes como para llenar una copa de vino (tinto). Cuando intentó verla a los ojos, habían quedado directamente en su campo de visión.

—Qué gusto encontrarlos –finalmente dijo ella–. Los veré luego.

Nate miró cómo el trasero en forma de corazón de Greer rebotaba en sincronía con sus pasitos desenvueltos, conforme se daba la vuelta hacia la zona del bar.

—¿Te conté que Hans vendrá a la ciudad en un par de semanas? –preguntó Aurit.

Hans, el novio de Aurit, era un periodista alemán afable que usaba lentes de armazón circular, y a veces le parecía a Nate como si fuera una pieza de utilería para Aurit, más que un ser en sí mismo. Su existencia dentro de la vida de ella, a pesar de ser semimaterial, dada la naturaleza de larga distancia que caracterizaba a su relación, le daba la autoridad para regañar a los demás respecto a sus vidas románticas.

Nate todavía estaba contemplando el trasero de Greer.

—Qué bien.

***

La luz del sol entró por las ventanas de "*Recess*, abierto de 7 a.m. a 9 p.m." (sin guiones que fueran incorrectos desde el punto de vista gramatical) y se instaló sobre remolinos de polvo brillantes que había bajo las sillas y detrás de los mostradores con vitrinas rellenas de granos de café.

Sin importar cuáles fueran sus sentimientos respecto al aburguesamiento, Nate agradecía la abundancia de cafeterías que recientemente había aparecido en su vecindario. Era difícil creer que, en alguna época, los escritores independientes y estudiantes de posgrado pálidos y adormilados que se reunían diariamente en lugares como el *Recess* hubieran tenido que escribir a máquina en total soledad, tristemente encerrados en sus propios cuartos.

—A veces, simplemente quieres ver a otro ser humano, ¿sabes?

Nate le había tratado de explicar esto a su papá, quien se quejaba del desperdicio de dinero y halagaba las bondades de la cafetera casera para hacer *espresso*. Nate no le dijo a su padre que trabajar en el *Recess* evitaba que se pusiera a ver pornografía, con lo cual fácilmente aumentaba su productividad, a tal grado que recuperaba lo que gastara en café.

Nate había elegido el *Recess* por los motivos dobles de la proximidad (estaba a una cuadra y media de su departamento) y de Beth, quien trabajaba tras el mostrador. Ahora miró a Beth a los ojos. Ella sonrió y vio la computadora de él de manera inquisitiva. Él se encogió de hombros e hizo un gesto de desagrado, como si estuviera intentando trabajar sin éxito. De hecho, estuvo revisando un correo electrónico enviado por un minorista con presencia nacional de provisiones para la oficina. Parecía que nunca había existido un mejor momento para comprar una copiadora para usar en casa.

En realidad, se le estaba dificultando concentrarse. Su mente se la pasaba divagando. Cosas personales. Hannah.

No la había llamado el día después de su cena con Aurit. Se había esperado hasta el día siguiente. El día extra era una manera de decirle a Aurit que se fuera a la chingada. Había sido una verdadera lata esa noche. Pero... Llamar a Hannah parecía buena idea. Era lo correcto. Había pasado la noche con ella. Ella le había preparado el desayuno. Al hablar por teléfono, la voz de Hannah, en contra de las trágicas predicciones de Aurit, no estaba repleta de reproches con lágrimas, a pesar de que se había tardado *–increíble–* seis días en contactarla. Al principio, sonaba un poco adormilada, sin pronunciar las consonantes con mucha claridad. Tras una pausa que fue lo suficientemente larga como para alarmarlo, dijo: "Claro, hagamos algo".

Desde entonces, Nate había estado ocupado en hacerle ajustes a su reseña sobre el libro de Israel y en llenar un cuestionario largo y detallado que le envió el departamento de *marketing* de su casa editorial. El hecho de que en febrero su libro fuera a estar en tiendas a todo lo largo y ancho de Estados Unidos se empezaba a sentir como algo más real. Cuando pensó en que vería a Hannah, tuvo una ligera sensación de anticipación. No sólo le gustaba, sino que se portarían bien el uno con el otro, no susceptibles y fáciles de irritar como habían estado él y Aurit la otra noche, sino con las versiones de sí mismos que mostraban ante personas nuevas: atentas, corteses y de buen humor. Esta interacción a Nate no sólo le parecía que era su mejor yo, sino que además era su yo auténtico, sólo que, al igual que un gato doméstico asustadizo, esta persona magnánima y comprometida sólo se materializaba de vez en cuando, bajo circunstancias muy específicas. Las personas nuevas hacían que surgiera. También le ocurría al recibir buenas noticias. Nate nunca había sido tan tolerante hacia las demás personas como durante las semanas posteriores a la venta de su libro.

Pero, él y Hannah pronto dejarían atrás el territorio de personas nuevas. Ese asunto de no querer dormir con él, de no conocerlo lo suficiente, dejaba en claro que ella no estaba buscando algo sin compromiso. Él tácitamente había aceptado sus condiciones al invitarla a salir otra vez. (Ésta era la verdadera razón por la que había titubeado antes de llamarla, lo cual le hubiera dicho a Aurit si no hubiera empezado a regañarlo de inmediato). Tras la otra noche, sería más difícil, más incómodo, decirle a Hannah que él no buscaba nada serio. Además, algo lo había detenido de decir semejante frase ambas veces que habían salido. Había intuido que, para Hannah, esto haría que ya no le interesara el trato, y que no iba a aletear sus pestañas y decir "yo tampoco estoy buscando nada serio" como muchas chicas lo hacían, como si esto fuera parte de los retos de salir con alguien. Cada vez que había salido con Hannah, había dudado en decir algo que pudiera echarle agua a su divertida dinámica de coquetería. Sin duda, sentiría esas mismas reservas esta noche.

Afuera, los frenos de un autobús hicieron un chirrido. Nate descansó sus codos en la mesa y se frotó las sienes con la parte baja de sus palmas. Aurit, de todas formas, no hubiera sido una ayuda. No entendía (intencionalmente se negaba a entender) que en el pequeño espacio mental donde ella almacenaba imágenes agradables de abrazos, Nate se veía a sí mismo en una lucha por leer en la cama al tiempo que una presencia ajena respiraba húmedamente a su lado y preguntaba si estaría listo para apagar pronto la luz. Se imaginó cómo sería contemplar su departamento al despedirse, al tiempo de cerrar la puerta y mudarse a la casa de alguna novia "porque así es más cómodo, ¿no?". Veía sexo con mucha emotividad, pornografía escondida obedientemente y noches de películas, comedias independientes con buenas reseñas transmitidas por Netflix o, quizás, si se sintieran particularmente ambiciosos, algún documental.

Nate era un devoto de la humanidad en el sentido abstracto, de los derechos humanos, de las oportunidades igualitarias, de la erradicación de la pobreza. En teoría, sentía compasión por las limitaciones de los demás: había que tomar en cuenta las causas de raíz, las desventajas rigurosas provocadas por la estupidez, una cultura del consumismo que infantiliza, etcétera. Pero, cuando ajustaba el microscopio más de cerca, los seres humanos tomaban, ante su punto de vista, un matiz cada vez menos atractivo. Lucían codiciosos, sucios, hipócritas, dados a engañarse a sí mismos. El sexo, el impulso sexual, era un anzuelo, una ilusión diseñada por un organismo animal que sólo buscaba perpetuarse. El maquillaje, el arreglo del cabello, las extremidades enceradas y la musculatura tonificada en el gimnasio, las poses cosmopolitas y los recubrimientos protectores como la juventud y los logros e incluso la bondad, ¿acaso no eran simplemente para tapar el patético y avaricioso "yo" que había debajo? No era misoginia. Los hombres, si quedaran descubiertos de manera similar, desprovistos de pretensiones, serían igualmente poco atractivos. Pero Nate no sentía atracción y, al mismo tiempo, repulsión por los hombres. Los hombres no lo obligaban a entrar en contacto con sus facetas menos atractivas. La cloaca de la necesidad, los espacios de autocompasión, los pensamientos más vanidosos y feos que agitaban a los amigos hombres de Nate cuando se despertaban a la mitad de la noche en gran parte permanecían escondidos de él, como si fueran olores desagradables succionados por los ventiladores de escape de los baños modernos.

Pero, quizá se estaba engañando. Sin duda, las ideas abstractas no habían evitado que disfrutara de muchas otras cosas inaceptables desde el punto de vista filosófico, como bienes de consumo provenientes de China, viajes en jet o Tori Amos. Si quisiera estar en una relación romántica, ningún argumento lo haría cambiar de opinión. Quizá el asunto principal no fuera por qué, sino simplemente que no quería estar en una relación. Su trabajo lo satisfacía y sus amigos le proporcionaban toda la conversación y compañía que requería.

¿Acaso eso estaba tan mal? ¿Por qué las mujeres se salen con la suya al indicar que los hombres tienen una patología por no querer novias? Hay sitios de internet completos que están escritos por mujeres, supuestamente inteligentes e "independientes", que no dudan en decir que tales hombres son, en el mejor de los casos, inmaduros y en el peor de los casos, unos cabrones. Nate quería argumentar, si tan sólo tuviera con quién discutirlo, que las mujeres quieren estar en relaciones románticas porque a nivel visceral no les gusta estar solas. No eran individuos nobles, con propósitos elevados, personas preocupadas por el bienestar de la nación o por la continuidad de la especie. Simplemente, se desmayaban de la emoción al ver imágenes de personas que cocinaban la cena en pareja, de algún novio amoroso que juguetonamente golpeaba su trasero con una toalla de cocina mientras los dos picaban verduras y sorbían vino y escuchaban la Radio Nacional Pública (de preferencia, en un departamento construido antes de la guerra, que tuviera una cocina modernizada y del que ambos fueran dueños). Y eso es su prerrogativa. Pero, ¿qué derecho tienen de satanizar una preferencia contraria? Si la idea que Nate tenía de una buena cena incluyera encorvarse por encima de la mesa de su cocina con una Pizza Celeste para uno y una copia de *Un héroe de nuestro tiempo*, de Lermontov, ¿quién podría decir que su ideal era peor?

Nate sabía que la respuesta sería: madurez, es lo que hacen los adultos, etcétera, etcétera. Pero, las mismas mujeres, que tan presurosamente llamaban inmaduros a los hombres cuando no acomodaban sus vidas en torno a las relaciones domésticas cálidas, jamás dirían que una mujer es inmadura porque no quiere tener bebés. Sienten tremendo resentimiento hacia cualquiera que dé a entender que hay algo malo con la decisión *de ellas*. No, las mujeres sólo sacan a colación esa plática acerca de la edad adulta madura cuando les conviene, cuando quieren fundamentos para estar resentidas contra algún pobre tipo que no quiere lo que ellas quieren. No sólo es inconsistente: da a entender que hay un rechazo a tomar en serio las preferencias de otras personas. En ese sentido, es un impulso tiránico. Y alguien en realidad necesita decirlo.

Afuera de la ventana, la luz del sol se reflejaba en los parabrisas de los autos estacionados. Nate se terminó lo que quedaba de su café y dejó su taza en la mesa.

El problema era que, sin importar lo injustas que fueran, sin importar lo desquiciadamente empeñadas que estuvieran en domesticarlo, Nate no podía descartar por completo las aseveraciones de las mujeres, de aquéllas con las que se había acostado o con las que pudiera acostarse. Si tan sólo, al igual que esos autores del siglo pasado que presumían la verga, Mailer, Roth, *et al.*, pudiera ver la satisfacción de sus deseos sexuales como si fuera un triunfo del espíritu, como la afirmación vital y necesaria de una virilidad inmensa y poderosa, cuya esencia es tanto intelectual como erótica. O Nate era menos poético, incapaz de elevarse a tales alturas deslumbrantes de fantasía imaginativa y enteramente más ordinario y con los pies en la tierra –y, sin duda, lo era– o era menos dado a dramatizarse. No adornaba, no podía adornar, su deseo básico de venirse, de rociar sus cosas, con tantas justificaciones barrocas; así que era más difícil que viera porqué su deseo debería estar por encima de todo lo demás, de estar por encima de la infelicidad de las mujeres tras el coito. La voz sombría de Kant, que exigía imparcialidad, y el igualitarismo propio de la época –toda persona tiene igual derecho de solicitar empatía– estaban enterrados profundamente.

—¿Estás bien, Nate?

Nate volteó y se encontró con el rostro amplio y amigable de Beth, el tipo de cara que mantenía un aire de la niña muy querida que colgaba dibujos de caballos en la pared de su recámara.

—Vaya que traes el ceño fruncido –dijo ella.

—Supongo que sólo estaba concentrando. ¿Cómo estás?

Ella agitó el trapo que estaba sosteniendo.

—Oh, ya sabes, otro día del paraíso.

Sobre su mesa, el teléfono celular de Nate empezó a vibrar y se sacudió como una cucaracha volteada que estuviera luchando por ponerse al derecho. Cuando se estiró para tomarlo, el rostro de Elisa lo miró fijamente. En la fotografía de la pantalla, los labios carnosos estaban pintados de rojo intenso y el cabello rubio estaba recogido, alejado desordenadamente de su cara, sólo con unos cuantos mechones descarriados que caían al frente. El *flash* había enrojecido su piel y el ángulo estaba torcido, pues ella misma se había tomado la foto con el brazo estirado. Aún así lucía hermosa. Pero, si estaba tratando de hacerse querer por él al programar que esta foto apareciera cuando ella llamara, había cometido un error de cálculo. La expresión implícitamente acusatoria en su rostro siempre lo llenaba de temor. Presionó RECHAZAR.

Luego abrió una nueva ventana para mensajes en su computadora.

—Lo siento –le escribió a Hannah–. Estoy abrumado por tantas correcciones que debo trabajar en la reseña del libro de Israel. No voy a poder verte esta noche.

Agregó unos cuantos comentarios amables, firmó su nombre, borró su nombre, lo reemplazó por la letra N, borró la letra N y, finalmente, se decidió por poner np, con minúsculas, para simbolizar la cantidad justa de intimidad.

Tan pronto presionó ENVIAR, una sensación de alivio lo invadió.

{ 7 }

La siguiente noche, un conocido de Nate iba a leer pasajes de su nuevo libro en una librería ubicada en el bajo Manhattan. Nate llegó temprano, en parte porque su amigo Mark le había llamado y le había pedido que le apartara un lugar.

Jason llegó un poco después y tomó uno de los asientos cerca de Nate.

—Oye, güey, vas a salir con nosotros después, ¿verdad? –la voz de Jason bajó hasta convertirse en un susurro exagerado–. Te tengo un chisme. No te lo puedo decir aquí.

Nate una vez le había insinuado a Jason que había algo lascivo en la intensidad de su interés por las vidas de otras personas. Como respuesta, Jason había parafraseado a Bellow cuando había parafraseado a Allan Bloom: "Cuando lo hago, no son chismes. Es historia social".

Eugene Wu, el amigo de Nate, llegó y se sentó al otro lado de Nate. Nate estuvo a punto de decirle a Eugene que el asiento estaba reservado para Mark. Pero, se contuvo. Eugene era un tipo de persona desconfiada, biliosa. Sería posible que incluso tomara esto como una afrenta personal. De todas maneras, apartar un asiento tenía algo de afeminado.

Mark entró justo cuando estaban presentando al autor. Nate movió los brazos e hizo una cara de payaso triste, como para dar a entender que había hecho su mejor esfuerzo. El autor empezó a leer. Nate trató de concentrarse, pero Mark lo distraía. Al verse forzado a pararse al lado de un estante de publicaciones extranjeras, conspicuamente pasaba su peso de una pierna a la otra, al tiempo de mirar a Nate con ojos de pistola. Nate trató de no ver hacia esa parte de la sala.

Después, un grupo grande caminó hacia un bar cercano. En el camino, Nate entró y salió de varias conversaciones. El golpeteo de los cláxones de los coches y el silbido del tránsito brindaba agradable ambiente urbano, al tiempo que el grupo se paseaba por la calle Houston bajo el crepúsculo húmedo. Nate sintió una oleada de alegría. A veces se acordaba de lo solitario que había estado durante la preparatoria y los inicios de la universidad, e incluso en sus primeros años en Nueva York, después de que él y Kristen habían cortado. Al estar rodeado por amigos y con una estabilidad razonable, sintió que era afortunado. Sabía que había sido afortunado.

El interior del bar estaba poblado escasamente, con sólo unos cuantos clientes fijos que veían el beisbol en una televisión de pantalla plana y otro grupo que estaba reunido alrededor de una mesa de billar. Pero, su gran patio trasero cubierto de grava estaba a reventar. Bajo un árbol ralo, Nate conversó acerca de préstamos de nómina con una chica llamada Jean. Ella estaba escribiendo un artículo sobre la pobreza urbana.

—A lo largo de los años, he tenido que pedir un par de ellos –le dijo Nate.

—¿De veras? –dijo ella–. No estás precisamente dentro del mercado al que se dirigen.

Jean usaba lentes simpáticos que simulaban ser de bibliotecaria y tenía una alegre abundancia de cabello chino que rebotaba con energía cuando asentía la cabeza, lo cual hacía con frecuencia, como para brindar ánimos a la persona con quien estuviera hablando.

—Tuve algunos años difíciles –dijo Nate–. No siempre podía esperar dos meses para que a alguna revista se le ocurriera irme preparando un cheque.

Al tiempo que Jean lanzó un quejido para mostrar conmiseración, Nate empezó a enrollarse las mangas. Deseó haberse puesto una playera. El aire caliente era como una presencia espesa, física.

—¿Puedo preguntarte por qué no sólo pediste efectivo por adelantado con tu tarjeta de crédito? –preguntó Jean.

—Se me olvidó mi nip –contestó Nate.

Por encima del hombro de Jean, se fijó en una niña de cabello oscuro muy bonita. Estaba platicando con una chica a la que conocía un poco, y ella parecía estar volteando hacia la dirección donde él estaba. La grava ubicada bajo los pies de Nate crujió cuando él se cambió de posición para ver mejor.

—¿En serio? –preguntó Jean.

Nate se volteó hacia ella.

—Supuse que si fuera uno que me supiera de memoria, sería demasiado tentador –dijo–. Inventé uno al azar, lo apunté y perdí el papel.

Jean se empujó los lentes para que quedaran más arriba de su nariz.

—¿Pensaste en recuperarlo por medio de la compañía de tarjetas de crédito?

—Me la pasé respondiendo mal las preguntas de seguridad.

—Estás bromeando –dijo Jean.

—Mi madre es rumana. Su apellido de soltera tiene muchas vocales. También puede ser que yo haya estado ebrio. No hacían tantas preguntas en el lugar de préstamos de nómina.

Jean se reía a carcajadas, lo cual, sin ser algo especialmente femenino, al menos parecía desinhibido y entusiasta.

Era alguien que a Nate le caía bien y siempre le alegraba encontrársela en alguna fiesta. Sin embargo, inevitablemente se le agotaban las cosas de qué platicar con ella. Ella sabía mucho acerca de bandas poco conocidas y actores independientes, pero casi nunca hablaba de temas personales ni ofrecía alguna opinión que no fuera de acuerdo con los principios de la derecha y la devoción liberal. Después de un rato, esta buena voluntad inquebrantable dejaba a Nate con la lengua trabada.

La chica del cabello oscuro entró al bar.

Nate le dio una palmadita en el hombro a Jean.

—Regreso en un minuto.

La niña –y en realidad era lo suficientemente joven como para que Nate no sintiera que llamarla niña fuera políticamente incorrecto– estaba recargada sobre la barra, con las suelas de sus pies elevadas por afuera de sus zapatillas de ballet, pues estaba parada de puntitas.

Nate tomó el lugar junto a ella.

—Creo que estamos con el mismo grupo. Fuiste a la lectura, ¿verdad?

Ella se hundió de regreso hacia sus zapatos. Le llegaba, más o menos, hasta la barbilla.

—Si –dijo cautelosamente.

—¿Entonces me ayudas?

—¿Con qué?

Nate señaló con el pulgar al cantinero.

—Tienes más probabilidades de atraer su atención que yo.

Su nombre, Nate pronto descubrió, era Cara. Se había graduado de Stanford un par de años atrás. Después de eso había conseguido una maestría en escritura en Johns Hopkins. Estaba trabajando como practicante en una prestigiada revista literaria y buscaba un empleo de tiempo completo. Estaba abierta a algo dentro del medio editorial o en revistas, pero era difícil, a pesar de sus títulos.

—Es de verdad terrible que no haya más trabajos de tiempo completo para las personas de nuestro campo –dijo ella–. Incluso tomaría un trabajo como asistente.

A Nate, esto le sonó como si ella creyera merecerlo todo, pero era joven, no era una tarea fácil –iniciar la vida profesional– y parecía dulce. También ayudaba que era tan bonita como una modelo.

Regresaron al patio trasero con sus bebidas. Se había puesto notoriamente más oscuro. Una por una, las ventanas de los edificios de departamentos que los rodeaban pasaron de negras a amarillas conforme se encendían las luces.

Nate y Cara se recargaron contra una pared de ladrillo. Ella dejó ver que sabía quién era él, que alguien se lo había señalado y que había leído algo suyo o cuando menos había escuchado hablar de ello. Naturalmente, Nate se sintió halagado. Ella le dijo que vivía en el South Slope con compañeros de casa. Le gustaba. Nunca se había sentido como una verdadera californiana. ¿Y Baltimore? No, ella no diría que le gustaba mucho, aunque fuera la ciudad de origen de Nate.

Tras un par de minutos, Nate se puso a ver a Jason y Eugene, quienes estaban muy juntos al otro lado del patio. Todavía no escuchaba el chisme de Jason. Se estaba empezando a aburrir un poco, pero no estaba listo para zafarse. Cara era de complexión menuda. Su cabellera oscura caía en ondas sueltas y largas alrededor de su cara, la cual era delicada y atractiva, con labios de buena forma y cejas gruesas, pero bien formadas. Con piel aceitunada y aspecto casi persa, no sólo era guapa; parecía inteligente, enternecedora. Y claramente era lista. Tenía que serlo. Era imposible *–¿o no?–* que en verdad fuera tan aburrida como parecía.

Tras unos cuantos minutos más, lo que empezó a irritarlo fue que ella ni siquiera intentara resultarle interesante, no hizo ningún esfuerzo por reflejar ingenio o viveza con sus respuestas. Sólo una mujer joven y atractiva podría dar por hecho que un extraño se interesaría en los detalles de su vida.

Quizá era tímida.

Él le preguntó si le gustaba ser practicante. Su respuesta no era carente de inteligencia, sin embargo, Nate la encontró académica y desprovista de pasión. En otro momento de su vida, habría sentido un reto en la rigidez de ella, en ese aire de consentimiento complaciente, más que de entusiasmo. Hubiera tratado de hacer que ella dijera algo matizado por el sentimiento, aunque sólo fueran chismes o alguna queja sobre sus compañeros de trabajo. Lo hubiera hecho, en parte, porque no le hubiera gustado que ella acabara por pensar que él era aburrido. Pero, no se sintió motivado a realizar ese tipo de esfuerzo. Pensó en Hannah y sintió una punzada de algo, no sabía de qué. Eligió no examinarlo.

Estaba preparándose para escapar, cuando notó que le estaba contando a Cara que, en realidad, no había tenido otra elección más que vivir en Nueva York porque era pésimo conductor.

—No podría vivir en un lugar donde necesitara un auto para trasladarme.

—¿Acaso te oí hablar de conducir, Nate?

Mark se acercó, con la mano extendida hacia Cara.

—Hola, soy Mark –dijo, con un tono modesto, como si dudara si alguien de la importancia de Cara pudiera desear conocerlo. Eso era parte de su técnica.

—¿Te contó Nate de su teoría acerca del manejo? –preguntó Mark. Sonaba aburrido, de una manera lúgubre, como si hubiera contado esta historia cien veces y estuviera seguro de que ella no estaría muy interesada.

Cara sacudió la cabeza para indicar que no.

—Bueno, déjame decirte. Es un pésimo conductor.

Ella sonrió.

—Eso me dijo.

Ya se veía más animada de lo que había lucido cuando Nate había estado solo con ella.

Mark, el editor de una revista, era delgado, poco corpulento, con cabello oscuro cortado con precisión; siempre estaba impecablemente vestido con ropa informal de negocios. Primero parecía ser casi insignificante, pero había desarrollado una imagen pública irónica como de ser un tipo cualquiera y la aprovechaba para sacar gran ventaja.

—Él dice... –comenzó Mark, con voz llena de desaprobación. Se calló, como si estuviera abrumado, y empezó de nuevo–. Nos dijo a mí y a nuestro amigo Jason hace un par de años, mientras hacíamos un viaje por carretera, que su cerebro era como un camión Mack.

La sonrisa de Cara ahora lucía un poco confundida. Nate estaba sacudiendo la cabeza, pero se empezó a reír, en parte por pena, en parte porque estaba entretenido. Casi había olvidado esta historia. Quería reconocerle a Mark que hubiera captado la atención de Cara. Mark estaba poniéndole mucho más estilo a este trabajo que lo que él mismo había logrado poner.

—Nate dice que los buenos conductores son las personas que pueden poner su cerebro en regulador de velocidad. Sus cerebros son como pequeños autos japoneses. Él, por el contrario, bueno, su cerebro, es este gran motor que ruge y necesita ser monitoreado constantemente. Es demasiado poderoso como para que lo pongan en una configuración automática, en la que pueda cambiar la velocidad sin interrupciones o fijarse en un semáforo que haya más adelante.

Mark meneó la cabeza de modo reprobatorio. Cara, con las manos en las caderas, se volteó hacia Nate para ver si se defendía de alguna manera.

Nate trató de verse encantador.

—Lo que no te está contando es que esos dos –él y Jason– me estuvieron molestando todo el fin de semana por mi manera de conducir. Tenía que decir algo.

Mark frunció el ceño al mirar a Nate, antes de voltearse de nuevo hacia Cara.

—En lo personal, pensé que era extremadamente elitista. Me ofendí mucho.

—Además –dijo Cara con energía repentina–, algunos camiones sí tienen regulador de velocidad. Quiero decir, los aviones lo tienen, ¿no? ¿Regulador de velocidad? ¿Por qué no los camiones?

—¡Muy inteligente! –Mark volteo hacia él–. ¿Qué tienes que decir con respecto a eso, Nate?

Nate alzó las manos.

—Ya sea que lo tengan o no, admito mi derrota. Era una teoría estúpida.

Por fin se estaba empezando a divertir.

Cuando Cara se fue para usar el baño, Mark volteo hacia él. Su rostro estaba sumergido en las sombras dejadas por las sombrillas colocadas en las mesas.

—Creo que como que le gusté, pero si tú, quiero decir, tú llegaste primero.

—Adelante –dijo Nate. Lo dijo de corazón. Todavía se sentía un poco mal acerca del incidente de apartar el lugar. Pero, eso no era el asunto principal–. No tuvimos muchas cosas que decirnos el uno al otro.

Incluso en la semioscuridad, Nate pudo ver que Mark lucía sorprendido.

—Yo me la tiraría sin importar lo que ella tuviera que decir.

—Mucha suerte.

Nate se fue adentro por otra bebida. Mientras esperaba en el bar, risotadas agudas sonaron en medio del aire cervezoso. Nate se sentía pegajoso, también algo triste. Era difícil decir porqué. La noche simplemente le había parecido vacía, casi sin sentido.

Cuando al cantinero le entregó su bebida, se la terminó muy rápido. Era su tercera o cuarta, y consumirla tan velozmente fue suficiente para que pasara de alegre a borracho. Ordenó otra de inmediato.

Despertó a la mañana siguiente con recuerdos bochornosos: ir hasta donde estaba Jean y rodearla con su brazo, por ejemplo.

—Entonces, ¿cuál es tu asunto? –él le había preguntado–. ¿Quién eres en verdad? Ella se había reído, pero él sintió que se estaba alejando lentamente de él. Se dio cuenta, incluso a través de la neblina de su borrachera, de que no estaba aparentando ser audaz y atrevido, sólo un bufón. Y sudoroso. También tenía el claro recuerdo de haber pasado junto a Cara camino a la salida. Había algo de lástima en la manera en que ella lo miró.

Tras cuatro Advils, un café helado grande y el transcurrir de varias horas, se sintió notablemente mejor. En las primeras horas de la tarde, llamó a Hannah.

—Bueno… –dijo ella lentamente, cuando él le pidió reprogramar la cita que había cancelado–. En realidad, no es una buena semana para mí.

Nate se había hecho el tonto y, alegremente, sugirió la siguiente semana. Hannah le dijo que también estaría ocupada entonces. Pero, había una ligera risa en su voz que le dio valor a él.

—¿Qué tal un café a las 10 a.m. el martes? –preguntó–. No puedes tener planes para las 10 a.m. de un martes o sí? Ni que tuvieras un trabajo o algo del estilo–, con lo cual no quiero ofenderte. Yo tampoco tengo uno.

Ella reconoció que quizá tenía una noche libre que se le había olvidado.

***

Cuando llegó a la zona conocida como Midtown, al parque Bryant, Hannah estaba sentada con un libro en una pequeña mesa verde de la cafetería y pasaba ligeramente el dedo gordo por la orilla de la página, al tiempo en que la leía. Su cabello, que lucía más claro de lo acostumbrado bajo la luz del sol, caía hacia adelante, de ambos lados de su cara. Alzó los ojos de su libro en cuanto él se acercó. Al momento en que se paró, la silla larguirucha de metal en la que estaba sentada se meció sobre el piso empedrado.

—Hola.

Nate se sintió atípicamente nervioso cuando se sonrieron el uno al otro.

—Te traje algo –dijo él, mientras alcanzaba su bolsillo trasero. Lanzó una copia de *Viajes con mi tía*, de Graham Greene, hasta el otro lado de la mesa.

—Noté que no lo tenías –dijo, sin ver a Hannah, sino al libro.

—¡Oh! Fue muy amable de tu parte. Gracias.

El concierto que habían venido a escuchar no iba a iniciar sino hasta dentro de algunos minutos más, pero el parque estaba repleto de actividades. Del otro lado de un amplio tramo de pasto estaba el carrusel, y hacia su izquierda, en un puesto de estilo antiguo, había un "artesano de los sándwiches". Unos cuantos niños, de unos seis o siete años, estaban jugando cerca, sobre el pasto.

—¡Miren! –gritó una pequeña niña asiática con colitas y un vestido blanco. Estaba hablándoles a dos niños rubios, gemelos. La niñita saltó de la silla, con la falda inflada por detrás de sus piernas separadas. Los niños ni siquiera simularon que les importara. Se fueron corriendo, y ella los siguió, con las colitas ondeando al viento.

—¡Esperen!

En los años ochenta, el sociólogo William Whyte dijo que jamás podrías encontrar un grupo de narcomenudistas de aspecto tan siniestro como los que se la pasaban en este parque, aunque quisieras. Nate le contó esto a Hannah, y ella se rió.

—¿Escribiste algo acerca de él? –le preguntó–. Me parece que recuerdo haber leído algo. Estaba... bueno.

A Nate le dio gusto que ella hubiera leído el artículo. Era uno que le gustaba, acerca del materialismo de la época.

Los músicos empezaron a tocar. Hannah se dio la vuelta para verlos. Ella había sugerido este concierto nocturno gratuito–. Van a tocar algunos de los últimos cuartetos de Beethoven que son realmente maravillosos— había dicho.

A Nate no le agradaba tanto esta clase de eventos. Sentía que había algo irritante en el hecho de que a los neoyorquinos de clase media alta les encantara que la cultura elevada se llevara a los parques citadinos. Era algo tan lleno de autohalagos, como si unas cuantas actuaciones de mala calidad compensaran la disparidad económica sistémica.

—Mjm –Hannah había dicho–. ¿Sabes que suenas como uno de esos *filisteos*, que no ven la utilidad del arte, correcto?

Eso había hecho que se callara.

Ahora, Nate empezó a cuestionarse lo que Hannah en realidad había pensado de su ensayo. Hubo algo esquivo, algo que se quedó retenido, en la forma en que dijo que estaba bueno.

La música se detuvo. Nate casi empezó a aplaudir antes de darse cuenta de que sólo era el final del movimiento. Hannah le susurró que el siguiente sería más lento. Nate asintió con la cabeza significativamente. Cuando los músicos continuaron tocando, cerró los ojos para filtrar las distracciones. Hannah le había dicho que estos cuartetos eran puentes entre los períodos clásico y romántico. Eso era interesante. Pero, los listones acomodados en cuadrícula en la silla de metal le estaban carcomiendo la piel de la parte trasera de las piernas. Era como si la silla hubiera sido diseñada en los años ochenta para evitar que los narcomenudistas estuvieran demasiado cómodos.

Estaba meditando sobre la redacción que su editor le había sugerido para la descripción de su libro, que se incluiría en los catálogos, cuando la gente repentinamente comenzó a aplaudir. Tan pronto se dio cuenta, empezó a golpear una mano contra la otra con gran entusiasmo.

No logró convencer.

—¿Entonces no eres un amante de la música clásica? –preguntó Hannah.

Nate dejó que sus manos cayeran.

—Tomé clases de piano cuando era niño. Creo que no me sirvieron.

Cuando dejaron el parque, él y Hannah fueron envueltos por una masa de personas que salía de una torre de oficinas. Por todos lados a su alrededor, portafolios chocaban contra muslos; teléfonos celulares hacían ruido al ser cerrados. Pasaron por la entrada del metro y la multitud empezó a dispersarse. Caminaron hacia el oeste, rumbo al sol que se ponía.

Hannah le dijo que había tocado el violonchelo durante el tiempo que estuvo en la universidad. Le preguntó qué clase de música le gustaba.

—Sinceramente, soy medio idiota en cuanto a música –dijo Nate–. Generalmente, acaba por gustarme lo que la gente me dice que es bueno.

La volteó a ver con un poco de timidez.

—Me gustó la música que tenías en tu departamento la última vez.

Tras protegerse los ojos del sol con la mano, Hannah volteó hacia él.

—¿Elliott Smith? No me lo hubiera imaginado.

—¿Qué te puedo decir? Me gusta la música triste.

Ella se echó el cabello por encima del hombro. Bajo la luz intensa, tenía un brillo rojizo y dorado.

—Interesante.

Era de uno de esos atardeceres alegres. Los charcos alrededor de los que los peatones tuvieron que trazar arcos largos durante el día ya se habían secado y desaparecido. Risas agradables surgieron de cafeterías en la banqueta e hicieron eco por las calles, las cuales, en medio del calor que se reducía, parecían desdoblarse de las orillas y relajarse conforme se hacía de noche. La gente se movía de manera salerosa, como si estuviera siguiendo una coreografía. Cuando él y Hannah bajaron de una banqueta para pasar a la calle, Nate puso la mano en la espalda baja de ella. Se alegró de estar exactamente donde estaba.

{8}

La siguiente semana llevó a Hannah a su departamento. Los focos de los pisos tercero y cuarto del pozo de la escalera estaban fundidos; él y Hannah treparon en casi completa oscuridad. La puerta, al empujarla para abrirla, dio un quejido lastimero y polisilábico.

—Espero que no tengas grandes expectativas.

Hannah se asomó a la cocina. Caminó por el pasillo estrecho hacia su recámara. Nate la siguió. Había ordenado todo para prepararse para su visita, pero el departamento, aún limpio, no resultaba convincente, como si fuera un rufián de toda la vida que se hubiera puesto elegante para ir a la Corte con su abogado. El trapo que había usado para limpiar su escritorio y su cómoda estaba tirado en la repisa de la ventana. Uno de los cajones de su cómoda, demasiado lleno como para cerrarse, se había abierto por completo. Había tendido la cama con prisa, pero un triángulo de estridente sábana blanca con negro se asomaba desde abajo del edredón.

—Está bonito –dijo Hannah lentamente. Señaló la pared justo arriba de su escritorio–. Me gusta ese cuadro.

Nate se había encontrado la litografía *Vista de Toledo*, de El Greco, en la calle. El cielo azul iracundo y el paisaje urbano verde con colinas le habían parecido atractivos. Había compuesto el marco con cinta adhesiva.

—Gracias.

Se acercó a ella por detrás. Puso sus manos sobre las caderas de ella, que estaban cubiertas por *jeans*. Al inclinar su cabeza y recargarla en la de ella, cerró los ojos e inhaló el aroma de su cabello.

Tras el concierto del viernes anterior, habían ido a cenar y luego regresaron a casa de ella. Nate se había quedado el resto del fin de semana. El sábado, habían ido a desayunar y luego caminaron alrededor del vecindario de ella. Bebieron Bloody Marys en un restaurante marroquí con buen aire acondicionado que estaba casi vacío porque fueron entre los turnos del almuerzo y la cena. Después, él se le pegó cuando ella se fue a sus compromisos de la noche con un par de amigas de la escuela de periodismo y, para ello, se saltó una fiesta a la que en realidad no tenía muchas ganas de ir de todos modos (la mitad de la gente que iba estar era la que ya había visto en la lectura de la semana anterior). El domingo por la tarde, Hannah casi lo empujó para que se fuera de su departamento.

—Tenía la completa intención de preparar mi propuesta de libro este fin de semana. Si no la empiezo, seguiré escribiendo noticias de salud durante el resto de mi vida.

Ella, como escritora independiente, tenía un trabajo fijo en el que redactaba una recopilación semanal de noticias de salud para la página en internet del Times.

Ahora, se relajó al recargarse en él, y sus caderas ejercieron presión sobre las suyas. Nate empezó a ponerse duro. Durante el transcurso del fin de semana que había pasado en su departamento, ella había rescindido la prohibición del sexo.

Él no había cambiado de opinión precisamente con respecto a querer tener una relación romántica. Pero, ahora que había conocido a Hannah, ahora que había descubierto que le gustaba, no podía ser de ninguna otra manera. Fue con el placer del escepticismo desafiado que había llegado a creer que ella era diferente a otras mujeres con las que había salido recientemente. Aunque provenía de la misma clase media alta que la mayoría de las personas con las que él interactuaba socialmente, ella le parecía ser más bien despierta, no con los ojos tan cerrados como muchas de las mujeres que conocía, no había nada en ella que la hiciera parecer delicada o sobreprotegida. Era lista, más que "lista", y no era tímida ni carente de humor en cuanto a su manera de pensar. No ofrecía opiniones que llevaran un signo de interrogación al final. Había buscado el trabajo de ella en internet y se sorprendió de no haberse fijado más en sus cosas antes. Sus reseñas y ensayos eran lúcidos, bien informados y, con frecuencia, maravillosamente ásperos. Tenía una voz propia, una furia moral enérgica matizada por ironía y un sentido del humor cálido y consciente de sí mismo. Y había leído casi tanto como Jason y Peter y el propio Nate. (Para ser sinceros, esto le había sorprendido). También era divertida, siempre estaba lista para sonreír y reír.

Además tenía una forma peculiar de insinuar que ella todavía no estaba completamente segura con respecto a él, y esto era algo que disfrutaba. Se sentía como si lo estuviera evaluando con base en alguna medida rigurosa que ella misma hubiera creado. La respetaba por eso. Por instinto, sintió que su manera de evaluar era buena y que ella era, de alguna forma esencial, buena. No sólo en el sentido de ser bondadosa con los huérfanos y los gatitos ni en el sentido de estar haciendo buenas obras como lo acostumbraba Kristen para quedar bien, sino buena en alguna otra forma. Honrada, justa, no elitista. Un crujido como de disparo de pistola se escuchó por todo el cuarto. Fuegos artificiales, sin duda, los que sobraron del festejo del 4 de julio de varios días atrás. El estruendo pronto dio paso al alarido de alarmas de automóviles y gritos que provenían de la calle que estaba abajo.

—Lo siento –dijo Nate, quien soltó a Hannah y empujó la ventana para cerrarla parcialmente–. Mis vecinos se toman muy en serio la Independencia de Estados Unidos.

Hannah caminó hacia la caja que antes había servido para almacenar botellas de leche que estaba junto a su cama y empezó a examinar los libros que estaban apilados sobre ella.

—¿Quieres un poco de vino? –preguntó Nate.

—Seguro.

Al caminar hacia la cocina, Nate bostezó. Era tarde. Ya habían ido a cenar.

El vino que había comprado anteriormente en Tangled Vine estaba en una bolsa de plástico sobre la mesa. Descorchó la botella y retiró un par de copas para vino, las sostuvo en una mano con los tallos cruzados.

Hannah estaba parada a la expectativa, incluso dócilmente, en el centro de la recámara. Nate puso el vino y las copas en la caja antes de ir hacia ella.

La primera vez que habían dormido juntos, al igual que la segunda, la mañana siguiente había estado repleta de urgencia y frenesí, como si hubiera habido una tremenda cantidad de preámbulos, y no sólo lo correspondiente a unas cuantas semanas. Él quería ir más despacio esta vez.

La besó. Ella era casi de su estatura. Él no necesitaba agacharse. Deslizó sus manos alrededor de la cintura de ella y bajo su camisa. Su espalda era firme y musculosa. Encontró el broche de su *brassiere*: sintió las manos de ella sobre su propia espalda y percibió cómo amasaba delicadamente la piel que había debajo del elástico de sus *boxers* ajustados antes de moverse a lo largo de la línea de su cinturón. La zona era sensible, y él disfrutó que lo tocara, pero cobró conciencia de estar poco más ancho en esta área de lo que quisiera, un poco más barrigón en los lados y al frente, y trató de sumir sus músculos abdominales.

La empujó suavemente hacia la cama. La lámpara de escritorio le brindaba al cuarto un brillo de aspecto institucional, así que la apagó. Comenzó a desabrocharse la camisa. Sus ojos se ajustaron a la oscuridad y vio cómo Hannah lo observaba desde la cama. Sin soltar la mirada, ella se quitó la camisa y la deslizó por encima de su cabeza.

Nate sirvió vino en una de las copas y se la entregó a ella. Mientras la sorbía, él se sentó junto a ella y le tocó los senos. Ella le entregó la copa y, mientras él bebía, le empezó a desabrochar los *jeans*. Él dejó la copa. Luego la sostuvo a ella y la empujó para acostarla boca abajo y jaló sus *jeans* al tiempo en que presionaba su cuerpo contra ella.

Como había ocurrido las veces anteriores, él rápidamente se sintió invadido por una oleada de sensaciones, con una intensidad que lo sorprendió. Sus encuentros más recientes antes de Hannah –hacía meses, y con mujeres que casi no conocía y a las cuales tenía pocos deseos de ver nuevamente– habían estado extrañamente libres de tensión, casi masturbatorios.

Él y Hannah tuvieron sexo al estilo misionario sencillo, sin teatralidad, y, para él, estuvo realmente bien. Pensó que para ella también. El cuerpo de ella parecía haber estado altamente receptivo al tacto de él. Eso era parte de lo que hacía que hubiera estado tan bien para él, eso y su falta de artificialidad: no estaba consciente de haber interpretado algún papel, de cumplir con una expectativa. La intensidad, por misteriosa que fuera, y el olvido temporal del ser, eran reales. Después de que se vino, enterró su cara en el cuello de ella al tiempo en que olas de ternura, vergonzosamente fuertes, pasaban sobre él.

Durante unos cuantos minutos, permanecieron silenciosamente envueltos en los brazos del otro. Luego Nate comenzó a recuperarse. Pensamientos cotidianos lo invadieron. Cobró conciencia de sentirse húmedo y pegajoso y se levantó para tirar el condón.

Al regresar a la cama, la miró, extendida ante él.

—Tienes un cuerpo tan hermoso –dijo–. La gente de seguro te lo dice todo el tiempo.

Pudo ver cómo se tensaban los músculos firmes de su estómago al reír.

—Sí, estoy totalmente cansada de escucharlo –dijo. Se volteó para quedar de lado–. Si hay algo que a las mujeres les harta es que las halaguen. Nos sentimos tan seguras con respecto a nuestros cuerpos.

Nate sirvió más vino. Comenzaron a hablar, por alguna razón, sobre su ex novio Steve, con quien había estado por cuatro años. Nate la presionó para que le diera detalles. Ella tenía una manera inteligente y novelística que él disfrutaba para describir a las personas.

—Tenía una faceta culturalmente conservadora –ella dijo–. Leía mucho. Era abogado, pero leía filosofía, ficción, hasta poesía. Respetaba eso, pero después de un tiempo ese asunto de caballero-erudito empezó a molestarme. Parecía como si estuviera intentando reproducir algo, como si tuviera tal vez un exceso de nostalgia por el pasado, por la aristocracia y el privilegio otorgado por la clase, en realidad.

Dijo que Steve era práctico y organizado, y que la criticaba por ser demasiado descuidada, como si fuera alguna clase de desafortunada chica salvaje. Al paso del tiempo, su relación dio lugar a una serie de batallas que simbolizaban algo más.

—El último año que estuvimos juntos, pude sentir cómo me inspeccionaba constantemente de pies a cabeza. Un botón faltante o una mancha pequeña era un momento en el que decía ¡ajá!, pues quedaba expuesto mi fracaso fundamental como persona.

Empezó a juguetear con un rizo de su propio cabello.

—Pero, no estoy siendo justa. La verdad es que yo le estaba haciendo lo mismo a él al final, recopilaba evidencia de lo rígido, lo poco sutil y lo intimidante que era. Siempre me acusaba de voltear la mirada hacia arriba o de sonreír con superioridad ante él. Supongo que sí lo hacía.

Había transcurrido una hora. Habían perdido interés en el vino. Nate trajo vasos de agua de la cocina. Se dio cuenta de que empezó a contarle acerca de Kelly Krebs, la chica con la que había perdido su virginidad entre el primer año y el segundo de la universidad.

—Nos conocimos en la playa. En Ocean City. Era de un tipo que yo realmente nunca había conocido antes, de clase media, típicamente estadounidense, no judía. No era tan inteligente y no le preocupaba en lo absoluto. Le parecía raro que yo fuera a Harvard. Creo que sentía pena ajena por mí.

Debido a su nariz respingada, y porque asistía a una universidad estatal de segundo nivel, los amigos de la preparatoria de él decían que Kelly era una *grit*, y él le explicó a Hannah que eso era un término de Baltimore para referirse a una "pueblerina".

—¿Así le decían en su cara? –preguntó Hannah con horror.

—No, no –él le aseguró–. Por supuesto que no. Sólo me lo decían a mí.

Le indicó que esto decía más acerca del carácter judaico provinciano suburbano de sus amigos, y de lo groseros que eran, que lo que pudiera reflejar acerca de Kelly. Ellos juntaban a todos los no judíos en un solo grupo (excepto por los que eran muy ricos, y las filas de ellos seleccionaban a senadores y presidentes). Kelly no era ninguna pueblerina. Su padre era contador. Su madre tenía un empleo de medio tiempo en una *boutique*. Para Nate, quien no tenía ninguno, ella tenía lo que parecía una sobreabundancia de hermanos. Su casa en Towson, un suburbio adyacente al de Nate, estaba abarrotada de una mezcolanza de artículos deportivos– palos de *hockey* que se asomaban de paragüeros, rodilleras abandonadas sobre las mesas de centro– y señales de presencia femenina, que no podían pasar inadvertidas. Botellas de esmalte para uñas se dejaban abiertas y sus contenidos se vertían hacia las páginas de las revistas de modas. Siempre parecía haber una secadora de cabello encendida en el piso de arriba. Su propia casa le parecía fúnebre por comparación. Los Krebs eran cálidos; como familia, parecían felices. A Nate le caían bien. Le agradaba sobre todo el señor Krebs, un hombre regordete con barba y voz estruendosa, que entrenaba a jugadores de las ligas menores de beisbol y de futbol soccer y que constantemente estaba trasladando a uno u otro de los niños Kreb a algún evento deportivo o al centro comercial. Nate rara vez se había encontrado con un padre tan alegre como él.

Nate podía notar que, como familia, los Krebs se enorgullecían de su sencillez, de su condición estadounidense amigable y no pretenciosa. Con todo y lo amables que eran, exudaban su propio estilo de autofelicitación. Los comparaba con sus propios padres, con su orgullo por su inteligencia fundamentada en libros, por su sobriedad y por su autocontrol. Se había preguntado si todo el mundo tomaba la característica que ya tuviera y la trataba como si fuera la más importante, para usarla como base para sentirse superior a los demás.

Nate había estado acostado boca arriba, mirando el techo. Volteó hacia Hannah.

—La respuesta, decidí, era que sí.

Ella estaba recargada en un codo, con la barbilla en su palma de la mano.

—Suena como la semilla del relativismo.

Él empezó a acariciarle los senos. Mientras había estado hablando acerca de la familia Krebs, Hannah se había estirado para tomar su camisa. Él le había golpeado juguetonamente la mano.

—Por favor, no lo hagas –había dicho–. No puedo decirte lo feliz que me hace mirar tus senos.

Ella le preguntó qué había pasado con Kelly.

—Me cortó por un tipo de su universidad. Me sentí un poco aliviado, a decir verdad.

Para entonces debían de haber sido casi las tres de la mañana. En cierto momento, Hannah empezó a criticar a un escritor que le parecía que estaba sobrevalorado. Resultaba que era hijo de un periodista muy destacado.

—¿Podría ser –preguntó Nate– que simplemente no te gusten sus cosas tanto como a otras personas? ¿O será que cada artículo que no te guste es evidencia de que hay una conspiración en toda la industria, un complot por parte de jefes supremos nepotistas para dejar abajo a los escritores buenos, trabajadores y talentosos, como, digamos, Hannah Leary?

Ella se río. A él le agradó que su risa no fuera un preludio de sentimientos heridos ni silencios enfurruñados.

Quizá tengas razón –dijo Hannah–. Quizá sea un mecanismo de defensa de mi parte.

Nate se estiró para tomar un mechón del cabello de ella y jalarla suavemente hacia él. Empezaron a besuquearse de nuevo.

Nate quería congelar y preservar una imagen de ella, en el momento siguiente. Estaba desnuda, parada ante su ventana, dándole la espalda. Su cabello caía en mechones sobre su piel ruborizada, mientras que la punta anaranjada de un cigarro brillaba pensativamente en la oscuridad.

Fue hasta después de las cuatro que, finalmente, se durmieron. La nariz de Nate estaba enterrada en el cabello de ella y tenía el brazo colocado sobre su lado. La mano de él descansaba sobre sus senos y el trasero de ella rozaba su pito ahora flácido.

***

Las semanas posteriores parecieron juntarse en una oleada casi continua de conversación y sexo, interrumpida por episodios de sueño y trabajo. Nate estuvo productivo, en cuanto al trabajo, quizá hasta más productivo de lo habitual (ya había terminado el ensayo de la transformación-de-la-conciencia-en-mercancía). Pero, sus horas ante la computadora, la noche ocasional que pasaba por su cuenta, descansando con una pizza y un libro, e incluso sus juegos semanales de futbol soccer en el parque, casi se sentían como extensiones del sueño. El tiempo que pasaba con Hannah cuando él narraba su vida, la escuchaba hacer eso mismo, intercambiaban opiniones y cogían, le parecía el tiempo en que verdaderamente estaba despierto.

Le contó acerca de su libro, la manera en la que había evolucionado a lo largo de los años que se dedicó a escribirlo. Primero, había pretendido escribir una crítica mordaz acerca de los suburbios, con una familia de inmigrantes con un niño como figuras destacadas. Este hijo se suponía que iba a ser el personaje principal del libro, y de sus labios precoces iban a surgir ingenio y sabiduría, mientras que sus dificultades –con las chicas y la popularidad– desatarían la compasión de los electores. Le contó cómo la novela empezó a tomar forma sólo cuando su personaje "insoportable" fue hecho a un lado, para hacer destacar a los padres, con su matrimonio silenciosamente plagado de problemas y sus reacciones extrañas, pero en cierta forma agudas ante la vida estadounidense. Hannah le contó que cuando era niña se había sentido subvaluada.

—La gente espera que las niñas de las buenas familias de clase media sean inteligentes, pero a lo que se refieren cuando dicen inteligentes es que la niña tenga bonita letra, un casillero ordenado y que haga a tiempo su tarea. No esperan que tenga ideas o muchos pensamientos reales.

Dijo que, para ella, la escritura había sido una vía para ser escuchada.

Una noche, fueron a una fiesta de una chica que se llevaba con Nate y a quien Hannah conocía un poco. Cuando llegaron al departamento de Francesca en el Lower East Side, Francesca corrió hacia Nate y lo abrazó.

—Quiero presentarte a mi amigo Nicholas –le dijo. Él le recordó el nombre de Hannah–. Hannah, así es. Qué gran gusto verte –dijo. Se volteó de nuevo hacia Nate–. Nicholas es un fan ferviente tuyo. Está esperando con ansias tu libro.

Francesca lo jaló hacia el otro lado de la sala. Él perdió de vista a Hannah.

—Nicholas es muy importante en Canadá –susurró Francesca.

Nicholas era un tipo fornido y con bigote, a quien le colgaba de la boca un cigarro sin encender. Después de que él y Nate intercambiaron algunas palabras, Francesca colocó una mano en el brazo de Nate.

—¿Qué te gustaría tomar?

Algo en su sonrisa le hizo sospechar a Nate que no le estaba sirviendo ginebra con soda personalmente a cada uno de sus invitados.

Con varios años más que Nate, Francesca era una escritora más o menos bonita y con mucho estilo que había sido extremadamente exitosa desde una edad temprana gracias a su primer libro. Después de eso, había sido menos exitosa, pero era popular. Siempre se aseguraba de conocer a todo el mundo. Fue apenas recientemente que "todo el mundo" empezó a incluir a Nate. Cuando había sido un escritor independiente que se las estaba viendo difíciles y que hacía un poco de corrección de estilo legal en paralelo, ella había sido simplemente cortés.

En esos años, Nate se había sentido muy consternado, no por Francesca en particular, sino por la vasta cantidad de mujeres cuyas piernas, al igual que las puertas a un club exclusivo, sólo se abrían ante la evidencia del éxito de un hombre. Ahora que estaba –apenitas– del otro lado, esta tendencia lo deprimía por otras razones. Había algo casi lobuno en la forma en que Francesca lo estaba mirando, que anulaba cualquier atracción que pudiera existir.

—No te preocupes –él le dijo–. Sé dónde está la cocina. Fue un placer haberte conocido, Nicholas.

No encontró a Hannah en la cocina, pero el departamento de Francesca tenía una ventana trasera que daba hacia una escalera para incendios y un tramo de escalones.

Del techo colgaban luces navideñas blancas que surgían de una extensión eléctrica que estaba dentro del departamento. A un lado del edificio de Francesca estaba una estructura alta tipo fortaleza con pocas ventanas. A los otros lados, hileras irregulares de edificios más bajos se extendían a su alrededor.

Nate vio a Hannah parada cerca de la orilla de la azotea. Estaba hablando con Eugene Wu. Nate se acercó a ellos y rodeó la cintura de ella con su brazo.

—Ey –dijo él. Hannah se ruborizó ligeramente y se echó para atrás. Nate se dio cuenta de que esto probablemente era el primer gesto que había hecho en público que indicara que eran una pareja. Habían pasado mucho tiempo juntos, uno-a-uno. A Nate le divirtió su reticencia y la besó suavemente en la sien.

Hannah lo ignoró.

—Eugene me estaba diciendo que el yoga es el nuevo orientalismo –dijo ella–. Qué bueno que hago pilates.

Nate tuvo que esforzarse para escucharla, pues se oía el rugir de un aparato de aire acondicionado que estaba encima de uno de los edificios aledaños.

—Es lo mismo, ¿no? –dijo a un volumen alto.

—Los pilates fueron inventados por un estadounidense –dijo Eugene–. En los años veinte.

Nate se quedó boquiabierto ante él.

—¿Cómo sabes?

Eugene estiró uno de sus brazos para que lo inspeccionaran.

—¿Cómo crees que me mantengo tan esbelto?

Cuando Hannah se alejó para hablar con una amiga que no había visto desde hace tiempo, Eugene se volteó hacia Nate con los brazos cruzados frente a su pecho.

—No sabía que estuvieras saliendo con ella.

Por su tono, Nate sospechó que Eugene antes había invitado a Hannah a salir y lo había rechazado. Desde hace mucho, Eugene había tenido la ilusión de salir con una chica que amara los libros, una integrante del medio literario; para él, Hannah (aunque no fuera espectacular de acuerdo con las normas de Jason), al ser agradable e inteligente, hubiera sido naturalmente un objeto del deseo.

—Es algo reciente –dijo Nate.

—Jmmm… –dijo Eugene–. Bueno, tiene buenas tetas.

Nate no sabía si Eugene estaba tratando de indicar que no le daba envidia o si simplemente estaba haciendo pipí en el hidrante de incendios de Nate. Eugene permanecía en un estado permanente de agravio. Le parecía que era su deber mermar la felicidad de aquéllos que fueran más afortunados. Resentía el hecho de que Nate hubiera ido a Harvard y que tuviera un contrato para publicar un libro; actuaba como si el dinero y las chicas y los trabajos como escritor le hubieran sido otorgados a Nate junto con su diploma. En realidad, sus vidas profesionales habían sido similarmente difíciles hasta hacía varios años, cuando Nate consiguió su empleo fijo en el que hacía reseñas y luego vendió su libro. Sin embargo, Eugene era inteligente y más serio, menos enfocado exclusivamente a su carrera, que muchas de las personas que él conocía.

—¿Y tú, Eugene? –preguntó–. ¿Estás saliendo con alguien?

—Estoy pensando en meterme a internet –confesó Eugene.

Sorprendido, Nate trató de retirar de su expresión cualquier cosa que Eugene, al ser tan enojón, pudiera percibir como burlón.

—Hazlo –dijo–. No se pierde nada, ¿verdad?

Poco después, Hannah regresó. Luego Nate vio que la gran silueta de Jason emergía de los escalones de la escalera para incendios. Jason volteó para todos lados durante un momento antes de moverse atropelladamente hacia la esquina de la cual se habían apropiado.

Cuando le había contado a Jason que estaba saliendo con Hannah, la respuesta de Jason, "parece una buena chica", había sido tan tibia que Nate montó en furia silenciosamente, y se odió a sí mismo porque el número siete pasó por su mente. Se odió incluso más cuando se dio cuenta de que se puso a elogiar las virtudes de Hannah: *¡es tan cool!, ¡tan divertida!, ¡tan inteligente!* Un trasfondo de desesperación se había colado a su voz. Jason había asentido con la cabeza, sin hacer nada que Nate pudiera reclamar y, sin embargo, algo en su sonrisa le recordó a Nate a una anfitriona blanca, anglosajona y protestante que estuviera "pasando por alto" que alguien rompiera una regla de etiqueta.

—Hannah –dijo Jason al acercarse. Con formalidad simulada, extendió la mano para que ella la estrechara.

Hannah arrugó las cejas en señal de confusión, pero sonrió y usó un tono igual.

—Jason –dijo, y le dio la mano–. Qué gusto de verte.

—Luces hermosa. Como siempre.

—Gracias.

Nate empezó a frotarse la barba incipiente que tenía en la barbilla. No había nada que pudiera hacer. O Jason se portaría como un cabrón, y luego diría que estaba "haciendo que las cosas se pusieran entretenidas", o no lo haría. Para distraerse, Nate se dejó atrapar en una discusión bizantina e increíblemente ñoña con Eugene acerca del libertarismo. Tras unos cuantos minutos, volteó hacia Jason.

—¿Puedo usar tu teléfono para investigar una cosa?

—Güey –dijo Jason–. Consíguete el tuyo. Eres como la única persona en Nueva York que no tiene un teléfono inteligente.

—Jesús.

Hannah metió la mano en su bolsa.

—Puedes usar el mío.

Nate tomó el teléfono que ella le ofreció y volteó hacia Jason.

—¿Ves cómo le puedes hacer un favor a alguien sin hacer ningún comentario?

Jason sonrió con regocijo.

—Comentar es lo que hago –dijo–. Soy un *comentarista social*, ¿recuerdas?

Jason recientemente había sido entrevistado por CNN acerca de su ensayo sobre la obesidad.

Hannah dejó salir una risa breve y escéptica.

—¿De qué manera puede considerarse que molestar a Nate por su teléfono celular sea un comentario social?

Nate la volteó a ver, sorprendido. La incomodidad que había estado temiendo se había materializado desde una esquina inesperada. Su "novia" había salido a defenderlo. Desearía que no lo hubiera hecho.

—Hannah, Hannah, Hannah –dijo Jason. Estaba recargado en el barandal de la azotea con los brazos extendidos a ambos lados de su cuerpo y tenía los tobillos cruzados de manera refinada. Al sonreír, su mandíbula amplia formó un lienzo innecesariamente grande para sus labios carnosos. En la mitad superior más estrecha y delicadamente construida de su cabeza, sus pestañas aletearon para mostrar amabilidad tan insinceramente como lo hacía su boca con comisuras llevadas hacia arriba.

—Llega el momento –Jason retiró las manos del barandal de metal y se abalanzó sobre ellos como si fuera un cucú que emergiera de la parte interna de su reloj– en que la tecnología se vuelve una parte tan ligada a la corriente establecida que deja de ser, en el sentido estricto, opcional. Esto es un fenómeno social; diagnosticarlo es como diagnosticar el narcisismo en los años setenta. El momento de la saturación de los teléfonos inteligentes o, también podrías decir, de la transustanciación cultural, ocurrió en, o alrededor de, agosto de 2008, cuando menos para las personas de nuestro grupo demográfico...

—Eso es ridí... –Nate trató de interrumpir.

—Después de eso –dijo Jason– no tener uno fue hacer una declaración, en especial cuando, al igual que nuestro amigo Nate que aquí nos acompaña –Jason gesticuló pomposamente hacia la dirección de Nate–, no eres precisamente alguien abatido por la pobreza. Al menos, ya no.

Le lanzó a Nate una sonrisa breve y maliciosa antes de voltearse hacia los demás.

—Para Nate, el hecho de no tener un teléfono inteligente en la actualidad es un grito agudo para indicar que es una clavija cuadrada que se niega a ser insertada en un hoyo redondo. Y eso –dijo Jason, al tiempo que miró directamente a Hannah– es una invitación para que el resto del clan lo ridiculice. Es así como se mantiene el orden social.

—Así que al molestar a Nate, ¿lo que estás haciendo en realidad es personificar un orden social represivo? –las cejas de Hannah estaban alzadas y su voz era burlona, pero su expresión era divertida, incluso un poco coqueta–. ¿Eres como el tipo que le cosió la "A" al vestido de Hester Pyrnne?

Se volteó hacia Nate y Eugene.

—¿Y ésa es su defensa? –concluyó mientras sacudía la cabeza.

Nate sintió que su cuerpo se relajaba. Ella había estado perfecta.

Jason se encogió de hombros para mostrar su derrota.

—A nadie le agrada el responsable del cumplimiento de las normas –dijo–. Supongo que simplemente así es.

Nate jaló a Hannah y la acercó más a sí mismo, y se sintió complacido tanto con ella como, de alguna manera más incomprensible, consigo mismo.

—Por cierto, Hester cosió la "A" personalmente –dijo Eugene.

—Gracias, Pitufo Filósofo –dijo Nate. Se volteó hacia Hannah–. A Jason, hoy en día, le interesa mucho el orden social –dijo, y al apoyar la mano en el lugar de su cadera donde terminaban sus jeans, se sintió realmente excitado–. Piensa que ha sido maljuzgado...

—... Porque, ya sabes –interrumpió Eugene–. Hitler, Mussolini.

—Orden social, ¿eh? –le dijo Hannah a Jason.

La espalda de Hannah estaba tocando ligeramente el hombro de Nate. Su lenguaje corporal, dado que se estaba inclinando para alejarse del grupo, indicaba que estaba lista para dejar de estar bajo el reflector, y que le había alegrado su atención. Ahora se enfocaba de nuevo en Jason, quien suspiró ruidosamente, aunque en realidad no disfrutaba nada tanto como pontificar, incluso tenía que portarse como un bufón para hacerlo.

—Como dijo Aristóteles, el hombre es un animal político...

—Voy por una bebida –dijo Eugene.

—El hombre por sí solo carece de valor –continuó Jason–. Sin vello, tembloroso y físicamente diminuto, no es un oponente digno ni para los animales ni para los elementos. Sólo por medio de nuestra inteligencia colectiva, por medio de la sociedad, se ha elevado el hombre. El error que la gente comete es considerar la evolución humana desde la perspectiva del individuo. La felicidad de los individuos es, en cuanto a evolución, irrelevante; lo que importa es la salud de la sociedad.

Nate rodeó la cintura de Hannah con su brazo e inclinó la cabeza de modo que su frente tocara la de ella. La cadera de ella rozaba su muslo superior y su cabello recorría su barbilla y su cuello. Él deseaba acercarse más, pero así como estaba, ya se sentía demasiado excitado. Respiró profundamente unas cuantas veces.

Por encima de ellos, las hileras de luces navideñas blancas trazaron líneas diagonales a través del cielo que se oscurecía; a varios pisos de distancia, el tránsito citadino fluía a su alrededor. Jason siguió musitando.

Cuando regresaron al departamento de Hannah, Nate se disculpó por Jason.

—No pretende ser grosero. Simplemente es un fanfarrón. Algunas personas tienen golf, algunas tienen novias, Jason tiene boca.

—De hecho, me cae bien –dijo Hannah–. Es vivaz.

—¿Vivaz? –sonrió Nate–. Le diré que dices eso. Le gustará.

Estaban acostados sobre la cama de Hannah, mirando el techo como si se tratara de estrellas. Nate le dijo que en la universidad creyó que tenía menos en común con Jason que con su amigo Peter, pero que, al paso de los años, el equilibrio se había modificado.

—Jason es raro, especialmente en cuanto a las mujeres, pero no es un tipo malo –dijo Nate–. No sé cómo decirlo con exactitud, ¿quizá sustancioso?, es más que muchas otras personas. No voltea por encima de su hombro para ver lo que piensa la demás gente, como lo hace alguien como Mark.

Hannah conocía a Mark; él había editado textos de ella para la revista en línea donde él antes trabajaba.

—Mark es sensacional, claro –continuó Nate–. Es bueno en lo que hace y muy chistoso, pero su máxima fidelidad siempre será hacia su reputación.

Hannah le preguntó cómo era Peter.

—Inteligente. Solitario. Quiere tener novia. Vive en Watertown, Maine, trabaja dando clases allá. No hay muchas mujeres solteras en Watertown. Y, bueno, es medio torpe con las mujeres.

Nate se dio cuenta de que en el último par de semanas él y Hannah habían hablado de muchos aspectos de sus vidas, pero no habían pasado mucho tiempo con sus amigos.

—¿Y los tuyos? –le preguntó–. ¿Cómo son tus amigos?

Hannah le dijo que sus amigos cercanos databan de cuando iba al escuela de periodismo y de sus días como reportera para un periódico. Eran reporteros que cubrían política y negocios. Aunque ella y Nate tenían varios amigos y conocidos en común, ella sentía que su punto de apoyo en el círculo literario de Nate era débil. Durante los últimos años, a partir de que ella y Steve habían cortado, se había sentido un poco solitaria, desde el punto de vista intelectual. Su decisión de intentar escribir un libro al mismo tiempo de aceptar trabajos independientes surtidos les pareció misteriosa a muchos de sus amigos periodistas en una forma en la que no lo era, simplemente no lo podría ser, ante Nate.

Nate le acarició la mejilla con su dedo pulgar.

—Eso me parece extrañamente conmovedor –dijo él–. Quiero decir, me alegra poder hacer eso por ti. Entender esa parte de ti. Te juro que estás haciendo lo correcto. Tu libro será magnífico.

Ella le besó la mejilla.

—Gracias. Eso es muy lindo.

El deseo que Nate había estado conteniendo desde que empezó la fiesta se acumuló de nuevo, y comenzó a tocarle los senos a través de su playera sin mangas. Pero, pudo darse cuenta de que ella estaba distraída.

—¿En qué estás pensando?

Ella se volteó de lado, de modo que quedaron cara a cara. No respondió de inmediato.

—En nada, en realidad –dijo finalmente–. Sólo en que has sido bastante genial. Quiero decir, han sido realmente geniales estas últimas semanas.

Le tocó el pecho ligeramente a través de su playera.

—He estado realmente… Feliz.

Él enredó un dedo entre los cabellos de ella.

—Yo también –dijo él–. Yo también.

{9}

Al igual que Freud, Aurit tenía una teoría coherente del universo. A partir de un único mito en el cual se basaban sus cimientos, había derivado un laberinto grande y creciente de subhistorias, todas lógicas de manera interna y sorpresivamente convincentes, siempre y cuando aceptaras sus premisas iniciales. La más importante de ellas era la creencia de que ser parte de una pareja era el principal indicador de la salud psicológica. Basada en semejante idea, se le ocurrían análisis profundos de todas las personas que se encontraba. Ésta, anunciaba, era sexualmente disfuncional, debido a una relación formativa dolorosa. Esa otra estaba atrofiada por una serie de éxitos profesionales tempranos que la mantenían comprometida con la misma estructura de creencias inmaduras que había poseído durante su período máximo de gloria. (Los hombres solteros le parecían especialmente carentes de bienestar emocional). Aurit se tomaba muy en serio sus análisis y, con frecuencia, le caía bien la gente o le caía mal o sentía lástima porque se basaba casi enteramente en las narrativas que ella había construido. En especial, los hombres que más la habían herido habían recibido una cepa tan despiadada de lástima que uno podría sospechar que sus razones para salir con ellos habían sido filantrópicas.

Nate recordó esto el siguiente sábado por la tarde. Él y Aurit iban caminando hacia el parque Prospect, donde unos amigos estaban organizando un día de campo para celebrar su reciente boda celebrada en el ayuntamiento. Aurit quería escuchar todo acerca de Hannah.

—¿Cuánto tiempo ha pasado? ¿Un mes? ¿Un poco más?

—Algo así –habían pasado seis semanas desde que él y Hannah salieron por primera vez, y alrededor de cuatro desde que habían empezado a salir en serio.

—Realmente me alegro por ti, Nate.

Aurit estaba asintiendo con la cabeza y sonriéndole como si hubiera logrado pasar toda la hora de la siesta sin hacerse pipí en los pantalones.

De repente, a Nate le pareció indispensable complicar el punto de vista estrecho de Aurit.

—No es algo tan importante. ¿Quién sabe lo que pasará?

Aurit acababa de comprar un café helado. A través de la tapa de plástico había estado picoteando con su popote el líquido color caramelo.

—¿Oh? –lo volteo a ver–. ¿Pasa algo malo?

—No. Sólo no quiero que lo saques de proporción, eso es todo.

Aurit frunció el ceño.

—Mjm.

Lo que quería dar a entender era un recato general ante la monomanía romántica de Aurit. No le parecía que andar con Hannah fuera precisamente un suceso épico, que definiera la vida, como le sucedía a Aurit con sus relaciones. Esta nueva relación, aunque era incontenible mientras estaba con Hannah, no era lo único que tenía en la mente, en especial conforme pasaba el tiempo y se acostumbraba más a la presencia de ella en su vida. En los últimos días, sobre todo, había tenido nuevas preocupaciones. Le habían hecho un encargo periodístico con el que estaba complacido, escribir un artículo grande y bien pagado para una revista sofisticada; Jason lo había recomendado para esto. También le había surgido la semilla de una idea para otro libro.

Y no sólo era que tuviera que escribir. La relación, por hermosa que fuera, compartía un espacio en su mente con otras cosas, con su interés por el pensamiento abstracto sobre otros temas que no fueran su vida personal, por ejemplo, e incluso con su interés por los deportes. Pero, no se le ocurría una manera de explicarle esto a Aurit, que no sugiriera que estaba insatisfecho con Hannah.

Caminaron en silencio. La bolsa de plástico con la botella de vino que Nate había comprado para el día de campo golpeaba rítmicamente su rodilla y su espinilla.

—¿Va a venir hoy?– finalmente preguntó Aurit.

—No. Quería trabajar. Está preparando una propuesta de libro.

Aurit asintió con la cabeza. Luego tomó un gran trago de su bebida y miró con furia la taza de plástico.

—Guácala. Un café moca helado no debería saber a leche con chocolate.

Nate no supo qué decir ante esto.

Para ser el último día de julio, la tarde estaba preciosa, no demasiado húmeda, el cielo con un tono no pálido de azul, y la escena, al entrar al parque, era idílica, casi demasiado idílica. Técnicamente, los atractivos naturales del parque Prospect (colinas arboladas, prados ondulantes, un estanque en forma de media luna con los patos y cisnes requeridos) tal vez no fueran superiores a los de otros parques en otras ciudades. Pero, a diferencia de los parques que Nate había conocido cuando era niño en los suburbios, que casi exclusivamente eran frecuentados por delincuentes adolescentes, gays que buscaban ligar y diversos expendedores de crack, éste no se sentía como si fuera un lugar desvencijado o abandonado. ("Cuando la gente tiene sus propios patios traseros, asan comida al carbón por su propia cuenta", Jason una vez había dicho).

El parque Prospect estaba repleto de gente alegre que hacía cosas alegres: caminar, correr, andar en bicicleta, jugar beisbol de las ligas menores, ver beisbol de las ligas menores, comer conos de helado que se derretía mientras veía juegos de las ligas menores. Grupos de profesionistas jóvenes que cargaban bolsas de lona conseguidas en librerías locales se apropiaban de espacios en el pasto cerca de familias caribeñas con hieleras de plástico llenas de comidas sofisticadas que, de alguna manera, siempre olían a plátanos machos. El parque era el sueño húmedo de algún integracionista liberal: multirracial, multiétnico, con múltiples clases.

Cuando él y Aurit llegaron al día de campo, surgió un veloz intercambio de efusiones. "¡Felicidades!", "¡Es oficial!", "¡Gracias por venir!", "¡Sírvanse algo de comer!".

En una cobija adyacente para días de campo, Jason estaba dedicándose a llamar la atención.

—Siento tener que decírselos, pero ninguna cantidad de guarderías de alta calidad ni de educación liberal va a producir una nación de seguidores autocríticos de la regla de oro –decía. Estaba hablando con dos mujeres de aspecto desconcertado y se detuvo sólo el tiempo suficiente para asentir con la cabeza al mirar a Nate y Aurit–. Simplemente, no está en el ADN de todo el mundo. La virtud, para algunos, es una recompensa en sí, pero no para todos. Y eso es algo bueno. Hay muchas cosas que los moralistas son incapaces de hacer.

—¿Cómo qué, construir pirámides? –murmuró Aurit–. Es sorprendente lo que puedes lograr si estás dispuesto a usar el trabajo de esclavos.

—¡Exacto! –dijo Jason–. Las pirámides, la conquista del Nuevo Mundo, la industrialización. ¡Piensen en cuánta brutalidad! –sonrió ampliamente–. La gente con altos valores morales no lo hubiera logrado. ¿Y entonces dónde estaríamos? No sentados aquí en el hermoso parque Prospect con nuestros trabajos cómodos y nuestras conciencias sociales que se pavonean.

Las mujeres con las que estaba hablando o a las que les estaba hablando, intercambiaron miradas.

—¿Y qué hay de las víctimas de estas personas inmorales? –preguntó una pelirroja de aspecto amigable.

—Por supuesto, hay un impuesto social que pagamos por el hecho de tener psicópatas entre nosotros –admitió Jason–. Pero, la sociedad necesita esa astucia para hacer que las cosas sucedan, al igual que necesita a los escrupulosos para que hagan valer las reglas para que el asunto no se convierta en la pesadilla de un teórico de la toma de decisiones. De la misma manera en que necesitan *artistas* –pronunció la palabra con énfasis burlón–, y entre ellos incluyo escritores, músicos y demás, para atraer a quienes de otra manera serían personas solitarias hacia la fogata de la comunidad e integrarlos al clan.

—Es una historia conmovedora –dijo la pelirroja.

La polémica se extinguió. La pelirroja, junto a la cual Nate se sentó, le dijo que era estudiante de posgrado de historia del arte. Antes de regresar a estudiar había sido editora en la casa que publicaría el libro de él. Ella y Nate empezaron a enumerar varios conocidos en común.

Jason volteó hacia él.

—¿Dónde está *Hannah*?

La mandíbula de Nate se tensó. Sabía que Jason pensaba que él tenía la personalidad de un tonto mandilón lastimero, una creencia que ciertas mujeres podrían haber encontrado difícil de captar, pero que, sin embargo, era sólida en lo tocante a Jason. (En el pasado, Jason se lo había atribuido a la necesidad "inusual, aduladora" de Nate de caerle bien a todo el mundo).

—No estamos pegados el uno al otro –dijo Nate.

Volvió a voltearse hacia la pelirroja. Tras unos cuantos minutos, su conversación empezó a apagarse. Deseó que hubiera alguna manera de retirarse cortésmente, pero ella era tan sonriente y amigable que Nate no quería herir sus sentimientos. Finalmente, ella asintió con la cabeza hacia el vino tinto que él bebía.

—Creo que voy a ir a buscar un poco del blanco –dijo ella.

—¡Por supuesto! –dijo Nate.

Se acordó de algo que quería preguntarle a Mark. Le dio a Jason un golpe con el dedo en el brazo superior.

—¿Sabes si Mark viene hoy?

Jason sacudió la cabeza.

—Ni idea... No lo he visto desde hace tiempo. ¿Sí sabías que empezó a salir con alguien, verdad? ¿Esa vieja tan buena del día de la lectura? ¿Carrie? ¿Cara? –silbó–. *Una niña mona*. Ey, espera. ¿No hablaste tú con ella primero?

—Tal vez –dijo Nate, al tiempo de jalar una brizna de pasto para arrancarla de la tierra–. Sí. Supongo que sí.

—¿Y no...? Oh, tienes razón –Jason sonrió con aire de superioridad–. *Hannah*.

Antes de que Nate pudiera responder, una mujer con la que había salido un tiempo breve años atrás se acercó y lo saludó. Estaba casada y tenía un niño pequeño, al cual había llevado consigo. Cuando salían, Nate pensaba que ella era demasiado maternal para su gusto. El bienestar que ahora proyectaba, al cargar a esa cosita rubia para que él la mirara, pareció confirmar su intuición. Al poner al niño en el piso, se fue corriendo hacia una ardilla. Mientras reía, ella se fue tambaleando detrás de él.

—¡Qué gusto de verte! –gritó al alejarse.

Nate aceptó algunas zanahorias con humus, que venían en un plato que estaban pasando entre los invitados.

—¿Te dije que Maggie empezó a salir con alguien? –Jason le preguntó.

Maggie era una chica con la que Jason trabajaba. Se había besuquedado con ella una vez el año pasado y frecuentemente hablaba al respecto.

—El tipo suena realmente nefasto –prosiguió Jason–. Es una especie de diseñador independiente de páginas web o algo que prácticamente cualquiera podría hacer en su tiempo libre.

El sol había emergido desde atrás de una nube. Nate levantó una mano para protegerse los ojos.

—Pero, no te importa, ¿verdad?

—Maggie me importa mucho –dijo Jason, y se azotó en un brazo con la mano–. Pinche mosquito. La felicidad de Maggie es algo extremadamente importante para mí.

—Claro...

El teléfono celular de Nate sonó desde adentro del bolsillo de sus *jeans*.

—¿La novia? –dijo Jason mientras Nate buscaba el teléfono.

Nate presionó el botón de RECHAZAR para que el nombre de Hannah desapareciera de la pantalla.

—¿Sabes, Jase? –dijo–. He tratado de acordarme. ¿Cuándo fue realmente la última vez que te acostaste con alguien? ¿Quién era el presidente? ¿Se usaba la red telefónica o la banda ancha?

Jason lo miró con detenimiento durante un instante. Luego sonrió ampliamente. Sus labios distendidos le recordaron a Nate las panzas de los niños hambrientos.

—No es mi culpa tener estándares altos –dijo.

Se pidió que el grupo pusiera atención al brindis por los novios.

Después, Jason volteó hacia él.

—Me da la impresión de que crees que no me agrada tu nueva novia.

—Yo no... –por instinto, Nate empezó a negar que hubiera pensado en este tema en absoluto, pero Jason siguió adelante.

—No es cierto. Quizá al principio haya pensado que era un poco tímida, pero estaba equivocado. Creo que es una chica cool.

Nate se sorprendió al escuchar esto, y también se sorprendió, y se sintió un poco apenado, por lo contento que se puso al escucharlo. Asintió con la cabeza y simuló naturalidad.

—Sí es *cool*.

—Me sorprendió, al principio, sólo porque no pensé que fuera de tu tipo.

Esto claramente era una incitación. Nate sabía que debía ignorarla.

—¿A qué te refieres con que no era de mi tipo? –preguntó.

—Ya sabes... –dijo Jason–. Generalmente te gustan, no sé cómo decirlo, mujeres medio infantiles, muy demandantes. Ya sabes, como Elisa.

—¡Eso es ridíc...!

Desde el otro extremo de la cobija para días de campo, Aurit, quien conversaba con alguien que Nate no conocía, lo volteó a ver. Nate bajo la voz.

—...ulo. ¿No crees que Elisa me gustaba a pesar de ser como tú dices, y lo que dices es muy dadivoso, debo agregar, "infantil y muy demandante", y no debido a que lo fuera?

—Bueno, estoy seguro de que tú crees que es así...

—Había muchas razones por las que me gustaba. Ninguna de ellas tenía que ver con el hecho de que fuera muy demandante. Pero, eso sí tuvo algo que ver con el hecho de que cortara con ella.

—Cálmate –dijo Jason–. Lo único que estoy diciendo es que todos estamos programados para responder ante ciertas cosas, sé que es mi caso, y no todas ellas son lo que llamaríamos correctas.

—Kristen no era infantil ni muy demandante.

—No, no lo era –Jason coincidió–. En fin, no importa. Si estás contento, es sensacional. Y como dije, creo que Hannah es una chica cool.

Sin darle a Nate oportunidad de responder, Jason se dio la vuelta.

—Oye, Aurit, ¿me puedes pasar unas cuantas de esas verduras?

—Hablando de Elisa –dijo Jason un momento después–, ¿qué te dijo cuando le contaste que te estabas tirando a su amiga?

Nate empezó a reaccionar ante ese último comentario, pero se detuvo.

—Todavía no se lo he contado –dijo–. Apenas voy a hacerlo.

Jason estaba mordisqueando una cabeza de brócoli con una delicadeza tan grande que casi parecía afeminado, en especial por contrastar con el deseo lascivo que se reflejó en sus labios.

—Dile que si necesita un hombro para llorar, puede llamarme –dijo–. Siempre tengo tiempo para su traserito firme y sus grandes ojos azules.

—No mames.

***

Nate sí se reunió con Elisa varios días después. Él lo estuvo posponiendo, y lo cierto es que lo debería haber hecho antes. Ella ya se había enterado por otro lado de lo de Hannah. Ante la sorpresa de Nate, no estaba enojada con él, sino con Hannah.

—Creí que era mi amiga –dijo Elisa.

—Se siente mal –dijo Nate–. Le caes muy bien. Dio por hecho que estaba bien, dado que tú y yo somos amigos.

—Estoy segura de que se siente *terrible*. Una persona que sale con el ex de su amiga, a quien conoció en la propia casa de su amiga, en la cena de su amiga… Estoy segura de que se siente terrible.

Nate se puso a analizar el grado de la madera de la barra. Estaban en un restaurante de carne en la zona media de la ciudad, cerca de la oficina de Elisa. Empezaba a preguntarse si esta reunión había sido buena idea. Darle tanta importancia al caso de él con Hannah parecía concederle legitimidad injustificada al enojo de Elisa.

Elisa estaba revolviendo su martini agresivamente.

—Qué perra.

—Eso no es jus…

Pero, cuando Elisa llevó sus ojos desde el espejo ahumado que estaba atrás de la barra para mirarlo a él de frente, Nate dejó que las palabras se extinguieran. A veces, lo azotaba de nuevo la vulnerabilidad de la infelicidad de Elisa. A pesar de toda su belleza, en la zona de alrededor de sus ojos lucía demacrada, golpeada.

—Lo siento, E –dijo con suavidad–. De verdad. No pensé que ustedes tuvieran una amistad cercana. No quise lastimarte.

El labio inferior de Elisa sobresalía enfurruñadamente. No fue tanto que se encogiera de hombros, sino que elevó un hombro delgado, lo cual hizo que su clavícula sobresaliera arriba del amplio escote de su blusa. Fuera de sus ojos, se veía tan bonita y bien vestida como siempre, con la cabellera rubia recogida en un chongo suave. Traía una camisa blanca, larga y holgada, y pantalones negros pegados.

—Conocerás a alguien.

Elisa lo volteó a ver con sus facciones perfectas plenamente quietas. Conforme pasó un instante y luego el otro, su expresión pareció profundizarse hasta que su rostro proyectó un cansancio profundo.

—Tal vez –dijo por fin.

Nate se preparó para que ella empezara con sus típicas acusaciones. Él había envenenado las relaciones románticas de ella. Ya no podría confiar en que un tipo que asegurara que la amaba no cambiaría de opinión en cualquier momento. Había hecho que ella se sintiera como si no fuera suficientemente inteligente o suficientemente buena. ¿Cómo se supone que ella podría recuperarse de eso?

Pero, de seguro había percibido que por ahora ya tenía la compasión de Nate. No ganaría nada si tomaba ese camino.

—Por cierto –dijo–. Me disculpo por lo de la última vez. En mi cena, quiero decir. Y después. Había bebido demasiado. No te debería haber puesto en esa situación. Sólo es que… No sé, como que últimamente las cosas han estado mal. Me he sentido realmente decaída.

Nate transfirió su peso hacia el otro lado del banco bien alcolchonado del bar. En su pecho, emociones diversas, culpabilidad y lástima y simple pesar, tristemente crecieron. Casi prefería las veces en que lo regañaba.

—No te preocupes –dijo él–. Siento que no hayas estado contenta.

De nuevo Elisa se encogió de hombros al tiempo de escudriñar una de sus manos y empezar a reposicionar un anillo que se había deslizado hasta quedar fuera del centro.

Nate buscó algo que pudiera decir para distraer.

—¿Qué cuenta el jefe?

Elisa muy sutilmente meneó la cabeza como si estuviera irónicamente entretenida, como si supiera que él estaba cambiando de tema porque era un cobarde, mas ya estuviera resignada ante su inmadurez. Con una docilidad conmovedora, empezó a contarle una anécdota.

Elisa trabajaba para una revista muy importante. A Nate, ella bien lo sabía, le gustaba escuchar acerca de lo que ahí ocurría. Le contó acerca de un escritor famoso que había hecho que el jefe de ella, el editor en jefe, se encabronara, pues había retirado un artículo en lugar de aceptar sus sugerencias editoriales. El escritor luego había publicado el artículo en una publicación de la competencia, tras integrar muchas de esas sugerencias.

—Nunca volverá a escribir para nosotros –dijo ella.

—No, supongo que no.

Elisa lo miró deliberadamente.

—¿Y tú? ¿Sólo faltan, qué, seis meses para que salga tu libro? Has de estar –sus ojos se contrajeron como por un tic nervioso–, has de estar muy emocionado.

Nate miró fijamente la hilera de whiskys de malta que recorría el estante que había detrás de la barra. Había escrito buena parte de su libro durante el tiempo que estuvo con ella. En cierta forma, Elisa había sido esencial para que él lo escribiera. Aunque a veces se había quejado del tiempo a su lado que la escritura le robaba, ella siempre había creído en el libro y en la habilidad que tenía para lograrlo. Durante las épocas en que no le estaba yendo bien al escribir, cuando él seriamente dudaba que alguna vez fuera a salir adelante, la fe de ella había sido muy importante, quizá crucial. Luego, antes de que el libro se terminara y vendiera, él la había cortado.

—Trato de no obsesionarme con eso –él dijo.

Elisa empujó su copa vacía hacia la parte trasera de la barra. De inmediato se la llevó un empleado con corbata de moño. Nate empezó a llamarlo para pedirle la cuenta.

—¿Por qué tienes tanta prisa? –preguntó Elisa.

Algo conocido regresó a su lugar al momento en que su tono de resignación dio paso a uno de queja.

Nate alzó las manos.

—No tengo.

—¿*Hannah* te está esperando?

—¡No! Es sólo que, oh, no importa. Pidamos otra.

—No, si no quieres.

—¡Sí quiero! –insistió–. Sí.

Fue hasta después de las diez que acompañó a Elisa a su estación de metro. Cuando desapareció al bajar los escalones, Nate sintió la clase de alivio que tiene un componente físico, como la liberación de la tensión tras correr una gran distancia. En el camino a su propia estación de metro, que quedaba a varias cuadras hacia el oeste, le mandó un mensaje de texto a Hannah. *¿Es raro que te extrañe?* Apenas se habían visto esa misma mañana.

Su respuesta llegó un momento después. *Sí, es raro.* Tras unos segundos, llegó otra: *(pero, como que yo también te extraño más o menos).*

Tras esta velada con Elisa, lo que Nate más deseaba era reconstruir su estado de ánimo para que quedara de un tono distinto. La charla ligera y sencilla que él y Hannah solían tener, la confirmación implícita que la presencia de ella brindaba de que él no era un ingrato sin corazón, le resultaba especialmente atractiva.

Antes de subirse al tren, le escribió de nuevo. *Puedo llegar allá en cuarenta y cinco minutos.*

{ 10 }

Esa noche, Hannah le preguntó cómo estaba el asunto con él y Elisa. Estaban sentados en unas sillas cerca de su ventana. Nate hizo una pausa antes de responder.

Él había conocido a Elisa tres años atrás en una fiesta de la industria editorial. Ella se había presentado con el editor en jefe de la *Revista Muy Importante*. Nate le preguntó acerca de ella a su amigo Andrew. Éste le dijo que era la nueva asistente del editor en jefe.

Cuando su jefe se fue, Elisa se quedó. Nate se acabó dos o tres copas de vino del tamaño de un dedal. Ella estaba parada cerca de la mesa de comida, enfrente de una pequeña montaña de fruta.

—Hola, soy Nate.

Ella se metió una uva morada en la boca.

—Elisa –dijo, casi adormiladamente.

A lo largo de los siguientes minutos, ella contestó las preguntas de él, pero se veía un poco molesta por la obligación que él le había impuesto. Al final, ella le preguntó a qué se dedicaba.

Le dijo que era el crítico de libros para una revista en línea. Ella le preguntó cuál. Él le dijo. Ella lo miró. Él jaló el cuello de su camisa de vestir azul. Se dio cuenta de que uno de sus zapatos no sólo estaba desabrochado, sino drásticamente desabrochado, como si acabara de liberar su pie de una trampa de acero. Su enorme lengua café estaba colgada de manera chueca, cruzada y con ligeras marcas, donde debería haber habido agujetas. Pisó ese pie con el otro y se meció ligeramente, como si fuera una brocheta más pesada en la parte superior.

Ella le dijo que hacía poco tiempo había terminado una maestría en literatura comparativa en la Sorbona. Antes de eso, había ido a Brown. Éste era su primer trabajo en el medio editorial. Quería escribir. Le encantaría tomarse un café con Nate algún día. ¿De verdad? Sí, le encantaría hablar sobre la industria editorial.

El café se convirtió en cena y, unos cuantos días más tarde, en una carrera sobre el Puente de Brooklyn mientras veían la puesta del sol y luego en una fiesta en la casa dividida en tres partes, ubicada en el lado oeste superior, que pertenecía a un amigo de Harvard, un tipo que trabajaba en fondos de cobertura, y en una noche del sábado en el Museo de Brooklyn. Nate estaba muy impresionado con ella. Con naturalidad, ella mencionaba la obra de intelectuales que estaban envejeciendo y que colaboraban con la *Reseña de Libros de Nueva York*. Los nombres multisilábicos de cineastas de vanguardia de Europa del Este eran pronunciados con facilidad por su lengua. Su padre era un catedrático famoso, cuyos libros Nate conocía por su buena reputación. Para estas alturas de su vida, Nate ya había salido con cualquier cantidad de mujeres del medio editorial. Elisa parecía diferente, extrañamente seria y bien informada, sobre todo, para ser tan joven. Y tan atractiva.

Incluso Nate, a quien Jason le tuvo que decir que no usara pantalones con pliegues, de alguna manera podía ver que, comparada con todas las jóvenes bien vestidas de Brooklyn, Elisa lucía especialmente bien. Sabía dónde comprar todo, qué tiendas no eran tan caras, pero sí de buen gusto, y también lo que era correcto comprar en Target (por lo que Nate entendió, se trataba de las cosas que incluyeran en sus nombres la letra T: contenedores Tupperware, pantimedias, pasta dental). En teoría, Nate desdeñaba los "símbolos de estatus burgueses", pero, en la práctica, se enorgullecía del aire chic y elegante de Elisa. Irradiaba esa relajación cosmopolita que no requiere esfuerzo que las chicas populares mostraban. Claramente era de primera clase, del nivel más alto, el equivalente en la industria editorial de Amy Perelman en la preparatoria y de las chicas más guapas de Will McDormand en Harvard: era aquello que resultaba clara e indisputablemente deseable.

Su actitud era sofisticada y concentrada, incluso ligeramente taciturna, y a veces hablaba con una falta de emotividad perturbadora, casi con anhedonia. Con frecuencia parecía estar aburrida. Este matiz de insatisfacción perpetua hacía que para Nate fuera hasta más emocionante cuando la convencía de reírse y estar de buen humor: impresionarla, uno sentía –él sentía–, era un logro en realidad.

En ese entonces él no tenía un contrato para publicar un libro. Su trabajo de reseñar libros garantizaba un pago de nómina fijo, pero llamarlo modesto, dado el costo de la vida en Nueva York, era una exageración que casi era mentira. Para que apenas le alcanzaran a salir las cuentas, necesitaba astutamente conseguir todos los encargos adicionales que pudiera, tanto de corrección de estilo como de escritura. Trabajaba a solas en su departamento sucio. Algunos días, no se molestaba en ducharse. Se limpiaba la nariz con papel de baño. Papel de baño barato. (Una vez, cuando Peter, el amigo de la universidad de Nate, lo fue a visitar desde New Haven, subrepticiamente agarró unos cuantos cuadros del rollo, los dobló y se los guardó en el bolsillo del pecho de la camisa. Esperó hasta que sus amigos estuvieran reunidos en el bar para repartirlos. —Sólo siéntanlo. ¿Pueden creer que esto, la lija más diáfana del mundo, es lo que nuestro Nate usa para limpiarse el trasero? Vaya que se odia a sí mismo).

Nate no tenía seguro de salud, no lo había tenido en años. Después de un tiempo, había llegado a dar por hecho que era el tipo de persona desaliñada y marginada, cuyo bienestar no le parece importante a la sociedad. El bienestar de Elisa, por el contrario, era incontrovertiblemente importante, para ella, para sus padres, para la revista que la consentía con amplios beneficios dentales, oftalmológicos y de salud mental. El universo mismo parecía encargarse de amoldarse a ella, al proporcionarle bebidas gratuitas por parte de cantineros, un trato delicado por parte de conductores de taxi que, en otros casos, eran gruñones y ofrecimientos bondadosos de consejos por parte de personas paternalistas y destacadas de la industria de las revistas que jamás le contestaban los correos electrónicos a Nate.

Todos los días, Nate generalmente seguía dormido mientras que Elisa, hermosa y cuidadosamente arreglada, pasaba con rapidez ante los guardias del *lobby* de ese rascacielos de la zona central de Manhattan, iba a toda velocidad al millonésimo piso en el elevador exprés, y tomaba asiento ante un escritorio que arriba tenía una placa con su nombre. Ahí, contestaba teléfonos y con calma les aseguraba a escritores nerviosos que su jefe se comunicaría con ellos más adelante. Escoltaba a varias personas importantes hasta la gran oficina de la esquina. Entraba a ciertas juntas editoriales e, incluso, cuando se lo pedían, ofrecía ideas relacionadas con el contenido de la revista. La mayor parte de su trabajo, sin embargo, era administrativo. Era el inicio de una carrera. Estaba tomando grandes precauciones para no convertirse en una persona marginada como Nate, que se la pasaba en casa en calzones, llenaba sus sábanas de sudor y meditaba sobre preguntas como si le conviniera tomar ese descuento de impuestos relacionado con sus ingresos si es que calificaba para ello o si eso estaría mal, pues claramente se destinaba a verdaderas personas pobres, no a graduados de Harvard que rechazaban empleos normales para perseguir sus ambiciones intelectuales idiosincráticas.

Cuando se reunía con Elisa al final de un día de trabajo, sentía como si a duras penas hubiera logrado escaparse de un submundo como el de los Morlocks. A su lado, lo trataban diferente en los restaurantes. Otros hombres lo evaluaban con la mirada. Los meseros y capitanes eran más respetuosos. Incluso entre su círculo de amigos y conocidos, su valor aumentó sutilmente.

Así que casi no parecía importante el hecho de que no fuera una novia especialmente linda. A menos que coincidieran con los de ella, Elisa trataba los deseos de él como si fueran ocurrencias perversas, desdeñables por completo. Un restaurante costoso que a ella le gustara era un lujo saludable; el antojo que él tenía de comer barbacoa era "repugnante". ¿Una cadena local y algo modesta de barbacoa que a él le gustara mucho? "Imposible que vayamos". Después de ir a compromisos sociales, le encantaba proporcionarle una lista de críticas con respecto a su comportamiento. Parecía creer que todo lo que él hacía era, más que nada, un reflejo del gusto de ella. Cuando, durante una cena, hizo un mal chiste, Elisa se enojó con él por avergonzarla.

—¿Qué te hizo pensar que eso sería chistoso? –exigió saber tan pronto doblaron la esquina al salir del edificio de arenisca en Park Slope, donde habían pasado esa velada. Nate se vio forzado a confesar que no tenía idea alguna de por qué había pensado que sería chistoso responder, cuando alguien comentó que estábamos viviendo en la era de la ansiedad, que él pensaba que era la era de Acuario. Tan pronto las palabras se le escaparon de la boca, se sintió humillado por lo sosas que eran. Esto no provocó ninguna compasión por parte de Elisa. Pensaba que él tenía la responsabilidad hacia ella de ser alguien que pudiera respetar. Esto significaba no hacer chistes malos. También significaba ser afectuoso, pero no demasiado, halagador pero no demasiado, inteligente pero no con pedantería, y una gama de otras cosas.

Cuando Elisa sentía que alguien la había tratado injustamente, se enfurecía. Al parecer, era la única persona en todo Nueva York que tenía buenos modales; todos los demás se comportaban como animales, especialmente hacia ella, lo cual le parecía muy difícil de entender porque ella, y esto a Nate le pareció una revelación, "no le tenía mala fe a nadie". Se enfurecía con Nate si no apoyaba enteramente su indignación ante tal o cual colega que hubiera hecho algún comentario a la hora del almuerzo, el cual, aunque pareciera razonablemente inocuo cuando se lo repetía a Nate, a Elisa le resultaba imperdonablemente hiriente. En opinión de Elisa, siquiera insinuar la posibilidad de un malentendido o, peor todavía, de una exageración, era socavarla.

Parecía no tener un sentido interno de la justicia. Cuando Nate se molestaba porque llegaba tarde para verlo o porque le parecía que se comportaba como si estuviera aburrida cuando le contaba algo que él consideraba importante, él por instinto evaluaba su molestia e intentaba determinar si era razonable o justa, dadas las circunstancias. (Quizá ella no se había dado cuenta de que lo que estaba diciendo era importante para él. ¿Sería que no había sido claro?) Ella, por su parte, trataba sus propias respuestas emocionales como si fueran infalibles. La autocrítica de él era algo que ella parecía percibir solamente como una debilidad para ser explotada.

—No –le decía–. Realmente no fuiste claro.

La otra novia formal de Nate había sido Kristen, quien, sin importar cualquier otra cosa que pudiera decirse sobre ella, era una persona extremadamente justa. Elisa le resultaba un poco desconcertante. Pero, durante un largo tiempo, ninguna de las limitaciones de ella importó. Nate había leído el Antiguo Testamento con frecuencia cuando era niño. No esperaba que su Dios fuera razonable ni misericordioso. Quizá en privado refunfuñara acerca de las exigencias de ella, quizá intentara razonar con ella o convencerla, pero la presencia de esa mujer en su vida, en su cama, su belleza (a veces cuando él estaba a su lado, simplemente lo sobrecogía el deseo de tocar su cabellera rubia sedosa o su cara como de muñeca), los dolores y los placeres específicos que surgían al estar con ella: éstos se habían vuelto, para él, necesarios desde el punto de vista existencial.

Aunque Elisa era inteligente –y conocedora de las cosas que se supone que la gente sofisticada tiene que conocer– Nate había notado desde muy temprano que la escritura de ella con frecuencia era torpe y poco natural. Sus ideas tendían a ser intentos forzados por reflejar una especie de profundidad académica. También tenía algo de quebradizo su amor por el intelecto y el intelectualismo y, lo más importante, por los *intelectuales*, como Nate. Esta pasión suya al principio lo había impresionado. Pero, al paso del tiempo, se dio cuenta de que era una forma de compra de éxito, una forma especializada, pero de todas maneras una compra de éxito. Mucho antes de que estuviera listo para cortar con Elisa –antes de que siquiera un esbozo de esa idea le hubiera entrado en la mente– empezó a trazar un retrato de ella mucho menos halagador que su impresión inicial. Su gusto, por ejemplo, era excelente, en cuanto a la forma en que era recibido, y debido a que absorbía lo que era culto y estaba de moda. En realidad, le gustaba, digamos, Svevo –podía encontrarle múltiples virtudes a Svevo–, después de que la habían preparado para que le gustara Svevo, una vez que ella sabía que Svevo era una persona que debería gustarle. Una vez que su padre, el profesor o su jefe, el editor Muy Importante, había halagado a Svevo. Pero, otras veces, al quejarse del "sistema literario monopolizado por hombres", proclamaba (frente a Nate, nunca frente a sus colegas) el valor de alguna pieza de ficción muy convencional y sentimentaloide, aunque bien intencionada, acerca de alguna chica y su madre, una chica y su mejor amiga o una chica y la mujer negra que ayudó a criarla, quienes luchaban juntas contra depredadores masculinos e injusticia social y, finalmente, aprendían algo acerca del poder de redención del amor. Éstos eran los libros que de verdad le gustaban, Nate descubrió después de un tiempo. Eso de Svevo, de los intelectuales de la *Reseña de Libros de Nueva York* que estaban envejeciendo, todo eso resultó ser sólo para impresionar, incluso si se estaba tratando de impresionar a sí misma en la misma medida que a los demás.

Nate deseaba, por el bien de ella, que se relajara al respecto, que se diera cuenta de que estaba bien no ser alguna clase de intelectual culta. De seguro estaría más contenta en un tipo distinto de revista, una no tan conservadora, quizá una de esas páginas de internet para mujeres inteligentes, independientes, donde no tendría que disfrazar sus gustos y donde, libre de la necesidad de las poses, su sagacidad verbal y su habilidad para ofrecer velozmente un comentario interesante podrían aprovecharse. (Siempre lo criticaba en las maneras más *sagaces* e *imaginativas*). Pero, no, la opinión importante de personas como su padre y su jefe significaban demasiado para ella. Necesitaba hacer algo que ellos valoraran, no algo que ella valorara. Nate sentía ternura hacia ella cuando veía su situación en esos términos. Elisa era una mujer bella e inteligente que desesperadamente estaba tratando de convertirse en un estilo ligeramente distinto de mujer inteligente.

Por casualidad, esto también era la respuesta a la pregunta que lo había confundido de inicio: el asunto de por qué ella estaba con él. En ese momento de su vida, se dio cuenta, Elisa se sentía casi patológicamente atraída no por el estatus ni el dinero ni la guapura, sino por el potencial literario e intelectual. Nate poseía muchas de las mismas características mentales que su padre y su jefe. Y tenía que confesar que, sin importar qué tanto criticara Elisa su ropa, sus modales, su personalidad y sus hábitos, su fe a la mente de él había sido fuerte y constante.

Ella había sido una buena influencia para él en ciertos sentidos, pues lo animó a ir a obras de teatro y a conciertos y a inauguraciones de galerías y a restaurantes bien reseñados, ubicados en rincones poco conocidos de la ciudad. Él, de manera predeterminada, siempre iba al bar del vecindario. Sin embargo, en retrospectiva, Nate supuso que, incluso cuando habían estado más contentos, incluso cuando ella iba dulcemente agarrada de su brazo al caminar desde el metro hasta el establecimiento de pizzas en un vecindario que antes había sido de italianos en lo más profundo de Brooklyn, incluso cuando se habían sentado juntos a beber chocolate caliente en una banca de piedra afuera de Cloisters, mientras miraban fijamente la zona café rojiza conocida como el New Jersey Palisades que estaba del otro lado del Hudson, incluso en esos momentos, él de alguna manera había estado catalogando las ineptitudes de ella para consultarlas en el futuro. Para cuando cumplieron siete u ocho meses de salir, ella se había convertido en un tema de conversación cada vez más frecuente entre Nate y sus amigos.

—¿Es normal que tu novia básicamente haga un berrinche si haces planes para un viernes por la noche sin consultarla? –les preguntaba–. ¿Qué significa si, cuando ella hace un juicio sobre alguien, mi primer instinto sea dar por hecho que lo contrario es verdad?

Después de que él y Elisa estuvieron juntos alrededor de un año, su insatisfacción se antepuso a lo que fuera –¿amor?, ¿necesidad?, ¿enamoramiento?– que lo hubiera unido a ella. "Cuando una amistad deja de crecer, de inmediato empieza a disminuir", decía la amoral *madam* Merle, y así se lo parecía a Nate. Un día, descubrió que el apretón con que Elisa lo sostenía se había aflojado. Podía imaginarla enojada con él sin que la idea desatara impactos sucesivos de ansiedad que inexorablemente, casi contra su voluntad, dirigieran sus energías hacia buscar una reconciliación.

En principio, anduvo con tiento, dijo que no a una mayor cantidad de los paseos que ella proponía, se quedaba en su propia casa cuando se le antojaba, hacía planes para irse con Jason y Mark sin consultarle primero. Dejaba que su irritación se le resbalara y esperaba para ver si la antigua ansiedad se hacía presente. No lo hizo. Elisa percibió el cambio rápidamente, al parecer con el mismo instinto a nivel básico con el que algunos animales presienten una tormenta que se aproxima. Se volvió más amable, más complaciente. Sugirió ir a un restaurante de barbacoa, aunque, eso sí, era uno de moda que había sido reseñado por el *Times*. Se aguantó su enfado cuando Nate le dijo que no pasaría la semana en la casa de veraneo de los padres de ella porque quería seguir trabajando en su libro. Se acostó con él más seguido e incluso compró lencería con encaje, ligueros y prendas interiores con borlas acolchonadas que le cubrían los senos; y ver su cuerpo delgado, demasiado delgado, lo conmovía en la misma medida que lo excitaba.

—¿Hiciste esto para mí? –él se maravillaba, cuando ella se le acercaba con un corsé a rayas rojas y negras, que traía a la mente el vestuario de una de las prostitutas de Zola. Siempre había disfrutado el sexo con Elisa. Desde el principio, su indiferencia, ese aire que tenía de aburrimiento y de estar concentrada en otra cosa, combinado con la intensidad de la atracción que él sentía, lo habían permeado con un sentido de completar una misión, de participar en un concurso; su satisfacción en esas ocasiones en las que había tenido éxito y que ella había lanzado un chillido al estar debajo de él casi habían sido algo sin paralelo en su vida erótica. Estos sucesos se volvieron más frecuentes.

Pero, con excepción del sexo, la pasión de Nate no parecía estar regresando. Las cosas que más le habían molestado sobre Elisa –su egoísmo, sus críticas, sus exigencias– estaban desapareciendo una a una, y todavía no sentía que menguara el ritmo con el que la indiferencia e incluso la repugnancia, se estuvieran anteponiendo a todo lo demás que él sintiera por ella.

Luego él se rompió el tendón de Aquiles y tuvo que andar en muletas. Se quedó con ella un par de semanas porque había menos escaleras que subir para llegar a su departamento. Ella se comportó maravillosamente, fue a casa de él para recoger sus cosas, cocinó para él, tenía previsto todo lo que pudiera necesitar. Nate regresó a su departamento lo más pronto que pudo. En casa de Elisa se sintió como un criminal que hubiera sido resguardado por la persona a quien hubiera lastimado. Para entonces, ya casi había cesado de tener interés romántico. Por el contrario, hubo una fría evaluación de los méritos y deméritos de ella, que no era del todo favorable. Incluso el sexo, esa segunda luna de miel, llena de dicha, se había apagado. Al estar cada vez más consciente de sus sentimientos cambiados, Nate no podía deshacerse de la sensación de que se estaba aprovechando de ella, de estar usando falsas declaraciones para tomar algo. Empezó a evitar acostarse con ella.

Cuando por fin la cortó, estuvo más acongojada de lo que él esperaba. Aunque simuló sentir compasión, sólo la sentía en el aspecto más superficial: la vio llorar y en ese momento se sintió mal. En otro sentido, sus lágrimas lo satisficieron: *¿Así que ahora piensas que soy tan chingón? ¿Qué tal hace seis meses, cuando estuviste fastidiando todo el fin de semana que pasamos en la casa de mis padres porque eran demasiado "estridentes" y te provocaban un dolor de cabeza, y tenías tan pocas cosas de que platicar con ellos?* Pero, no dijo nada. Sabía que si ella decía que lo sentía, si prometiera cambiar hasta más de lo que ya había cambiado, daría igual.

Lo llamó al día siguiente, sonaba alarmantemente consternada. Él accedió a reunirse con ella para tomar un café unos cuantos días después; esta perspectiva la tranquilizó. Mientras tomaban café, él le volvió a decir que lo sentía, pero que simplemente ya era demasiado tarde, no, no sabía por qué, no fue nada que ella hubiera hecho, simplemente necesitaba enfocarse en terminar su libro y probablemente no estaba preparado para tener ninguna relación romántica, quizá había algún problema con él; cualquier cosa para evitar la verdad: que al paso del tiempo la había empezado a percibir como sobre privilegiada y no lo suficientemente interesante.

—Es sólo que… –Elisa colocó su taza de café en el plato y lo miró con ojos llorosos–. Nunca antes me había sentido realmente amada. Pensé que esto iba en serio.

Algo sacudió las emociones de él. Cuando estuvo enamorado de ella, y todavía no podía creer que lo hubiera elegido, ¿acaso no había hecho mil cositas para hacer que ella se sintiera tan plenamente, tan enteramente amada como fuera posible? Él había creído que esto le ayudaría a retenerla.

Pero, bueno, se dijo a sí mismo, ¿no era esto justamente lo que sucede en una relación romántica? No era que él la hubiera engañado intencionalmente.

Quedaron de acuerdo, ese día, en seguir siendo amigos. Pero, Nate pronto empezó a sentirse frustrado. Casi cada vez que se reunían, ella sacaba a colación el tema de su relación fracasada e insistía en que sólo quería aclarar unas cuantas cosas. Cuando la conversación no iba como ella lo deseaba –y lo que ella deseaba a veces parecía ser nada menos que él declarara que había cometido un error al cortarla–, se molestaba. Con las lágrimas llegaban lo empalagoso y la recriminación, así como preguntas imposibles de contestar que le parecía que sólo pretendían hacer que se sintiera culpable.

—No me consideras suficientemente inteligente, ¿verdad?¿Cómo se supone que voy a poder confiar en alguien después de que me permití confiar en ti, después de que hiciste que confiara en ti?

Entretanto, él recordaba con claridad absoluta la poca compasión que ella había tenido con él cuando ella tuvo más poder.

Al paso del tiempo, sin embargo, otra oleada de sentimientos empezó a acumularse en su interior. Sin importar qué tanto se dijera a sí mismo, que no había hecho nada malo en relación a ella, no de acuerdo con las normas que acataban él y toda la gente que conocía (si acaso, ella era quien estaba mal, por ser tan pegajosa y por su histeria poco digna), en cierto sentido intuitivo, Nate empezó a sentirse culpable. Una voz estentórea, como de Faulkner, que surgió desde su interior, insistía en ver la relación en estrictos términos moralizadores. Había sido atraído –indicaba esta voz– hacia Elisa por su belleza, porque parecía de primer nivel, por su padre famoso y su pedigrí reluciente, y él, que desde hacía mucho tiempo había sido un nerdy, un perdedor, siempre había sospechado que la gente como ella, la gente como Amy Perelman, con su hermosura y su popularidad, tenía algo que él no quería, algo impenetrable al usar sólo la inteligencia, una especie de magia y elegancia, una sabiduría silenciosa acerca de cómo vivir y un acceso correspondiente a los placeres desconocidos. A diferencia de cuando estuvo con Kristen, con quien había sentido una afinidad auténtica, Nate se le había pegado a Elisa simplemente por ambición reptiliana. Y luego, como un perro que olfatea un objeto desconocido antes de decidir que no le interesa, se fue trotando en busca de otras atracciones. Sólo que su experimento no había sido tan indoloro para Elisa. Quizá la fuerza del apego de ella ni siquiera fuera tan extraña como alguna vez se lo había parecido a él. Antes de él, Elisa había salido con una gama de chicos que parecían haber sido elegidos con base en su guapura y en su propensión a tratarla mal. Aunque era menos guapo, Nate en apariencia le había atinado a alguna clase de punto ideal, al ser un novio más amable y más deseable en cuanto a perspectivas laborales, que el desfile de sociópatas con hombros anchos que lo habían precedido. Y conforme Elisa, no sin fundamentos, calificaba su derecho a la admiración del mundo más favorablemente que el de Nate, era fácil entender por qué había sentido que su afecto era algo seguro.

Y ahora era un poco patética –descarada en su falta de orgullo y en su furia poco razonable–, ¿acaso no era parecido eso a todo lo que él desde hacía mucho ya conocía respecto a ella? La habían consentido demasiado debido a su belleza y a su buena suerte; carecía de recursos internos; era petulante e infantil cuando las cosas no salían como quería. Él ya sabía todo esto prácticamente desde la primera vez que salieron. Si la había deseado cuando sabía que era inmadura, ¿en realidad podía usar eso como razón para desecharla ahora, simplemente porque ya no quería lo demás que tenía para ofrecer? Bueno, sí, sí podía, la respuesta obviamente era sí, pero aun así lo hacía sentirse mal.

La mayoría del tiempo, Nate acallaba la voz de predicador extremista que tenía en la cabeza. No era de fiar, era simplista, se ensalzaba a sí misma y le confería un poder como de Dios por encima de los demás; de manera problemática, daba por hecho que era más inteligente y más fuerte que Elisa y que, por lo tanto, era el único responsable de todo lo que había pasado entre ellos. Sin embargo, su actitud sí se volvió más compasiva hacia ella. Siempre podía, en un intento por justificarse, enumerar las formas en que ella era deficiente como persona (era superficial y sus preocupaciones, incluso sus decepciones, eran estrechas; su orgullo poco velado por su familia de clase alta era vulgar en sí; era adquisitiva, no tanto en cuanto a dinero, sino en cuanto al estatus y a una pareja "apropiada", esto es, un macho alfa, etcétera), pero, ¿eso qué significaba en realidad? Quizá ella no fuera una persona particularmente admirable o noble, pero indisputablemente era una persona. Sangraba, si la cortabas. Aunque no se creía las afirmaciones más teatrales de Elisa con respecto al daño irreparable que supuestamente le había causado –a decir verdad sólo habían estado juntos durante año y medio, ni siquiera habían vivido juntos–, Nate sí reconoció que la había lastimado mucho. Prometió tratar, realmente tratar, de ser más bondadoso con ella, de ayudarla en lo que pudiera. Aunque desde su punto de vista, lo mejor sería simplemente que uno desapareciera de la vida del otro, le prometió que no la "abandonaría".

Pero, se equivocó. Con no poca frecuencia le parecía desesperante, sobre todo cuando empezaba a abordar su tema de conversación favorito y el menos favorito de él: su relación y todas las heridas psíquicas correspondientes a ésta. Él tardaba demasiado en devolverle las llamadas. No obstante, lo peor era que se acostó con ella demasiadas veces después de que habían cortado, tras convencerse de que estaba bien, de que ella "entendía" la situación. Borracho, solitario, caliente, con una sensación tibia de afecto nostálgico por ella, por un momento inventaba la forma de no ver lo que era obvio: que, al parecer, estaba dispuesto a manipular su mente, de darle un poco de esperanza, pues él no sólo quería sexo, sino también deleitarse por un ratito con el bálsamo de su afecto persistente y, quizá, hasta mayor. (A ella, como que se le había olvidado que, durante la mayoría del tiempo que habían estado juntos, él le había parecido deficiente). Y hasta donde él sabía, ella sí entendía a la perfección la situación, incluso mejor que él. Quizá ella jamás, ni por un minuto, hubiera pensado que este retroceso los pudiera conducir a nada más que al sexo. Aun así, si es que ella no lo había olvidado ya por completo, Nate no había ayudado precisamente a que lo lograra, y lo sabía. Al menos, él había dejado –es decir, habían dejado– de tener relaciones. Habían estado de acuerdo con ya no hacerlo.

Esto, desde luego, no había evitado que ella se le insinuara la noche de su cena. Pero, tal y como dijo, había estado triste. Mucho de eso no tenía nada que ver con él. La vida había cambiado para Elisa desde que se conocieron. Tres años y medio era demasiado tiempo para trabajar como asistente, incluso para el editor en jefe de una *Revista Muy Importante*. Pero, sus incursiones como escritora para la revista habían sido dolorosas. Sus artículos habían sido recibidos por los editores de manera algo pobre y los habían vuelto a redactar de manera tan distinta que se había sentido herida. Nate trató de convencerla de que esto no era inusual. La mayoría de la gente de su edad no empezaba por escribir para revistas de ese calibre. Se iban preparando para ello a lo largo del tiempo. Esto es lo que él había hecho durante su segunda década de vida. Pero, Elisa siempre había sido exitosa en todo lo que había emprendido; no estaba lista desde el punto de vista emocional para ninguna clase de fracaso. Sin tener mucho sentido del humor ni humildad para ponerla en perspectiva, la caída por los suelos de sus expectativas resultó incapacitante. Se aferró tenazmente a su trabajo: aunque a veces le parecía denigrante, dependía por completo del prestigio de la revista y de su jefe, para sentirse importante, es decir, a salvo.

Aunque todavía era hermosa, había perdido un poco de la frescura que tenía cuando él la conoció, cuando acababa de llegar a la ciudad y de alcanzar la vida adulta y de integrarse al medio literario, cuando inicialmente había entrado a su universo social como una mercancía joven, desconocida y núbil, cuya belleza le garantizaba una bienvenida cálida y entusiasta. Al paso del tiempo, esa misma característica que lo había atraído, ese indisputable aire de ser de primer nivel, había empezado a disminuir. Se había convertido en otra soltera atractiva e infeliz que uno podía ver en cierto tipo de fiestas, de las que se quejaban de su empleo y de los hombres con los que habían estado. También era conocida como su ex, lo cual, a pesar de ser preciso, no era algo del todo justo. Él no estaba clasificado de la misma manera condescendiente como el ex de ella.

Nate se frotó la parte trasera de la cabeza.

¿Qué cómo estaba el asunto con él y Elisa? Hannah se lo había preguntado. Estaba sentada en la silla frente a él y sonreía para animarlo, al tiempo que esperaba su respuesta.

Ella le había contado sobre su ex. Pero, la relación con Elisa sería difícil explicar. Había cosas de las que no se enorgullecía. Además, Hannah conocía a Elisa. Se sentiría poco caballeroso si divulgaba ciertos hechos poco favorecedores sobre ella ante la mujer con la que actualmente se estaba acostando. Además, de repente se sintió muy cansado.

—Salimos durante un tiempo –dijo y se paró para indicar que estaba listo para pasar a la recámara–. No funcionó. Ahora somos amigos. Creo que eso es todo.

{ 11 }

Lo que había iniciado como un verano inusualmente fresco ya para agosto se había convertido en uno muy brumoso y pegajoso. Nate tomó su viejo y pesado aparato de aire acondicionado, lo instaló en la ventana de su recámara y empezó a trabajar con seriedad en el trabajo para la revista que Jason le había ayudado a conseguir. La mayoría de los días se iba a correr al parque, por lo general, antes de las ocho y luego seguía trabajando hasta entrada la noche, y rara vez se daba permiso de disfrutar la distracción agradable del *Recess*. Con frecuencia se reunía con Hannah para cenar tarde. A veces sentía que no tenía tiempo para eso y entonces ella llegaba a su casa a eso de las once para pasar ahí la noche. Aunque de vez en cuando le dolía no tener tiempo para ver a sus amigos, estuvo contento durante esas semanas. Siempre se sentía más vivo, más como sí mismo, cuando estaba inmerso en un proyecto.

Cuando entregó el artículo al final del mes, Hannah dijo que quería cocinarle una cena de verdad.

—Para festejar el artículo –dijo. Nate opinó que eso sonaba bien.

Entre tanto, empezó a avanzar con una lista de pendientes que había pospuesto mientras preparaba el artículo: comprar un regalo de cumpleaños para su mamá. Renovar su licencia de manejo. Cambiar de banco para evitar unas agresivas tarifas nuevas que recientemente había impuesto el suyo actual. Pagar cuentas. Corte de pelo. Lavar la ropa. Cosas tediosas.

Quizá por eso no estaba del mejor ánimo cuando llegó a casa de Hannah para cenar. No se le ocurría ninguna otra razón.

Ella estaba agregándole hierbas a una olla de pasta.

Él se asomó.

—Guau. Almejas de verdad. Con sus conchas y todo.

Ella puso cara de estar divertida.

—Así es como vienen. Con conchas.

Nate la siguió hasta la mesa. Llevaba un vestido que no recordaba haber visto antes, ceñido y negro.

Conforme empezaron a comer, él halagó la pasta. Ella empezó a hablar sobre la cocina y el "psicodrama del gusto". Su madre y una de sus hermanas con frecuencia tenían riñas ridículamente acaloradas acerca de cuál de las dos tenía el mejor libro de cocina favorito o si lo orgánico en verdad era más saludable. De lo que realmente se trataba, dijo Hannah, era de responder la pregunta de cuál de las dos tenía mejor gusto y más clase –la madre, con sus manteles blancos y su *coq au vin*, o la hermana, con su tabla de carnicero y sus recetas inspiradas en Alice Waters.

—Tu hermana gana –dijo Nate–. Definitivamente.

—No eres un juez neutral, eres de su generación, más o menos. Y nunca has probado *el coq au vin* de mi mamá.

Nate sonrió, pero estuvo un poco forzado. No sabía si era su imaginación o si esta noche había algún cambio en su dinámica, una disminución de la energía vivaz y chispeante que, en general, permeaba su plática. Quizá sólo no tenía ganas de platicar. Volvió a mirar la pasta. No todas las almejas se habían abierto. Sin embargo, estaba buena. Igual que la ensalada que ella había preparado para acompañarla.

Cuando terminaron de comer, Nate empezó a llevarse los platos. Cuando regresó de la cocina, Hannah se levantó para llenar de nuevo su propia copa de vino. Luego se estiró hasta el otro lado de la mesa para volver a llenar la de él.

—Estoy bien.

Ella volteó, y su boca formó una letra O sorprendida.

—Realmente no se me antoja –dijo él, con un tono de disculpa que se coló a su voz, al darse cuenta de que ella le había cocinado una buena cena y se había puesto un vestido. Esta, esta cena era *algo importante*. Al no beber, al no ponerse a tono, él no estaba cumpliendo con su parte del trato.

Hannah abrazó la botella de vino con ambas manos. Un pequeño pliegue apareció entre sus cejas. Por un instante, Nate la vio bajo una luz desconocida, vulnerable, necesitada. Su culpabilidad dio paso a la irritación. ¿Por qué era una cosa importante? ¿Quién lo decidió? ¿Por qué habría de hacer que se sintiera mal sólo porque no estaba de ánimo para ponerse todo romántico un martes por la noche? Tenía ganas de leer. O de perder el tiempo en línea. ¿Y qué?

Pero, tan rápidamente como apareció, el pliegue del entrecejo de Hannah desapareció.

—Está bien –dijo.

Le lanzó una sonrisa veloz al tiempo de ponerle el corcho a la botella. Nate, quien se mecía sobre sus tobillos, con los pulgares enganchados en las trabillas para el cinturón de sus jeans, le sonrió a su vez.

Ella se dio la vuelta y caminó hacia la cocina. Nate vio cómo se paraba de puntitas y se estiraba para colocar la botella encima del refrigerador. Su vestido negro se le subió y dejó ver sus muslos. Su trasero, por la tela pegada, se veía bien.

Parte de él deseaba sentirlo junto a su cuerpo, pararse detrás de ella y susurrar un agradecimiento por la comida. Pero, tenía miedo de que si lo hacía, aumentaran las expectativas que, en ese momento, no tenía ganas de cumplir.

—¿Te molesta si reviso mi correo electrónico? –preguntó.

—Adelante –dijo Hannah, y caminó de regreso hacia la mesa–. Yo estaré por aquí –alzó su copa–. Con mi vino.

A la mañana siguiente, Nate se puso ropa para correr y trotó hacia el parque. Estaba consciente de que trataba de evadir un sentimiento de inquietud, que literalmente intentaba alejarse corriendo.

La noche anterior había sido un poco desagradable. Se había sentado solo ante el escritorio de Hannah durante un rato, jugueteando con la computadora portátil de ella, pero había estado incómodamente consciente de los movimientos de ella dentro de la sala. Se alegró cuando después de alrededor de media hora ella entró a la recámara y le preguntó si quería ver una película. Sí quería. La película, una comedia independiente que vieron en la cama, en la computadora portátil, lo alegró. Temporalmente. Se había levantado con la misma sensación de monotonía.

Sin embargo, todo estaba saliendo bien. Estaban llegando buenos textos publicitarios para llevar en la portada de su libro. Unos días atrás, por teléfono, su padre había hecho un comentario inusualmente aprobatorio respecto a las decisiones laborales de Nate. (Sus años de trabajo independiente mal pagado, que antes habían sido vistos como "andar de vago", ahora se reinterpretaban como evidencia de un "espíritu empresarial"). Y se estaba tirando a alguien.

Cuando pasaba mucho tiempo sin sexo, invariablemente se sentía deprimido. La energía sexual acumulada parecía corroer su autoestima. Los acostones de una noche por lo general no lo satisfacían. (Dado que el criterio principal en el que se basaba para elegir era que la persona estuviera dispuesta, esto quizá no resulte sorprendente). Salir con personas sin que hubiera un compromiso, había aprendido, tampoco funcionaba muy bien que digamos. Había demasiados sentimientos heridos. Lo que tenía con Hannah –sexo con una mujer que le agradaba– era mejor, claramente, que cualquiera de las otras opciones.

Desde luego, era mucho más que sexo lo que tenía con Hannah.

El aire, al entrar al parque, estaba espeso por la humedad. Cuando pasó a la pista de correr, le echó un vistazo a su teléfono para revisar la hora y luego aumentó la velocidad.

El fastidio crónico no era algo que Nate hubiera experimentado seguido, sino hasta el año anterior. Después de haber vendido su libro, su vida como adulto había estado muy limitada en lo financiero y muy incierta en lo profesional, y a la vez intensa por el pulso latente de su ambición, que no había tenido apetito para lo melodramático. Aunque no fuera por su elección, la vida bohemia, en el sentido de que no siempre sabía cómo iba pagar la renta, le había sido impuesta. El temor al fracaso había sido real y constante. Suponía que cierta parte de él lo extrañaba, extrañaba la sensación de urgencia.

La pista para correr, en realidad un camino para usos múltiples, se curveaba a lo largo de una zona boscosa. El follaje ocultaba toda señal de vida urbana. Por un momento, Nate sólo escuchó el sonido de la caída de sus pisadas sobre el asfalto.

Unos cuantos días antes había recibido una solicitud de donativo por parte de la organización sin fines de lucro que daba mantenimiento al parque. Había sentido un espasmo de culpabilidad al botar la carta a la basura, pero tenía una pila alta de solicitudes de donativos enviadas por diferentes agrupaciones que hacían el bien.

Antes las hubiera tirado todas sin abrir. Hubiera sido obvio que estaban dirigidas a alguien más. A alguien más, similar al resto de sus compañeros de clase de Harvard. A alguien que no estuviera en quiebra. Pero, aunque estaba muy lejos de sentirse libre de preocupaciones financieras, Nate sabía que ya no tenía exactamente la misma excusa de pobreza que antes usaba. Sin embargo, se deprimía cada vez que pensaba en preparar un cheque para cualquiera de estas organizaciones nobles, y en tomar nota de ello después, para que su contador le consiguiera la deducción de impuestos. Lo hubiera negado, incluso se lo hubiera negado a sí mismo –le hubiera parecido una pose risible—, pero ahora le parecía que siempre había creído secretamente que, por medio de la forma en que vivía (se negaba a decir "estilo de vida"), por medio de su vida de trabajo independiente, sin seguro médico, con escasas pertenencias, estaba, de una manera pequeña, haciendo constar su rechazo hacia la conformidad, hacia las costumbres de la clase media, no sólo hacia la codicia, sino también hacia la esclavitud para servir al ídolo de la "seguridad". No obstante, había terminado en el mismo sitio que todos los demás. ¿Era esto –un supuesto liberalismo expresado por alguien sin problemas de dinero– su destino inevitable? De seguro lo era. Era simple vanidad simular lo contrario. ¿Qué creía que iba a hacer? ¿Propiciar una revolución con su precioso ensayo sobre la transformación de la conciencia en mercancía? Sin embargo, sin importar cuántos disidentes pudieran quedarse sin ser torturados ni cuántos niños se salvaran de enfermedades prevenibles, nunca podría mandar sus cien dólares sin sentirse como si se hubiera cruzado hacia el otro lado y que hubiera perdido algo en el camino.

Nate se dio cuenta de que había bajado la velocidad. A unos cien pies adelante de él, una mujer rubia con una cola de caballo larga iba moviéndose a buen ritmo. Tenía piernas bien torneadas y una cintura baja y estrecha. Le recordó un poco a Kristen. Empezó a usarla para marcar el paso.

Era inútil lamentarse por lo que había perdido, si es que había perdido algo más que la pura autocomplacencia de pensar de esta manera. Había sido extremadamente afortunado. Claro, escribir su libro no había sido enteramente fácil. Para terminarlo, finalmente tuvo que renunciar a su trabajo quincenal como reseñador de libros, el cual había sido el único símbolo de estatus que había tenido ante los ojos del mundo. Incluso Elisa, quien había creído en el libro, se había preguntado si dejarlo había sido un error.

—Nunca sabes lo que pueda suceder –señaló.

Pero, las reseñas no habían pagado lo suficiente como para justificar el tiempo y la energía que requerían. Había vuelto a tomar empleos temporales, que pagaban más por hora y exigían menos desgaste mental. Había hecho corrección de estilo. Había hecho lo que tenía que hacer, por el bien de algo que sólo existía como documento de Word, un cuento que crecía rápidamente sobre una joven familia de inmigrantes que le hacía frente a la vida en los suburbios estadounidenses durante los años setenta y ochenta, una obra que había modificado y reescrito desde que estaba a alrededor de sus veintitantos años sin jamás haber ganado un centavo con ella. Pero, escribir su libro, al menos después de cierto punto, después de varios años, cuando tras llevar el enfoque desde el hijo hasta los padres, por fin empezó a encontrar el pulso de esta cosa y la novela empezó a cobrar forma casi por su cuenta, también había sido el máximo placer en su vida. Que una casa editorial estuviera dispuesta a pagarle por él, a pagarle con generosidad, no era motivo para quejarse. Lo volvería a hacer sin cobrar, sin pensarlo. Muchas de esas noches en vela, cuando caminaba por su departamento, con la mente que deambulaba por el mundo que había creado meticulosamente y que ahora por fin podía habitar –al moverse dentro de él y pasar de un personaje a otro, destilando frenéticamente en palabras los pensamientos que no eran suyos propios, sino de ellos– habían sido momentos de éxtasis por la concentración y por el olvido de sí mismo.

Desde luego, la vida no siempre podía vivirse en ese nivel. La vida cotidiana era dada, a veces, a ser prosaica y llenarse de tareas laborales y decisiones menores. *¿Amnistía Internacional o Médicos sin Fronteras? ¿Cenar en casa o salir a cenar?* Algunas noches probablemente no incluirían muchas cosas más allá que una película de Netflix.

Cuando emergió de la parte boscosa del parque, el calor comenzó a desgastarlo. Empezó a contar sus respiraciones.

El espacio entre él y la corredora similar a Kristen se volvió más estrecho. Aceleró incluso más, luchando contra el anhelo de su cuerpo por sentir comodidad. Cuando la pista dio la vuelta alrededor del estanque, los pastos altos y amarillos que recubrían su orilla se mecieron ligeramente, a pesar de la quietud del aire. Nate rebasó a la rubia.

Cuando empezó a trepar por la última colina, la más alta del circuito para correr, pensó que lo estaba sobrecogiendo la necesidad de enfocarse en su respiración. Lo más que alcanzó a hacer fue percibir la escena que lo rodeaba por medio de breves explosiones sensoriales de ingesta: árboles frondosos a su derecha, prado a su izquierda, una chica asiática con una playera de Duke que corría en la dirección contraria, una multitud de ciclistas que pasaban.

Hasta arriba de la colina, estaba respirando fuerte. Se obligó a correr más rápido. El último octavo de milla, ligeramente hacia abajo, era más similar a un túnel, bordeado por árboles de ambos lados. Cada vez que su piel golpeaba el pavimento, silenciosamente repetía la palabra *voluntad*, parte de la frase *tengo voluntad*, parte de la expresión *fuerza de voluntad*, esa cosa que lo obligó a dejar de huevonear y ponerse a escribir, noche tras noche, cuando tenía veintitantos años y tomaba esos trabajos temporales interminables, mucho antes de que escribir el libro hubiera sido divertido, cuando todo lo que querría haber hecho era emborracharse o cuando menos hacer algo pasivo, como leer.

Llegó al final del circuito y casi se colapsó la altura de la cintura. Jadeante, se fue tropezando al pasar junto a un grupo de chicas judías ortodoxas con mangas largas y faldas largas. Después de un momento, su respiración se estabilizó más. Revisó su tiempo en su teléfono. Veintisiete minutos, veintidós segundos. No fue el mejor tiempo en el que hubiera recorrido 3.42 millas. La humedad lo había afectado.

***

Aunque se le había ocurrido una idea para otro libro, para principios de septiembre todavía no había avanzado con eso. Decidió que necesitaba más tiempo para pensar bien en la idea antes de estar listo para empezar a escribir. Entre tanto, anhelaba tener algo más que hacer. Como su reseña del libro de Israel de hace un par de meses había sido bien recibida, le escribió el editor de la publicación y le pidió que le dejara reseñar una novela de próximo lanzamiento, escrita por un destacado autor británico joven. Le sorprendió un poco no recibir una respuesta inmediata.

Llegó varios días después. No era la que buscaba. Le habían asignado esto a Eugene Wu. Nate no lo podía creer. Había hecho un buen trabajo con el libro de Israel. (Al menos así lo creía). En buena medida, había dado por hecho que le darían esta tarea si la pedía. No podía creer que lo hubieran rechazado a favor de *Eugene*.

Él y Hannah iban a cenar con Aurit esta noche. Camino al restaurante, Nate le contó a Hannah que le dieron a Eugene el trabajo, pero minimizó su decepción. No quería su lástima. Y daba pena. Odiaba que ser rechazado a favor de Eugene le molestara tanto como lo hacía. Insinuaba una mezquindad y una inseguridad que él relacionaba con la mediocridad. No era exactamente la manera en que quería que Hannah, quien nunca se dejaba engañar, lo viera. Además, de ellos dos, él era quien siempre había desempeñado el papel del escritor más exitoso. Él era el que impulsaba el trabajo *de ella*, el que la animaba *a ella*. Que sus papeles se intercambiaran, incluso temporalmente, sólo aumentaría su sensación de humillación.

El restaurante donde iban a reunirse con Aurit apenas se había inaugurado. Aurit lo había elegido. Pero, cenar había sido idea de él.

Quería que Hannah y Aurit se conocieran más. Aunque Aurit le irritaba por mil motivos distintos, jamás había dejado de considerarla como a una de las mujeres más inteligentes e interesantes que hubiera conocido. A lo largo de los años, había comparado con ella a varias mujeres con las que había salido, en cuanto a su forma de conversar. Hasta que conoció a Hannah, la comparación no había tendido a ser favorable para la mujer con la que se acostaba.

Mientras que él y Hannah esperaban que llegara Aurit, Nate revisó el menú y notó que el lugar era más caro de lo que hubiera querido. Sintió una punzada de enfado.

Últimamente se había empezado a preocupar por estar gastando demasiado, por permitir que su nivel de vida poco a poco se fuera hacia arriba, como si el dinero que recibió por su libro jamás se pudiera agotar. Tal y como le acababan de recordar, los trabajos para periodistas independientes eran impredecibles. Y sin importar cuánto idealizara el pasado, en realidad no quería tener que tomar trabajos temporales de nuevo.

—¡Hola! ¡Perdón! –trinó Aurit unos minutos después mientras les dedicaba semiirónicamente unos besos lanzados al aire.

Un gran bolso de cuero, lentes de sol y un par de audífonos fueron retirados y colocados en un montón sobre la mesa. Ya libre de estorbos, Aurit se colapsó hasta caer en la silla que estaba junto a la de Nate.

—Estuve al teléfono con mi madre –dijo entrecortadamente–. El asunto con mi mamá es que...

La historia que prosiguió databa de su infancia. La mamá de Aurit, según este cuento, desde hace mucho se había percibido a sí misma como muy sensata y sacrificada, y nada frívola. Engrandecía su autoimagen al invocar constantemente una comparación entre ella y esas otras mujeres "que nunca han tenido un trabajo, que nunca, nunca jamás cocinan –contratan una empresa de servicio de alimentos cada vez que las visitan más de dos personas–, que se la pasan haciendo compras, que resienten la juventud de sus hijas, que nunca leen. Cuando era niña, me la compraba todita. Fue sólo con el paso del tiempo que me empecé a preguntar dónde estaban todas esas mujeres insulsas, flojas y superficiales. Jamás me he encontrado con nadie así de malo ni mucho menos con un ejército de semejantes mujeres, excepto tal vez en *Dallas*. Luego me di cuenta de que el único lugar donde existen es en su cabeza, donde juegan un papel muy importante. Puede justificar casi cualquier otra cosa que haga, porque ella en el fondo de verdad piensa que tiene completo derecho a que se cumplan sus deseos 'modestos', dada la excelencia extrema y casi sin paralelo de su carácter, en relación con la de otras mujeres."

Tanto Nate como Hannah se estaban riendo.

Aurit sacudió la cabeza.

—Es como alguien que se rodea con personas que son menos inteligentes que él para poderse sentir listo. Sólo que ella lo hace en su mente. Es algo muy retorcido.

—Sé exactamente a lo que te refieres –dijo Hannah.

Pronto le pareció evidente a Nate que Hannah y Aurit se cayeron bien. Esto no era algo que pudiera haber dado por hecho, en especial no por parte de Aurit. Aurit era muy exigente y con frecuencia demostraba un desagrado arbitrario por personas que a él le caían bien, sobre todo mujeres. Pero, la aprobación de Aurit no lo puso tan feliz como hubiera esperado. A lo largo de la cena, experimentó la sensación confusa y algo castrante de ser subsumido por un grupo de mujeres parlanchinas. Los seres combinados de Aurit y Hannah creaban una fuerza mayor de la que cualquiera de estas mujeres tuviera por su cuenta. En vez de encontrar un punto medio entre la sensibilidad de Nate y la de Hannah o Aurit, la conversación se inclinó hacia lo femenino. Tenía una característica vertiginosamente confidencial, casi salaz. Por si fuera poco, parecía que Aurit y Hannah de antemano hubieran decidido expresar que estaban inequívocamente de acuerdo con lo que sea que la otra dijera. (Cuando Hannah dijo que sólo compraba pollo que hubiera sido criado sin crueldad, ¿acaso tenía Aurit que asentir con la cabeza y murmurar tan agradablemente? –siendo que, como Nate bien sabía– Aurit no sentía nada más que desprecio por el "sentimentalismo infantil de los estadounidenses con respecto a los animales"). Su apoyo entusiasta creó una atmósfera empalagosa de cercanía que hizo que Nate clamara por escaparse.

—¿Te la pasaste bien? –preguntó Hannah cuando los dos estaban caminando de vuelta a su casa–. Estuviste medio callado.

—Estuvo bien.

Él miró rápidamente hacia la puerta abierta de la cocina de un restaurante. Un hombre hispano con bata blanca revolvía algo en una olla humeante.

—Sólo es que creo que Aurit a veces domina la conversación –dijo–. Sin mencionar la forma en que juzga a todos, salvo a sí misma. ¿De veras está por encima de todo reproche?

Hannah se rio.

—Ella es, este, tu amiga.

—Sip.

Él y Hannah no hablaron mucho mientras caminaron por calles sin ruido donde había edificios de arenisca. Nate sabía que su silencio era ligeramente cortante. Su conciencia le dijo que debería decir algo para tranquilizar a Hannah, decirle que estaba cansado o algo. No lo hizo. Aunque su enfado estaba dirigido principalmente hacia Aurit, estaba creciendo tanto que alcanzaba a abarcar a Hannah. En su esfuerzo por ser agradable, había surgido algo ligeramente insípido, una especie de relajación de su sensatez habitual rápida y decisiva. Le había seguido la corriente a Aurit e igualado su tono infantil y chismoso. En general, no era así. Pero, esta crítica era tan poco generosa que lo hizo sentirse culpable. Hannah, después de todo, valerosamente había tratado de llevarse bien con su amiga, mientras que él principalmente había estado callado, sin ser de gran ayuda.

Mientras que Hannah abría la puerta, él cayó en cuenta de que habían pasado muchas noches en casa de ella. Preferiría que alternaran entre la de él y la de ella. Hoy, la casa de ella tenía sentido, por la ubicación del restaurante, pero aun así... No estaba encantado. Una vez adentro, rastreó el paquete que le había enviado a su madre por su cumpleaños. (Estaba, tal y como lo había estado varias horas atrás, en tránsito). Luego revisó los resultados de un juego de beisbol y le echó un vistazo a las historias principales del *Times*. Cuando por fin se metió a la cama, él y Hannah comenzaron a besuquearse. Realmente no estaba de ánimo, pero le siguió la corriente por tacto o inercia.

Pronto Hannah le hizo sexo oral. No estaba funcionando. Empezó a pensar en Eugene y la reseña. Luego pensó que no había sabido nada del editor al que le había escrito sobre su ensayo de la-transformación-de-la-conciencia-en-mercancía. Se acordó del día que había recibido el primer correo electrónico de Hannah, cuando había discutido con él sobre la idea. Él había pensado que en algún momento su verga iba a acabar en la boca de ella. Bueno, ahí estaba.

Cerró los ojos y trató de exprimir hacia afuera toda esta conciencia desagradable. Anhelaba estar en blanco, una ausencia de todo, excepto la sensación de la boca de Hannah alrededor de su verga. Después de un momento, se rindió. Guió a Hannah para alejarla de él y jaló su rostro hacia el suyo para poder besarla.

No mucho tiempo después, ella se hizo para atrás y se acurrucó hasta que quedó acomodada como la letra S.

—Yo... este...

—¿Mmm? –dijo él.

—Me preguntaba... ¿Quizá haya algo que quieras que haga de manera diferente cuando, ya sabes, cuando hago eso? Sólo me lo preguntaba...

Se mordió el labio inferior.

—¡Oh! –dijo Nate.

A decir verdad, más de una vez se había sentido ligeramente insatisfecho justo con este punto. No había llegado al nivel de ser un "problema", pero en forma pasajera había estado consciente de una leve frustración. Gruñidos y gemidos realizados en momentos estratégicos y la delicada orientación manual que él había ofrecido (al poner la mano sobre la cabeza de ella), que pretendían señalar el camino hacia una recalibración leve, no habían surtido efecto. Pero, la queja siempre se había evaporado con el transcurso de las cosas, cuando pasaban de un acto a otro. Hay, desde luego, más de una manera de hacer las cosas. Pero, aun así.

—Este... –él empezó a decir.

Siempre se le había dificultado hablar sobre sexo. Es decir, no tenía ningún problema al platicar sobre sexo en términos generales o sobre el sexo como concepto intelectual o psicológico o histórico. Cuando era más joven, había disfrutado platicar con sus amigos sobre los cuerpos de varias mujeres reales o ideales. Pero, el otro tipo de plática sexual, acerca de lo que se sentía bien y lo que no –este asunto de *dar instrucciones* y decir "tócame así", "por favor, haz esto, no eso otro", o incluso "más rápido" o "más fuerte"– era algo que le parecía, siempre le había parecido, vergonzoso. La posibilidad lo hacía sentirse libidinoso y bestial y, sobre todo, poco *sexy*, como si el menor ápice de sensualidad que poseyera se derivara de la autopresentación cuidadosa, curatorial.

Generalmente, la única manera en que podía hacerlo, decir lo que deseaba en voz alta, era soltarse el pelo, más o menos como si se convirtiera en otra persona, en el tipo de persona que podía exigir, no pedir, que una mujer se lo llevara hasta el fondo de su garganta o le lamiera las pelotas o se acostara boca arriba y abriera las piernas. Su voz, cuando decía estas cosas, sonaba diferente, dura e inexpresiva, libre de su afabilidad habitual. Para llegar a este estado, tenía que traer a la mente cierta cantidad de desdén por la mujer (puesto que no hablaba en esta forma con ningún ser humano dentro de ningún otro contexto). Sentía como si se escapara de una mentalidad más civilizada que respetaba a las mujeres, como si esa forma de ser no fuera realmente suya, sino un hábito adquirido, como el de separar las botellas y latas para reciclarlas.

No era en realidad un lugar al que le gustara ir. No le importaba que muchas mujeres aseguraran que les gustaba ser tratadas así, que les excitaba. De hecho, eso lo deprimía. Después de venirse, invariablemente se sentía un poco asqueado, consigo mismo y con la situación, con lo que se refería, en gran medida, a la mujer con la que estaba.

Tenía que haber otro camino.

Hannah estaba sentada derecha, desnuda, con los ojos hacia abajo el cabello cayéndole sobre la cara.

Nate jaló la sábana hasta su cintura para taparse.

—Yo, este…

Sus ojos se encontraron. La expresión de Hannah era humilde y casi beatífica al reflejar una especie de deseo nervioso de complacerlo.

Nate vio que era inútil. Había sido un día largo. Estaba cansado. Justo en ese momento, no tenía ánimo para mirar esos ojos grandes, bondadosos, compradores-de-pollo-criado-sin-crueldad y decirle que le gustaría que lamiera primero sus pelotas y que, por favor, le aplicara presión más delicada, pero más constante con su boca y que lo recibiera más profundamente y que, de manera simultánea, aplanara su lengua de modo que tocara la unión cuando se moviera hacia arriba y hacia abajo de su vara, y, por último, que sería magnífico si pudiera acariciarle la piel entre el escroto y el ano con sus dedos.

—Lo que haces está excelente –él dijo.

—Porque me podrías decir si…

—No hay nada que decir.

Afuera del departamento de Hannah un sistema estéreo portátil, cuyo persistente sonido del bajo era algo de lo que Nate apenas había estado consciente, se apagó repentinamente.

Se dio la vuelta hasta quedar boca arriba y miró el techo. Quería estar afuera, en medio del aire fresco. Le gustaba el departamento de Hannah, pero nunca le había gustado mucho su recámara. Tenía uno de esos espejos de madera grandes, del cual colgaban bufandas y cinturones y otras cosas femeninas, las cuales desprendían todo tipo de aromas florales artificiales. Verlo siempre lo había deprimido, pues le recordaba el hogar mohoso de su maestra de piano de la infancia, una viuda cuáquera con una larga trenza gris que recorría su espalda. Y luego estaba el clóset de Hannah. Repleto de ropa colgada y montones de *jeans* y suéteres embutidos dentro de cada espacio disponible, y con una brigada de botas y tacones y tenis en bolsas de plástico transparente que saltaban hacia abajo desde estantes pegados a las puertas, el clóset lo horrorizaba incluso sin verlo. Encarnaba, muy claramente, mucho de lo que era poco atractivo de las mujeres: olor a encerrado, materialismo, desorden.

Después también se dio cuenta de que le desagradaban las almohadas decorativas de pana que tenía en la cama, una de los cuales ahora estaba metida a presión bajo su hombro.

Quería levantarse, caminar en medio de la noche fresca rumbo a su departamento, meterse en su propia cama, con un libro, con pornografía en su computadora si así lo deseaba. *¿Por qué tuvo ella que ser tan poco sexy respecto al asunto, tan similar a un perro herido? ¿Cómo demonios se suponía que eso iba a hacer que él se sintiera?* Pero, sabía que si intentaba irse, se estaría declarando culpable. La única manera garantizada de evitar un drama –"¿qué pasa?, ¿por qué estás enojado?"– era quedarse ahí, portarse normal. Abrazarla. Y, a fin de cuentas, ¿qué importaba? Pronto estaría dormido, y luego sería de día.

Aventó la almohada decorativa para quitarla de la cama y jaló a Hannah para acercarla a él.

—Hueles bien –dijo. No estaba seguro de quién se durmió primero, lo cual probablemente signifique que fue él.

{ 12 }

—Oh, col rizada –dijo Cara–. Nunca podía encontrar col rizada en Baltimore.

Nate, Hannah y Mark sonrieron con compasión. Estaban sentados en el patio trasero de un restaurante nuevo y moderno del tipo que traslada los ingredientes desde la granja hasta la mesa. La velada se había anunciado como una "cita doble".

Era una agradable tarde de septiembre. El patio del restaurante estaba iluminado con linternas colgantes y amueblado con mesas y bancas de madera que parecían tener astillas. Un mesero llegó y empezó a predicar sobre una variedad de platillos del día donde destacaban verduras del inicio del otoño. La camisa a cuadros y los pantalones de cintura alta del joven le recordaron a Nate a un espantapájaros más que a un granjero.

Cuando el mesero se fue, Nate arrancó un pedazo de pan con costra dura.

—¿Cómo va tu búsqueda de empleo? –le preguntó a Cara.

Ella dejó su carta en la mesa.

—Terrible. Supongo que es algo de esperarse. Toda la gente que conozco de mi edad está sumamente sobrecalificada para los trabajos disponibles. Quiero decir, ¿contestar el teléfono? –movió la cabeza–. Es un verdadero problema.

Nate murmuró algo que pasó por asentimiento.

—La tesis de Cara acerca de Baudrillard se ganó el primer premio en el departamento de literatura comparativa de Stanford –dijo Mark con entusiasmo.

—¿De verdad?

Cuando Nate intercambió una mirada con Hannah, se sintió aliviado al ver en su expresión que Cara le parecía tan irritante como él. Bajo la mesa, tomó la mano de Hannah, presionó los dedos en la palma de ella, y recorrió sus nudillos con el pulgar.

Tras su (falta de) conversación con respecto al sexo oral la semana anterior, él la había evitado por varios días, al alegar que estaba ocupado o cansado. Sabía que su irritación era injusta, pero quería que el recuerdo incómodo y la sensación desconocida del departamento de ella como algo asfixiante se borraran de su mente. Y así había sucedido básicamente. Quizá habían empezado a verse un poco menos seguido que antes, pero de seguro eso era de esperarse debido al paso del tiempo.

El mesero les trajo sus bebidas. Cara dijo algo acerca de los videojuegos. Su popularidad era un mal augurio para la sociedad estadounidense. Mencionó Europa y suspiró en una forma que daba a entender que allá los jóvenes nunca jugaban videojuegos.

—No sé –dijo Hannah–. La gente que conozco que juega muchos videojuegos podría estar haciendo algo mucho peor. Ya sabes, como dañar a los demás. Al menos esto los mantiene ocupados –se encogió de hombros–. A lo mejor sólo es que conozco gente muy perturbada.

Nate sofocó su risa.

Cara estaba menos divertida. Su rostro cambió de expresión lentamente, como la carátula de un reloj antiguo detrás de la cual unos engranes pesados necesitaban girar. Se requirió un momento para que el conjunto de sus cejas y labios registrara su confusión.

—Supongo que eso es una manera de verlo –dijo.

Mark interrumpió y dijo que el argumento de "distraerlos para que no hicieran algo peor" de Hannah era interesante.

—Hay mucha evidencia que implica que la gente es menos violenta que antes.

Tan pronto se dio cuenta de que básicamente había apoyado al lado opuesto, Mark miró nerviosamente a Cara. Nate reconoció el deseo ansioso de quedar bien de un tipo que sólo consigue sexo cuando se cumplen ciertas condiciones. Pobre Mark, pensó Nate. —No estoy diciendo que los videojuegos hagan que la gente se vuelva violenta –dijo Cara, un poco malhumoradamente.

De repente, *ella* le dio un poco de lástima a Nate. Era bonita, segura de sí misma y lo suficientemente inteligente, pero estaba recién salida de la escuela y repetía las opiniones que sin duda ahí estaban de moda. Con el tiempo, adoptaría el tono de Nueva York. Su actitud como de institutriz era provinciana. Aquí lo que importaba era lo contradictorio. Ella aprendería. Además, ser bonita, segura de sí misma y lo suficientemente inteligente serían cualidades muy útiles, y si no tenía muchos contactos antes de empezar a salir con Mark, ahora ya los tendría.

Su mesero caminó rápidamente sin detenerse ante ellos, sin alimentos. Nate contuvo un bostezo. El tiempo parecía moverse lentamente. Hasta Mark se portaba diferente ante la presencia de Cara. Su sentido del humor parecía limitado, como si no pudiera utilizarlo y garantizar la felicidad de Cara minuto a minuto.

Nate sintió una oleada de agradecimiento por Hannah. Sabía que si hubiera estado soltero y hubiera cenado solo con Mark y la nueva novia de Mark, se hubiera sentido un poco deprimido. Cara, por más solipsista que fuera, le hubiera parecido un símbolo de todas las mujeres en general, como su futuro, más o menos. Le alegraba haber conocido a alguien tan... Sensata, tan *no ridícula*, a alguien que le caía bien en la misma medida en que la deseaba.

Cuando, finalmente, dividieron la cuenta, Nate pudo mirar con discreción a Cara. Por un momento, quedó impactado por lo guapa que era. Y es que Mark siempre había sido un tipo muy superficial en cuanto a las mujeres. Entonces, Nate cayó en cuenta de que Mark probablemente podría sentir lástima *por él*, sólo porque Cara era técnicamente más guapa que Hannah (aunque, en su opinión, Hannah era bastante más atractiva). Sin embargo, fue un pensamiento extraño que hizo a un lado. A veces deseaba poder apagar su cerebro.

Al regresar al departamento de él, Hannah le dijo que su amiga Susan vendría a la ciudad desde Chicago ese fin de semana.

Estaba sentada al estilo indio en la cama de él, con una edición de varias semanas atrás del *New Yorker* sobre su regazo.

—¿Quieres almorzar con nosotras el domingo? –le preguntó.

Nate estaba parado en la entrada. Pasó la mano por su cabello.

Esta invitación no le atrajo mucho. Hannah había descrito a Susan como una de esas personas que ven la vida como una larga serie de injusticias cometidas hacia ellas mismas por distintos cabrones. Si estabas en desacuerdo con su explicación, te convertías en uno de esos cabrones. Vaya que sonaba como todo un encanto.

Además, a él no le agradaba mucho el almuerzo como actividad social. Con facilidad se imaginaba cómo sería éste: 11:00, hacer fila en el nuevo restaurante de moda junto con otros jóvenes profesionistas urbanos, tener una conversación trillada acerca de cualquiera que fuera el trabajo de Susan y de la comparación entre Nueva York y Chicago; 11:30, pedir un Bloody Mary, todavía afuera, todavía a la espera de ser sentados; 12:00, en la mesa, pedir un poco recomendable segundo Bloody Mary en un intento por alejar el creciente aburrimiento/la desesperación existencial; 12:30, dividir la cuenta y arrepentirse silenciosamente de haber gastado treinta dólares (los diez adicionales debido al segundo Bloody Mary), cuando hubiera estado más feliz con el especial dominical de seis dólares (dos huevos, tocino, cubos fritos de papa y pan tostado) en la cafetería no fresa que había en su calle.

Hannah ya se había quitado los lentes de contacto. Lo volteó a ver por encima del armazón de sus lentes. Su cabello estaba recogido en una cola de caballo. La mirada de Nate se trasladó hacia la caja que antes había servido para almacenar botellas de leche que estaba junto a su cama. Sobre ella había una pila de libros de próximo lanzamiento que quería revisar con la intención de ofrecer reseñas o ensayos. Leer de manera pausada y exploratoria era el tipo de cosa que disfrutaba hacer en sábado o domingo, tal vez en casa, tal vez en un bar deportivo donde pasaran algún juego que le sirviera como fondo. Su intención había sido pasar el último fin de semana de esta manera, pero se le había escapado. No estaba enteramente feliz por eso. Cuando eres soltero, tus días de fin de semana son espacios bien abiertos que se extienden hacia todas direcciones; si tienes una relación romántica, son como el cielo que está sobre Manhattan: perforados, reprimidos, comprimidos.

Nate se rascó la parte trasera de la cabeza.

—No lo sé –dijo–. No estoy seguro de qué voy a hacer –sonrió nerviosamente.

—Ok –dijo Hannah.

Nate no pudo leer su expresión, pero al instante se sintió ansioso.

Hannah volteó de nuevo hacia la revista. Casi inconscientemente, él se quedó donde estaba.

Tras un momento, Hannah alzó la mirada.

—*¿Qué?*

Él dio un paso hacia atrás.

—¡Nada!

—¡Dios! ¡No puedo soportarlo!

—¿No puede soportar qué?

—¡A ti! Que estés parado ahí, esperando a que me enoje contigo porque no quieres ir a almorzar –le puso una cara de desagrado–. No me importa. No me importa si vienes o no.

—Está bien... –dijo Nate lentamente–. Pero, me preguntaste si quería venir, así que di por hecho que te importaba, al menos un poco.

Hannah se quitó los lentes y los sostuvo en su mano.

—Es como si me consideraras como algún tipo de novia demandante e histérica–dijo–. Eso no es lo que soy.

Nate por un momento se sintió confundido. Definitivamente no esperaba que se enojara *tanto*. Luego cayó en cuenta de lo que lo estaba acusando. Notó que su voz se alzó al hablar.

—¿Podrías decirme exactamente cuándo te he considerado "demandante e histérica"? ¿Es por algo que haya dicho? Porque no recuerdo haber dicho ninguna maldita cosa.

—Es que… Tú sólo… ¡Ujj!

Hannah se levantó y la revista se deslizó de su regazo y quedó tirada en el suelo.

—Es sólo que hay una vibra.

—¿Una *vibra*? –repitió Nate, con la palabra permeada por semanas de tensión silenciosa.

Hannah se ruborizó.

Su falta de autocontrol tuvo el efecto de hacer que Nate se sintiera más controlado.

—Según recuerdo –dijo fríamente– me hiciste una pregunta y yo la respondí, y ahora estás enojada conmigo porque di por hecho, como un absoluto pendejo, que mi respuesta te importaba.

Hannah cerró los ojos e inhaló a través de su nariz.

—A lo que me refiero es a que no es alguna clase de prueba. El que vengas o no vengas me importa en la misma medida en la que me importa que comamos comida tailandesa o sushi.

—Excelente. Almuerzo. No una prueba. Anotado.

—¿Podrías dejar el sarcasmo? *Lo entiendo*. El asunto no es el almuerzo. Es la forma en la que te has estado portando. Siento que me estás poniendo en cierta categoría. No soy esa persona y tengo resentimiento hacia ti por describirme como si lo fuera.

Ahora estaban parados cara a cara, con sólo alrededor de un pie de espacio entre los dos. Nate se sintió vigorizado, completamente despierto.

—¿Te das cuenta de que no tengo idea de lo que estás hablando? –dijo–. ¿Como qué persona te estoy describiendo?

Ella no parpadeó.

—Como la persona que te está forzando a renunciar a tu libertad.

—Espera, ¿yo soy el que está en una categoría? ¿Quien está en la categoría? ¿Tú o yo?

Nate sintió cómo trasladaba su peso de una pierna a la otra, como lo hacía al jugar futbol americano.

—Vete a la chingada, Nate –dijo Hannah–. Sólo vete a la chingada. Sabes a lo que me refiero. O lo sabrías si estuvieras siendo sincero.

Él alzó las manos para hacer una pantomima de incredulidad.

—Discúlpame por escuchar e intentar entender lo que estás diciendo.

—Bien –ella sacudió la cabeza–. Como quieras. Sólo estoy siendo ridícula.

Nate no la contradijo. Se miraron el uno al otro fijamente.

—Me voy a lavar los dientes –finalmente dijo él.

—Magnífico.

La luz fluorescente del baño estaba opresivamente brillante. Unos cuantos de los cabellos largos de Hannah estaban pegados a la porcelana blanca y mugrienta del lavabo de él. Nate se sintió un poco tembloroso al lavarse los dientes durante un buen rato. Había sido cruel, sabía que había sido cruel, pero ella había empezado. Eso no se podía negar. *¿Describirla como demandante e histérica?* Él no había hecho nada.

Decidió usar hilo dental. Le pasó por la mente la idea de que ella podría haberse levantado y vestido. Quizá empacaría sus cosas y se iría. Se acercó cautelosamente a la recámara. Hannah estaba sobre la cama.

—Lo siento –dijo ella. Su voz era de remordimiento, pero, fuera de eso, sin emotividad–. Siento haber explotado de esa manera.

Nate se sorprendió al descubrir que estaba decepcionado. No porque no se hubiera ido, realmente no esperaba que lo hiciera, sino porque otra vez parecía normal. Cuando se había portado como loca, él había tenido permiso de dar rienda suelta a esa tensión acumulada y a la vez también de *tener la razón*, hermosamente y sin esfuerzo. Algo que había aprendido con Elisa: no siempre era desagradable tratar con una mujer histérica. Uno se siente enteramente correcto por comparación. Ahora se sintió como si se estuviera desinflando. Aunque no había estado consciente de estar excitado –antes le había causado algo de disgusto el cabello de Hannah en el lavabo– sintió que su verga se aguadaba, como si hubiera estado un poco dura sin que él lo notara.

—No tiene importancia –dijo–. No te preocupes por eso.

—Creo que deberíamos hablar de eso.

—Todo el mundo necesita liberar la tensión de vez en cuando.

—Me refiero al motivo que tuve.

Por supuesto que se refería a esto.

Nate se hundió en la silla de su escritorio y se sintió desanimado, derrotado. Cruzó las piernas y de inmediato las descruzó.

—Estoy segura de que te ha de haber parecido que esto salía de la nada –dijo Hannah con un tono de voz justo y razonable, un tono de voz irritantemente justo y razonable. Una voz que lo animaba a ser justo y razonable también–. Creo que reaccioné de la manera en que lo hice porque sentí como si estuvieras esperando que rompiera en llanto por el almuerzo con Susan. Simplemente, me pareció narcisista o algo así. No sé, sólo me encabronó.

A pesar de que no quería hacerlo, Nate sonrió. Ella continuó.

—Es sólo que últimamente he tenido la sensación de que hay algo diferente, contigo o con nosotros, y me la paso esperando a que digas algo… No quiero ser el tipo de novia que analiza cada cosita o que nos obliga a hablar acerca de las cosas hasta morir –de veras, no quiero–, pero si algo está pasando, quisiera que simplemente me lo dijeras. No espero que las cosas sean exactamente igual que cuando apenas empezábamos a salir. Pero, no me *complazcas*, como si fueras el novio del que se aprovechan.

Hannah se sentó muy derecha; su tono se volvió más insistente, casi desafiante.

—Si no quieres hacer esto, bien. No soy una chica que se esté muriendo por tener una relación romántica.

Nate se inclinó hacia atrás en la silla de su escritorio de modo tal que sus dos ruedas frontales quedaron levantadas, sin tocar el piso. Prácticamente todas las conversaciones sobre relaciones en las que había participado incluían más o menos las mismas advertencias. Al parecer, ninguna mujer de principios del siglo XXI es el tipo de mujer que: (a) quiera un novio o (b) quiera hablar acerca de su relación, sin importar qué tanto (a) quiera un novio y (b) quiera hablar acerca de su relación.

Mientras mecía la silla hasta su lugar original para encararla, Nate borró este pensamiento no bonito que había en su mente.

—Hannah –dijo delicadamente– no te estoy "complaciendo". No sé qué fue lo que te dio esa idea.

Ella se jaló la cola de caballo.

—Es sólo que, bueno, espero que sepas que no pienso que necesitamos pasar cada segundo juntos. No *quiero*. Pero, si tienes que inventar excusas para no verme, como si creyeras que me voy a enojar contigo, o si te la pasas escabulléndote y te portas como si fueras culpable porque no quieres almorzar con mi amiga, me hace sentir como si hubiera un problema más grande, como si hubiera algo más que estuvieras tratando de decirme.

Con su pie, Nate trazó un círculo en el piso. Dijo:

—Pensé que podrías estar decepcionada, eso es todo. No quise decir nada más con eso.

Hannah asintió con la cabeza.

—Es razonable –dijo–. Tuve una reacción exagerada. Lo siento.

Se veía como sonaba, sincera. Una sensación incómoda había invadido a Nate. Ahora que se le había otorgado el pleno poder para perdonar, no estaba seguro de merecerlo. Incluso cuando habían estado peleando, él sí había tenido una ligera idea de cuál era la categoría a la que se refería. Quizá había simulado un poco más de ignorancia de la que sinceramente poseía. Pero, luego todo el asunto había ocurrido tan rápido, él sólo se había estado defendiendo.

—No te preocupes –dijo, pues sintió que lo menos que podía hacer era ser cortés–. Sólo me alegra que no estés enojada. Y me disculpo por haber sido malvado. Supongo que me sentí atacado.

—Lo puedo entender –dijo Hannah–. Y dejaré el tema, lo prometo, pero sólo para aclarar... No me importa lo del domingo. Susan no es una amiga cercana. Pero... –pausó y lo miró fijamente, con los ojos color miel con aspecto redondo y luminoso bajo la luz de la lámpara de él–. Si en algún sentido no estás contento, sería mejor que lo dijeras ahora, antes de que...

—Hannah.

Nate descansó una mano en cada una de las rodillas de ella. Cualquier insatisfacción ligera que hubiera sentido recientemente había sido hecha a un lado por la pelea, por el carácter combativo de Hannah, por la intensidad del momento.

—Me gustas. Quiero estar contigo. Lo único que estoy tratando de decirte es que no quiero almorzar con tu amiga Susan el domingo.

Odio decírtelo, pero en realidad no hiciste que sonara muy atractiva que digamos –inclinó la cabeza hacia un lado–. Quizá para la próxima quieras mejorar tu charla promocional.

—Es sólo que últimamente pareces estar un poco…

—He estado un poco tenso –interrumpió él–. Pensé que para ahora ya habría avanzado bastante con otro libro, pero no lo he hecho. Lo único que tengo es una idea e incluso esa idea es difusa. Siento como si tuviera que estar trabajando noche y día hasta que resuelva. No tengo un trabajo fijo como el que tú tienes con las noticias de salud.

Hannah abrazó sus rodillas y las acercó a su pecho.

—¿Quieres hacer las noticias de salud? –le dijo–. Todas tuyas.

Nate se sentó junto a ella en la cama. Cuando ella se estiró, él pudo distinguir sus pezones a través de la tela delgada de su playera.

—Sabes a lo que me refiero –dijo.

El asunto, a él le parecía, ya se había resuelto, pero siguieron platicando un rato más. Esto realmente no le sorprendió. En su experiencia, las mujeres, una vez que empezaban, mostraban un deseo bastante insaciable de confesar, profundizar, aclarar, revelar y así sucesivamente. Nate se esforzó por ser paciente. Hannah por lo general era una novia despreocupada, mucho más despreocupada que nadie con quien hubiera salido después de Kristen. No le tenía resentimiento por actuar un poco como niña. Se fueron a la cama en buenos términos.

Pero, ella volvió a abordar el tema la siguiente vez que lo vio. Iban en el metro, regresando desde Manhattan.

—Me siento medio ridícula por lo de la otra noche –dijo–. Por enojarme tanto y luego obligarnos a hablar y hablar. Espero que no pienses que yo en realidad… No sé…

Las palabras se fueron apagando y sonrió con impotencia mientras esperaba a que él la rescatara de su propia frase.

Los pensamientos de Nate habían estado muy alejados de los problemas de su relación, y no tenía ganas de sentirse presionado para reconfortar a alguien cuando así se le exigiera, para brindar su afecto cuando alguien se lo solicitara, como si fuera una foca entrenada. Además, le pareció que al pedir que la reconfortara, después de todo lo que se había dicho la otra noche, Hannah se estaba permitiendo caer en una compulsión neurótica. Eso no era algo que él quisiera recompensar.

—Está bien –dijo con el tipo de voz fría y plana que solamente alguien con un severo caso de Asperger podría tomar de manera literal.

Las expresiones de Hannah le indicaron a Nate que ella no sufría desíndrome de Asperger.

Nate se volteó para otro lado, un poco disgustado por algo cercano al pánico que había visto en su rostro. También temía que si la miraba, se sentiría mal y se disculparía, y no quería sentirse mal ni disculparse. No quería sentirse como el lobo malo sólo porque no quería jugar este juego femenino en específico.

Miró fijamente hacia el otro lado del pasillo donde estaba un niñito dormido con la cabeza sobre el hombro de su madre. Las pequeñas pantorrillas del niño quedaban visibles entre la bastilla de sus pantalones y sus calcetines.

Después de un minuto, desapareció la irritación de Nate, que se disolvió casi tan rápido como había llegado. Ella se había sentido un poco insegura; no era lo peor que podía pasar.

—Lo siento –dijo y volteó hacia ella–. No era mi intención gritarte.

El pánico había sido limpiado de su rostro. Su expresión estaba en blanco, dura. Conforme ella pensaba en la disculpa de él, pareció relajarse.

—No te preocupes –dijo ella–. No tiene importancia.

No se dijo nada más, y durante el resto de la velada, estuvieron resueltamente desenfadados y alegres.

{ 13 }

Nate se llevó el teléfono inalámbrico hasta la oreja con una mano mientras limpiaba sin entusiasmo el mostrador de la cocina con una esponja con la otra. Le parecía que era más fácil hablar con sus padres si se involucraba simultáneamente en otras tareas.

Habló primero con su padre, a quien, de hecho, no era tan difícil hacerle frente. Todo lo que Nate tenía que hacer era ser cortés e impersonalmente agradable, como lo haría si estuviera hablando con un extraño bien intencionado, pero metiche, digamos, con alguien que hubiera conocido al estar en la fila del Departamento de Vehículos Motorizados.

—¿Ya recibiste el siguiente pago por parte de tu casa editorial? –le preguntó su padre–. Sabes que cada día que retienen ese dinero acumulan intereses que por derecho te pertenecen.

—Hicieron el pago justamente cuando estaba programado –Nate le aseguró–. Mi agente tiene el dinero. Me va a preparar un cheque.

—Menos el quince por ciento –dijo su padre, con un tono que insinuaba que esto era un momento como para decirle "¡Caíste!".

—Sí, papá. Menos el quince por ciento.

—Sabes, Nathaniel... –comenzó su padre. Ningún argumento lo podría convencer de que, al ser un ingeniero aeronáutico, quizá no tuviera suficientes conocimientos sobre la industria editorial como para determinar que los servicios de un agente literario eran innecesarios.

Nate se cambió el teléfono de una oreja a la otra y lo descansó entre su hombro y su oreja, de modo que ambas manos quedaron libres. Empezó a levantar las parrillas de su estufa y a tallar las superficies de abajo con un estropajo metálico jabonoso.

—¿Has pensado en publicar por tu cuenta el siguiente? –le preguntó su padre–. He leído que muchos autores consolidados empiezan a hacer eso. Una vez que tienen seguidores, ya no necesitan el nombre de la casa editorial. De esta manera, todas las ganancias van para ti. ¿Qué tal?

—Lo investigaré.

Nate caminó hacia la ventana y abrió las persianas. La luz del sol invadió la cocina.

Su madre tomó el teléfono. Empezó a platicarle una historia sobre la gente de su trabajo, de cómo todos estaban locos por una serie de televisión "de HBO o Showtime o alguna de esas tonterías".

A ciento ochenta millas de distancia, Nate podía sentir que ella estaba juntando energía y percibir el satisfactorio torrente de desdén que por sí sola se estaba dando cuerda para sentir.

—Dicen que es tan buena como una novela del siglo XIX –dijo, y su voz empezó a acelerarse–. Y se supone que estos son los jóvenes "inteligentes". Estudiaron en Georgetown y Columbia, prácticamente en escuelas de la Ivy League.

A través de la ventana, las hojas de las ramas superiores de los árboles ya estaban comenzando a caerse.

—¡Como Tolstoi!

—Es una locura... –coincidió Nate.

Pero, su tono era demasiado leve. Más que escuchar el silencio de su madre, lo sintió.

A diferencia de su padre, su madre exigía que ella y Nate estuvieran de acuerdo de manera vociferante. Con lenguaje colorido y agitado, ella visualizaba la vida como si fuera un drama entre "nosotros" y el resto del mundo, también conocido como "esos idiotas". Cuando era niño, a Nate le había encantado estar de su lado. No sólo era hermosa, con su cabello largo color miel y sus vestidos con cinturón ceñido, no sólo era que sus exóticas novelas francesas y rusas y su infelicidad aristocrática fueran atractivas para su imaginación, sino que además su lado era claramente el correcto. Era el de la gobernanza sensata: que llenaran los baches, que castigaran la corrupción, que eligieran a los demócratas, que no secuestraran los aviones de pasajeros y barcos de crucero israelíes (este último punto fue reiterado frecuentemente después de que Leon Klinghoffer, de sesenta y ocho años y confinado a una silla de ruedas, fuera empujado por la borda del *Achille Lauro* cuando Nate iba en cuarto grado). También era suyo el lado de la inteligencia. (Sentía un desdén moral por la estupidez y por instinto miraba a los compañeros de Nate del grupo lento de lectura con sospecha, como si fueran niños de carácter dudoso). Apoyaba la valoración de la cultura, sobre todo la literatura, el teatro y los museos. Cuando Nate creció un poco, fue la petulancia de ella lo que le molestó. Le desagradaba que invocara este "ellos" que boicoteaba a todos, así como la creencia inmutable de que todos los problemas se resolverían a la brevedad, si tan sólo a "nosotros" no nos obstaculizaran a cada paso. Pero, si se cuestionaba esta suposición, su madre lo tomaba como un ataque, o como regaño, decía que estaba muy chico y era muy inocente como para entender. Su relación como adultos estaba fundamentada en la disposición de él a darle por su lado. A menos que pudiera lograr que aparecieran la energía y la paciencia necesarias para sumase con ella a este "nosotros" enclaustrado y sin aire, él –el hijo por cuyo bien ella había dejado su hogar y vuelto a empezar en un nuevo país– la estaba rechazando. Con su papá, todo lo que tenía que hacer era no discutir.

Al parpadear hacia el sol al tiempo de mirar por la ventana, Nate supo que había fallado. Ella había percibido condescendencia en su acuerdo tibio. *Fue a Harvard y ahora cree que es demasiado bueno como para mí.* Inhaló bruscamente, como si fuera su propia alma lo que le hubiera ofrecido a él y que ahora se la estuviera retirando. Tan claramente como si estuviera parada enfrente, él pudo ver cómo se le ensancharon las fosas nasales una o dos veces.

Era demasiado, lo sabía, lo que su madre quería de él. No era justo ni razonable, le decían sus amigos. Pero, la vida de ella tampoco había sido justa o razonable. En Rumanía, le habían negado toda clase de honores académicos por ser judía. Ni siquiera se le permitió especializarse en literatura, dado que las humanidades estaban casi enteramente cerradas para los judíos. Había dormido en un sillón en la sala del departamento de una recámara de sus padres en una vecindad de concreto hasta el día en que se casó con el papá de Nate, a cuya familia le iba un poco mejor. Luego había venido para acá y trabajado como programadora de computadoras, para que Nate pudiera asistir a la escuela privada, para que pudiera ir a una buena universidad.

Nate recargó la frente contra el vidrio de la ventana.

—¿Cómo has estado, mami?

—Bien –su voz era reservada y baja.

Cerró las persianas y arrastró los pies de nuevo hasta el fregadero, se resbaló un poco sobre el linóleo, pues traía calcetines, y apretó la mano con que estaba sujetando el teléfono. Ellos eran la razón por la que tenía este tonto teléfono inalámbrico. Sus padres habían insistido en que tuviera un teléfono fijo "por si hubiera una emergencia". Las únicas personas que lo usaban eran ellos dos y los vendedores por teléfono.

—Crees que soy anticuada –dijo su madre después de un momento–. De mente estrecha.

El suspiro con el que remató este comentario fue una sinfonía de autocompasión finamente perfeccionada.

—*Mami* –dijo Nate–. Yo ni siquiera *tengo* una televisión. Por supuesto que no creo que seas de mente estrecha.

Ella dejó escapar una risa ahogada.

—Creo que los dos somos un poco retrógradas.

—Creo que sí.

Hubo otro silencio, menos tenso.

—¿Cómo está Hannah? –finalmente preguntó. Henna fue como sonó al salir de sus labios.

Nate exprimió su esponja para sacarle el agua.

—Está bien.

***

Varias noches después, estaba sentado en la sala de Hannah, leyendo la reseña de Eugene del nuevo libro del novelista británico.

—¿Nate?

La reseña estaba buena, muy buena, Nate tenía que admitir. Eugene era bueno.

—¿Nate? –volvió a decir Hannah.

Renuentemente, Nate dejó el artículo. Hannah estaba parada con las manos en los bolsillos traseros.

—¿Sí?

—¿Qué se te antoja hacer esta noche?

Nate cerró los ojos. ¿Qué hacían él y Hannah por lo general? Por un momento, no lo pudo recordar. Luego pensó en las noches largas de conversación animada que tuvieron antes, durante el verano, noches en las que nunca necesitaron "hacer" nada. No estaba de ánimo para ese tipo de... *comunión* al estar juntos. Definitivamente, no.

Pensó que quizás se le antojaba ver beisbol. Los *playoffs* se acercaban y había un juego en el que estaba un poco interesado por su potencial impacto negativo sobre los Yankees.

Hannah dijo que claro, que podían ir a un bar deportivo.

Fueron a un lugar llamado *Outpost*, un nombre poco afortunado, en opinión de Nate, para un establecimiento más o menos nuevo que al parecer era frecuentado casi exclusivamente por la gente blanca que se había empezado a mudar al vecindario históricamente negro donde se ubicaba.

El juego todavía no empezaba. Cuando se sentaron, Hannah le dijo que había decidido aceptar trabajo como correctora de estilo de textos para conseguir dinero adicional. Empezó a describir los requisitos rigurosos de la casa editorial para la que estaba haciendo este trabajo.

¿Ésta era ahora la vida de él? Nate se preguntó mientras ella hablaba. ¿Sentarse enfrente de Hannah en distintas mesas, en distintos restaurantes y bares? *Ad infinitum*. ¿Es esto a lo que se había comprometido la noche en la que se pelearon respecto al almuerzo cuando él la consoló y le dijo que estaba a salvo, que a él le gustaba esto?

Arrancó el trozo de papel que hacía que su servilleta permaneciera enrollada y empezó a juguetear con su cuchillo y tenedor.

Trató de concentrarse en lo que Hannah estaba diciendo –todavía algo acerca del trabajo de corrección de estilo–, pero notó que se estaba preguntando qué tanto necesitaba ella el dinero. Al paso que iba, nunca terminaría su propuesta de libro. Además, su padre era abogado corporativo. No dudaba que pudiera conseguir dinero de su parte si se lo pedía. Un lujo agradable para quien tuviera acceso a él.

Aunque era el último día de septiembre, era una noche cálida. Hannah se había quitado la chamarra. Abajo, traía una playera con tirantes. Le sentaba bien. Tenía bonitos hombros. Pero, cuando movió los brazos para hacer énfasis en cierto punto, Nate notó que la piel de abajo se sacudía un poco, como la de una mujer mucho mayor. Era raro porque estaba en muy buena forma. Se sintió mal por haberlo notado, y peor por sentir un poco de repulsión. Y, sin embargo, estaba en trance. El disgusto que sentía, con su pureza cristalina, resultaba perversamente placentero. Se la pasó esperando a que ella volviera a agitar los brazos.

Cuando terminó su historia, él sólo asintió con la cabeza.

Tenía hambre. ¿Dónde estaba su comida?, él quería saber.

—¿Por qué piensas que esté tardando tanto? –dijo.

Hannah pareció un poco sorprendida por su vehemencia. Alzó las manos, con las palmas hacia arriba.

—Ni idea.

Ella le hizo algunas preguntas sobre lo que había estado haciendo. Sus respuestas fueron cortas. No logró animarse a igualar el ánimo de ella, que era de alegre cordialidad. Si fuera una extraña –una simple amiga o conocida –no sería nada difícil, en absoluto, caer en los ritmos de la conversación cortés, aunque banal. Pero, era diferente con Hannah. Estar con ella rara vez había implicado esa clase de actuación social obligatoria; empezar ahora a tratarlo de esa manera parecería como una derrota. O una capitulación.

Hannah trató de llenar el vacío. A saltar de un tema a otro, Nate sintió como si la estuviera observando a la distancia, evaluándola. Aunque hablaba con una cantidad razonable de ingenio, estaba contando la historia de "la diplomacia casi agresiva" de una amiga; "no se espera a que termines de hablar para estar de acuerdo contigo y apoyarte", algo de su tono, un entusiasmo por complacer, una característica que casi era suplicante, lo irritó.

—¿Nate? –finalmente preguntó.

—¿Sí?

—¿Todo está bien? Pareces estar medio... No lo sé... *¿Distraído?*

—Estoy bien –dijo. Lanzó una sonrisa veloz para compensar lo que no era convincente de su voz.

Un momento después, Hannah se levantó para utilizar el baño. Cuando la vio alejarse al caminar, notó que los *jeans* que traía hacían que su mitad inferior luciera más grande su mitad superior, con caderas extrañamente anchas y planas. Se preguntó por qué ninguna de sus amigas le había dicho nada al respecto, sobre los *jeans*. ¿Por qué ella misma no lo había notado? Después de todo, un espejo gigante de largo completo abarcaba una cuarta parte de su habitación.

Cuando regresó, le preguntó si estaba enojado con ella.

Como si hubiera hecho algo que le hubiera dado el derecho de enojarse con ella. ¿Por qué chingados las mujeres, sin importar lo inteligentes o lo *independientes* que fueran, inevitablemente se revertían a este estado de imbecilidad por su propia voluntad? No era como si él tuviera el registro emocional de un sistema binario, como si sus únicos estados de ser fueran "contento" y "enojado con ella."

—No –dijo–. No estoy *enojado* contigo.

Ella se hizo para atrás.

Antes de que nada más fuera dicho, el mesero les trajo sus hamburguesas. *Finalmente*. El juego comenzó. Mientras comía, Nate trasladó su atención hacia la pantalla de televisión que estaba arriba del bar. Se empezó a sentir mejor.

—Eso sí que me cayó bien –dijo respecto a su hamburguesa.

Hannah estaba haciendo algo en su teléfono y no volteó para verlo.

Nate simuló no darse cuenta.

—¿Qué tal está la tuya?

Ella alzó la mirada y lentamente parpadeó varias veces, como si tratara de determinar por este medio si él en realidad pudiera ser un imbécil tan grande.

—¿Me estás preguntando que si qué tal está mi hamburguesa?

—*Lo siento* –dijo él–. A veces me pongo gruñón cuando tengo hambre. No es una excusa, pero lo siento.

—Como sea.

—Probablemente deba empezar a llevar nueces en mis bolsillos.

Notó el más pequeño indicio de una sonrisa. Ella inmediatamente la reprimió. Pero, era un comienzo.

Durante el proceso de halagar a Hannah para no caer de su gracia, también Nate se reanimó. Tener un proyecto –recuperar el afecto de Hannah– desvaneció el aburrimiento y silenció esa voz crítica. Le contó (porque a las mujeres les encanta hablar de la vida personal) acerca de Aurit, que estaba enloqueciendo porque Hans todavía titubeaba con respecto a mudarse a Nueva York.

—Ella trata la preocupación de él respecto a su carrera como si fuera una excusa transparente. Tengo que conseguir que deje de hacer eso antes de que de verdad logre que él se encabrone.

Para cuando sus platos fueron retirados de la mesa, todo rastro del antiguo ánimo de Nate había desaparecido. Agradecía que Hannah le hubiera dado gusto en cuanto a su deseo de ver beisbol. La había pasado bien.

Mientras caminaban a casa, Hannah volteó hacia él.

—¿Nate?

—¿Sí?

—¿Qué fue ese asunto de antes?

Se tensó. Ya se había disculpado. Y ¿qué había hecho, en realidad? ¿Hablarle con aspereza? De hecho, todo lo que había dicho era "no estoy enojado contigo". Difícilmente se podría considerar como un comentario cruel. Quizá había sido un *poco* cortante. Pero. Vamos.

—No quiero ser demasiado dramática –ella dijo–. Pero... No quiero ser tratada de esa forma. Si estás molesto por algo.

—No lo estoy.

¿Qué se suponía que debía decir? ¿Qué quizá ella debería hacer algunos ejercicios con pesas para sus tríceps, para que sus brazos superiores no se sacudieran? ¿Que se comprara unos *jeans* que hubieran sido aprobados desde todos los ángulos? Sonaba, incluso ante sí mismo, como un fetichista enfermo obsesionado con la delgadez femenina extrema. Sonaba como un verdadero bastardo.

La tomó de la mano.

—No sé qué me pasó. Lo siento.

***

—Sabes, Jason –dijo Aurit–. Hay cierto tipo de hombre al que le gusta estar con mujeres ante las cuales se siente superior intelectualmente.

—¿Quién dice que las modelos no pueden ser inteligentes? –replicó Jason, quien volteó a ver a Nate para que lo apoyara.

Los tres estaban parados cerca de una ventana abierta en el nuevo departamento de su amigo Andrew. Andrew y su novio ofrecían una fiesta para celebrar el estreno de su nuevo hogar. Jason estaba platicando acerca de la modelo lituana que el director de arte de su revista le había prometido que le iba a presentar.

—Para tu información –dijo Jason– Brigita estudió ingeniería en electrónica en Vilnius.

—Es como Lydgate en *Middlemarch* –dijo Aurit, al parecer no impresionada por la ingeniería en electrónica–. "Esa elegancia mental perteneciente a su ardor intelectual no penetraba su sensibilidad y su criterio respecto al mobiliario o a las mujeres" –Aurit le sonrió dulcemente a Jason–. Lydgate acaba con la rubia tonta, por cierto. Ella arruina su vida. También su carrera.

Jason envolvió uno de sus brazos largos alrededor de los hombros de Aurit.

—Aurit, querida, eres tan tierna cuando te enojas. Como Super Ratón. Pero, tengo que decírtelo, Lydgate es el mejor personaje de este libro. Además –pausó para darle un sorbo a su cerveza– por supuesto que George Eliot piensa igual que tú. No es precisamente imparcial. Las mujeres inteligentes tienen un motivo personal al denigrar a los hombres que no valoran a las mujeres inteligentes. Créeme, los hombres pueden hacer grandes cosas sin importar con quién se casen.

—Jesús, Jase –dijo Nate.

—Piénsalo –dijo Jason–. Si la llamada asociación como acompañantes entre dos pares intelectuales fuera la medida del valor de un hombre, quizá habría sólo dos hombres de primer nivel en toda la historia, el propio pseudoesposo de Eliot y el pinche John Adams.

Aurit se había escapado del abrazo de Jason. Miró a Jason con frialdad.

—¿A veces te preocupa el hecho de no tener alma, Jason?

Nate bufó.

El grupo se dividió. Nate emigró lejos de la ventana. La sala estaba a reventar. Entre la aglomeración de cuerpos, Nate ubicó a Greer Cohen, quien se veía bastante atractiva con sus *jeans* pegados. Antes de que pudiera agitar la mano para saludarla, sintió un golpecito en el hombro. Era Josh, un tipo con el que jugaba futbol soccer. Josh trabajaba en una casa editorial, y felicitó a Nate; dijo que había escuchado cosas buenas sobre su libro, que presentía que la emoción se estaba incrementando.

—Gracias, amigo –dijo Nate.

—Sale en febrero, ¿verdad? –preguntó Josh.

Nate asintió con la cabeza. Luego vio a Eugene Wu. Le dijo a Eugene que le había gustado su reseña del autor británico. Aunque trató de ocultarlo, Eugene lucía complacido. Después de un rato, él y Nate se enfrascaron en una larga discusión sobre la proporción relativa de mujeres con implantes de mama en Nueva York, comparada con la de los estados donde se apoya al partido republicano. Nate notó que se estaba divirtiendo. Se dio cuenta de que se divertía más en las fiestas cuando tenía novia que cuando no. Estar en una relación lo disculpaba de tener que tirarle la onda a las chicas y le evitaba conversaciones largas y aburridas o medio aburridas con chicas que a duras penas le gustaban con la esperanza de acostarse con ellas. Tenía la libertad de hablar con la gente con quien de verdad quería hablar.

Cuando dejó la fiesta, le llamo a Hannah.

—Ey –dijo ante su teléfono celular cuando ella contestó. Sonaba como si quizá hubiera estado dormida–. ¿Qué estás haciendo?

Aunque no habían hecho planes concretos para verse, ese día le había dicho más temprano que "tal vez" le llamaría. Había pensado en preguntarle si quería unírsele e ir a la fiesta, pero no lo había hecho. No sabía por qué. Simplemente no se le había antojado. Además, ella era la que había dicho, cuando se habían peleado por lo del almuerzo, que no necesitaban pasar cada minuto juntos.

Se detuvo frente a una entrada del metro y le preguntó si quería que fuera a verla. Ella titubeó.

—Probablemente estaré en cama –dijo–. Pero, eres bienvenido. Si quieres.

El aire nocturno olía agradablemente a hojas quemadas. Estaba empezando a sentirse como si fuera otoño. Nate decidió caminar hacia casa de Hannah en lugar de tomar el tren. De camino, se detuvo en una *delicatessen* y le compró una barra Hershey porque sabía que le gustaban, que las prefería a los chocolates más elegantes.

—Perdón por no haber llamado antes –dijo al llegar–. Es sólo que me quedé atorado con unas cosas.

Ella traía una playera de la universidad estatal de Kent demasiado grande y su cabello estaba suelto, un poco despeinado.

—No tiene importancia –dijo ella–. Tuve oportunidad de leer un poco.

Nate olfateó. Podía notar que ella recientemente se había fumado un cigarro.

Se sentaron en las sillas cerca de su ventana y se pusieron al corriente durante un rato. Él no la había visto en varios días. Ella le contó que últimamente se estaba sintiendo un poco decaída. Ella pasó los dedos por su propia cabellera. Dijo que pensaba que necesitaba seguir con su propuesta de libro, pues era algo a lo que realmente se podría dedicar de lleno. No había estado escribiendo suficiente a recientes fechas. Quizá la alegraría. Nate sintió una punzada de remordimiento. Sospechaba que él, que las cosas entre los dos, también podrían desempeñar un papel en su estado de ánimo. Sabía que había estado un poco distante. Pero estuvo de acuerdo con su plan.

—El trabajo siempre es una gran ayuda para mí –dijo–. En cuanto a estado de ánimo. Eso y los deportes, hacer algo físico.

Ella alzó las cejas.

—¿Sabes a cuántas clases de pilates voy?

Su tono era retador. Le recordó cómo había sido ella en sus primeras citas. Últimamente había estado… Más tentativa, casi nerviosa.

Él dejó que sus ojos recorrieran su cuerpo con vestimenta escasa.

—Sé que te ves *sexy* –dijo–. Vente.

La tomó de la mano y la jaló hacia la recámara.

En la cama, le quitó la playera y la ropa interior. El sabor a cigarro de su boca cuando se besaron no era ideal, con el paso del tiempo el hecho de que fumara le había empezado a molestar más, pero no era un gran problema. La acarició un poco. Pronto estuvo encima de ella y se deslizó hacia adentro con facilidad. Al principio, se sintió de maravilla. Pero, estaba borracho y un poco insensible. Necesitaba más. Empezó a hojear distintas imágenes mentales. Vio a Hannah desnuda y acostada en la cama de él, una de las primeras veces que habían dormido juntos: una expresión en su rostro de haberse rendido ante el placer que él nunca había olvidado, la manera en que había arqueado la espalda cuando él se acercó, lo cual había hecho que sus senos se elevaran. Esto atrapó su atención por un momento. Luego cobró conciencia del tic-tac de un reloj y del chillido de un camión que estaba afuera. En su mente pasó hacia la pornografía de internet, hacia una mujer de baja estatura y cabello oscuro que se parecía un poco a Greer Cohen, con un traje de mujer de negocios levantado, a quien le estaban dando por detrás sobre un gran escritorio de madera.

Debajo de él, los párpados de Hannah estaban arrugados de tan cerrados. Luego sus ojos se abrieron. Durante un instante, ella y Nate se miraron directamente el uno al otro. Ella se congeló, como si la hubieran atrapado. Lo que él vio, antes de que ella lo ocultara, era un vacío total, una ausencia, como si ella fuera un tronco que flotara por un río, como si a duras penas estuviera consciente de que él se la estaba cogiendo.

Nate, al recargar su peso sobre sus codos, se volteó hacia otro lado para no ver su cara; estiró su cuello y miró fijamente y con enojo la pared que estaba detrás de ella. Si ella no estaba teniendo el mejor sexo de su vida, no podía dejar de sentir que no era enteramente culpa de él. Ella era tan, simplemente, condescendiente. La imagen que presentaba en la alcoba era dócil, maleable. Incluso su cuerpo, su carne pálida, tenía una característica suave y temblorosa, se derretía y envolvía, pero algo le faltaba... Un poco de plasticidad, un poco de resistencia.

Tras un momento, le dio la vuelta para que quedara recargada en sus manos y rodillas. Él sintió un espasmo al posicionarla de esta manera. Una cosa era hacerlo de a perrito cuando el sexo era vigoroso y sucio, cuando iba de acuerdo con el ánimo compartido. Esto no era así. Bien podría haber sido masturbación. No tenía nada que ver con ella.

Conforme su trasero blanco y brillante se sacudía de atrás para adelante, y la piel aguada de sus muslos se meneaba debido al impulso de él, no pudo evitar pensar que había algo humillante –para las mujeres– al hacerlo de esta manera. Pero, para él era mejor, en cuanto a la sensación. Además, ella probablemente estaba aliviada de no tener que verlo. La expresión en su cara ahora probablemente estaba peor que ausente. Sin duda, era de resignación.

Aporreó con más fuerza. El cabello de Hannah, húmedo por el sudor, se dividió en mechones aglomerados, ubicados a ambos lados de su cuello. Finalmente, él sintió que se acumulaba un orgasmo y bajó su mano para abarcar sus pechos y dio unos últimos empujones mientras que las oleadas de su clímax lo recorrieron.

Después, se acurrucó con ella. Su orgasmo había desvanecido su irritación. Se sentía un poco mal por la manera en que la había manoseado. No había hecho mucho para ponerla de ánimo. *La próxima vez…* Envolvió su brazo alrededor de ella a manera de expiación y acarició con su barbilla la curva de su hombro mientras estaba acostado junto a ella. Se sintió agotado y tranquilo conforme empezó a quedarse dormido.

Sólo se despertó a medias cuando sintió que ella se escapaba de su abrazo y se salía discretamente de la cama. Oyó que se cerraba la puerta de la recámara y abrió un ojo a tiempo para ver una raya amarilla que apareció cuando ella encendió la luz de la sala. Se volvió a despertar cuando Hannah regresó a la cama. Parecía como si hubiera pasado mucho tiempo.

—¿Todo está bien? –preguntó.

—Está bien –dijo ella–. Vuélvete a dormir.

Pero, había algo agraviado en su voz, un reproche no declarado que, incluso en su estado medio dormido, despertaba una sensación de temor. Mañana, decidió cuando empezó a volverse a quedar dormido, le llamaría a Jason o a Eugene, para ver qué planes tenían. Estaba de ánimo masculino.

{ 14 }

Una noche, Hannah le dijo que se había acostado con mucha gente en la preparatoria. Esto él no se lo esperaba. Iban de regreso tras ver una película, y él había hecho un comentario respecto a las mujeres con disfraces como de zorras en Halloween. Ya se acercaba esa época del año.

Hannah le dijo que cuando ella estaba en el segundo año de preparatoria, se acostó con alguien del último año, un jugador de futbol americano que le dio lástima porque, aunque era dulce, "era extremadamente estúpido".

—Pensé que esos probablemente sí fueran los mejores años de su vida –dijo. Después de eso, varios de sus compañeros de equipo quisieron salir con ella. Salió con ellos, con cada uno, por turnos. Se encogió de hombros cuando le contó esto–. Parecía sexista y anticuado comportarse como si la castidad de veras fuera una virtud, como lo pensaban los cristianos nacidos de nuevo.

Estaba ligeramente ebria –ambos lo estaban– y su actitud era coqueta, pero también desafiante, como si lo retara a ser tan mojigato como para reprenderla. Para nada. Nate se excitó con esta historia, de hecho, se sintió más prendido de lo que había estado en bastante tiempo.

Cuando había estado con Elisa, había aprendido que el desdén es muy compatible con el deseo. El enojo, incluso el desagrado real con instantes de odio, parecía ser una idea aproximada de la pasión sexual y el resultado era prácticamente el mismo. La culpabilidad, por el contrario, era una emoción muy poco *sexy*. Pero, ahora... No era sólo que le pareciera *sexy* la actitud indiferente de Hannah ante su virginidad, en la misma forma en que el ateísmo y el marxismo y otros ismos intelectuales, que van contra de lo establecido, son sensuales en una mujer atractiva. La imagen de esos pendejos adolescentes con cabeza hueca que se estuvieron cogiendo a Hannah, uno pasándosela al otro, y que ella los *complaciera* porque era *amable*, le excitó tanto como la pornografía. Su ingenuidad tonta, esa boba credulidad como de Marilyn Monroe, la transformaba de la Hannah que él conocía en una chica que se permitía ser utilizada y compartida, una chica estúpida que debería ser cogida. Y esa noche Nate se la cogió, se cogió a esa otra Hannah.

Fue el sexo más excitante que habían tenido en mucho tiempo. Desde cierta perspectiva (digamos, la de un pornógrafo), bien podría haber sido el sexo más excitante que hubieran tenido.

A la mañana siguiente, Hannah se despertó radiante y alegre. Sugirió preparar huevos. Nate tenía que admitir que eso no tenía nada de ofensivo. Pero, al estar sentada ahí, con la sábana alrededor de su pecho, con la cabeza inclinada mientras esperaba su sí o su no, le pareció empalagosa, altiva, como si no hubiera nada en el mundo que tuviera más deseos de hacer que prepararle el maldito desayuno. Lo que quería, él sintió, era pasar una mañana acogedora en casa, quedar inmersa en la unión poscoital.

—*No quiero huevos* –dijo él.

La expresión feliz –y también mucho del color– huyó de la cara de Hannah.

—Ok... –dijo–. Bueno, yo tengo hambre. ¿Quieres que vaya por unos *bagels*?

—Es tu casa. Puedes hacer lo que quieras.

Ella le hizo una mueca y luego agitó la cabeza rápidamente, de modo que su cabello se abrió en abanico.

–Ok. Tengo hambre. Voy por un *bagel*.

Dándole la espalda, se empezó a poner los *jeans*.

—Uno de trigo integral con todo, que lleve queso crema y jitomate...

Ella volteó hacia él. Parecía como si le fuera a pintar el dedo. Nate sonrió esperanzadamente.

—Por favor, ¿por favor? Toma dinero de mi cartera. Perdón por estar malhumorado. No dormí bien –tomó una de las almohadas de pana de la cama de ella y la aventó hacia el otro lado del cuarto–. Esa cosa se la pasó comiéndome la cara toda la noche.

Hannah se le quedó viendo por un momento.

—Bien.

Una vez que se había ido, Nate se acostó de nuevo en la cama y miró el techo.

Por momentos, Hannah parecía desatar algo sádico en él. Podía jurar que no quería lastimarla, pero a veces, cuando lo miraba de cierta manera, o cuando ese tono entusiasta se colaba a su voz, una obstinación perversa surgía dentro de él; seguirle la corriente, hacer lo que ella quería, se sentía meloso, intolerable.

Las cortinas blancas semitransparentes de su ventana se retorcían en medio de la fresca brisa de octubre. Nate se paró y miró hacia afuera. Se sintió desgarbado, cómicamente masculino, cuando la cortina diáfana rozó su pecho desnudo.

Se fijó en la pila de libros puestos en la mesita de noche de Hannah. *Cartas de Abelardo y Eloísa*, *La educación sentimental*, *La sonata de Kreutzer*. ¿Se lo estaba imaginando, o había cierto tema en común? Libros acerca de mujeres con mal de amores, hombres cuyos sentimientos eran menos perdurables. Quizá estaba siendo paranoico. Quizá sólo era que su novia tenía un gusto impactante en cuanto a literatura.

Nate escuchó que la llave giraba para abrir la chapa, y luego los pasos de Hannah, veloces y decididos, conforme se movía dentro del departamento. Esperó a que viniera a la recámara, pretendía compensar su mal comportamiento previo.

Tras un minuto, ella abrió de un empujón la puerta de la recámara.

—Tu *bagel* está en la mesa.

Antes de que Nate pudiera responder, le aventó un montón de billetes y monedas. Luego se dio la vuelta y azotó la puerta al salir.

Mientras recogía el cambio que estaba en la sábana de ella, Nate se preguntó si Hannah intencionalmente había repetido la acción de un proxeneta al aventarle dinero a una prostituta. Esperaba que sí. Reflejaría cierta imaginación maliciosa que no podría evitar admirar, desde el punto de vista estético.

Se puso la camiseta y tentativamente salió de la recámara. En la mesa, vio una bolsa de papel blanca que llevaba las palabras *La Bagel-Telle*. A Hannah no se le veía por ningún lado; tras un momento, escuchó cómo corría el agua de la regadera en el baño. Se sentó para comerse su bagel. La ironía era que en realidad hubiera preferido huevos.

***

Elisa quería su consejo respecto a una próxima entrevista de trabajo, para un puesto en una revista semanal de noticias. Cuando se reunieron, Nate se preguntó si la emoción por el empleo era lo que hacía toda la diferencia. Porque había algo distinto.

—Pareces estar bien –dijo–. Contenta.

—Gracias.

Su cara estaba inclinada sobre su copa de vino y volteó para verlo con la parte superior de los ojos. Nate se acordó de que exactamente así lo miraba cuando le hacía sexo oral. Sintió un revoloteo en la parte baja y automáticamente se movió en su asiento.

Tan pronto se dio cuenta, parpadeó y se frotó la frente. Hacía mucho tiempo que no reaccionaba así ante Elisa.

Ella dejó su copa de vino e inclinó la cabeza.

—¿Cómo está Hannah?

Nate se encogió de hombros al darle un sorbo a su whisky.

—Bien –hizo una pausa y chupó un cubo de hielo–. De hecho, las cosas entre nosotros no han estado tan bien que digamos últimamente.

—Lo siento –dijo Elisa. Pero, la manera torcida en que sonreía daba a entender que justamente esto era lo que había esperado escuchar–. Pobre Hannah.

A pesar de la falla de carácter mostrada, Nate se sintió inusualmente encariñado con Elisa justo en ese momento, protector y afectuoso, con sentimientos surgidos de una familiaridad de tiempo atrás. Recargó su codo sobre la barra y le sonrió, resignadamente, como para decir "No hay nada por hacer". Mientras tanto, en la cámara de realidad virtual que había en su mente, empezó a volver a transmitir varias escenas de veces que se la había cogido. Tenía una gran dotación de materia prima para elegir.

Pasaron bastante rato juntos, casi hasta la medianoche; estuvieron inclinados encima de la barra, se rieron mucho, contaron chismes sobre los colegas de Elisa y otros conocidos mutuos, criticaron no sólo su manera de escribir, sino también sus vidas personales desordenadas, sus hábitos irritantes y su falta de atractivo personal.

Nate se dio permiso de escaparse de la influencia de Hannah, cuya calidad moral hubiera hecho que él se avergonzara de ser así de malicioso, así de cruel, ante su presencia. Su justicia y su falta de mezquindad eran cosas que le gustaban de Hannah –sin duda, la respetaba más de lo que respetaba a Elisa–, pero sentía que se merecía la diversión que estaba teniendo, debido a la tensión que había estado experimentando dentro de su relación.

Cuando él y Elisa se despidieron a la entrada del metro, Nate sintió un toque de melancolía. Le dio un beso rápido en la mejilla.

—Buena suerte con la entrevista, E –le dijo–. Te la mereces.

Al día siguiente se reunió con Hannah.

—¿Te divertiste anoche? –le preguntó mientras caminaban hacia un bar–. Estuviste con Elisa, ¿cierto?

No sonaba celosa. Nate de inmediato le atribuyó esto a la destreza, no a una ausencia de celos. Se sintió a la defensiva, y también un poco molesto de que lo hubiera puesto a la defensiva cuando, más allá de sus pensamientos, no había hecho nada malo.

—Sip –le dijo, retándola, con su tono, a quejarse–. Así fue.

—Bien –dijo ella, igual de fríamente.

Iban en camino a reunirse con algunos amigos de ella de la escuela de periodismo. En el bar, mejoró el ánimo de Nate. Los amigos de Hannah en general eran reporteros centrados, muy bebedores, que pasaban mucho tiempo en el ayuntamiento o con la fuente policiaca o reunidos con gente de Wall Street. Pronto perdió de vista a Hannah, pero estaba bien, era una muchedumbre divertida. Después de un rato, sin embargo, entendió a lo que Hannah se había referido cuando estaban empezando a salir, cuando dijo que se había sentido un poquito aislada intelectualmente. Él podía notar que había aspectos de la personalidad de ella que no podría haber expresado ante estos amigos. Pensar en esto le provocó sentimientos de ternura hacia ella.

La vio platicando con dos mujeres cerca de una máquina de Ms. Pac-Man. Se acercó a ella y le puso la mano en la cadera.

—Hola.

—Ey.

Su tono era cortante, casi hostil. Después de un momento, se dio cuenta de que estaba borracha.

Se empezó a portar agresiva con él, a tratar sus comentarios triviales como si fueran críticas y a responder desproporcionadamente, a golpearlo "juguetonamente", pero en realidad a usar una cantidad un poco excesiva de fuerza. Cuando dijo que iba por una bebida, él le insinuó que quizá no necesitaba otra.

—¿Quién eres tú para decirme lo que tengo que hacer?

Él se encogió de hombros y ella se fue hacia la barra.

Después, en el departamento de él, estuvo categóricamente beligerante, murmuró observaciones hostiles sobre él, no del todo coherentes, casi inaudibles, como si hablara consigo misma en la misma medida que con él. Su tono era falso, llena de un cinismo hosco, cansado de la vida y completamente fingido, una bravuconería extraña, forzada.

—Sabes que Irina y Jay y Melissa son *buena gente* –dijo. Habló como si éstas fueran palabras de guerra. Lo cual, él supuso, sí lo eran–. Eso es lo que en realidad importa –continuó–. Sabes que todo lo demás es pura vanidad. Me refiero a escribir.

Hizo un comentario sarcástico respecto a las "frases elaboradas artísticamente" de Nate, las cuales, dijo, remedaban el verdadero sentimiento sin saber lo que era. Él imitaba los recursos estilísticos de autores que admiraba sin darse cuenta de que para esos autores éstos no eran simples recursos, sino medios para expresar algo verdadero.

Eran cosas brutales. Nate no se ofendió. Ella obviamente le estaba tirando a la yugular, debido a la manera en que estaban las cosas entre ellos. Todo lo que él sentía era una leve repulsión ante su falta de control. Sobre todo, sólo quería irse a dormir.

Cuando se estaban acostando, ella le dijo que lo trataban como alguien importante porque era hombre y tenía la sensación arrogante de contar con derecho a pedir todo lo que quisiera y esperar recibirlo, de pensar que ningún honor era lo suficientemente grande como para él. Lo chistoso es que Nate pensó que había mucho de cierto en esto. Pero, él pensaba que a ella le convendría pedir más. Su principal crítica hacia ella, en cuanto a escritura, era que con demasiada frecuencia no era lo suficientemente ambiciosa. Debería tratar cada artículo como si importara, en lugar de reírse proactiva y defensivamente de los defectos, al alegar que era "un trabajo hecho a las carreras", o que había un "editor que de todas maneras lo iba a echar a perder", o al mencionar la insignificancia de la publicación. ("¿Cuánta gente todavía lee tal o cual revista?") Encima de eso, últimamente no parecía que estuviera escribiendo mucho, más allá de las cosas de rutina que hacía por dinero. A pesar de lo que había indicado la noche que le dijo que se había sentido decaída, no parecía estar teniendo un avance en cuanto a su propuesta de libro. Sin embargo, sin dudarlo, pensaba que ella era extremadamente talentosa. Se merecía más reconocimiento del que había recibido. No era justo. Se lo dijo. Luego se inclinó hacia el otro lado para apagar la luz.

—Qué amable de tu parte –dijo ella cuando el cuarto se oscureció–. Cada vez que te quiero pintar como un absoluto patán, sales con algo amable. Eso es lo que me mata.

En el techo, era imposible distinguir entre las sombras oscuras y el polvo. Por un instante, Nate se preguntó si debería cortar con ella. Pero, le agradaba. Y no quería herirla.

Se acostó de lado. Estaba demasiado cansado como para pensar en eso ahorita. Pensaría en eso cuando su cabeza estuviera despejada. Mañana. Luego.

***

A principios de noviembre, Peter llegó a la ciudad desde Maine. Nate estaba seguro de que a Peter le iba a caer bien Hannah y tenía ilusión de presentarlos.

Al estar con mujeres a las que no conocía bien, Peter adoptaba un aire exageradamente elegante, como de las antiguas cortes, que algunos consideraban repelente y pretenciosa ("como de cretino", alguna vez dijo Aurit sin delicadeza). Pero, durante una cena que también había incluido a Jason, Peter se ganó a Hannah cuando comentó que Flaubert había sido responsable de que incontables cantidades de hombres consiguieran sexo.

—Cuando Leon venció la última objeción de Emma con el comentario de que "todas las mujeres de París lo hacen", lo logró. Olvídate del amor, olvídate de la moral. Apela a la vanidad...

Hannah se río, pues la deleitó esta observación. Esto, a su vez, deleitó a Peter.

En cierto momento, empezaron a hablar acerca del nombre Lindsay y de cómo ninguno de ellos había conocido a ninguna chica llamada Lindsay en Harvard o Yale, pero, al parecer, según uno de los amigos académicos de Peter, la Universidad de Nueva York estaba repleta de Lindsays, y ¿podrían los nombres reflejar distinciones sociales tan diminutas? Nate le echó un vistazo a Hannah, pero no parecía estar indignada por su elitismo. Se veía divertida. Cuando ella hablaba, había justamente la suficiente ironía en su tono como para disciplinarlos, pero no tanta como para parecer carente de sentido del humor.

Pidieron un par de botellas de vino y varias rondas de cocteles. Para la media noche, Hannah estaba empezando a ponerse un poco ebria. Con deseos de dejar las cosas tan bien como estaban, Nate la atrapó y la metió en un taxi. Se estaba sintiendo contento y afectuoso. Mientras que el taxi corría a toda velocidad por la 9ª Avenida, se inclinó hacia ella y le tocó una de las cejas con su pulgar.

—Eres muy divertida –le dijo.

Cuando regresaron a casa de ella, se desapareció, pues fue hacia el baño. Nate se metió a la cama. Varios minutos después, ella regresó, con una playera sin mangas y ropa interior con cintura alta.

Luego Nate volteó hacia su cara y vio que había estado llorando. Había tratado de ocultarlo. No, no era exactamente así. Parecía como si hubiera hecho un intento a medias por ocultarlo, pero que lo que en realidad deseara era que él supiera que estaba alterada y que le preguntara qué pasaba.

Aunque las lágrimas, incluso las lágrimas fuera de la pantalla, eran algo de reciente surgimiento, esto realmente no le sorprendía, o más bien su sorpresa se limitaba a la pregunta relativamente menor de "¿por qué ahora?", siendo que habían tenido una noche buena, y que bien podrían seguir teniendo una noche realmente buena. Al buscar algo en uno de sus cajones demasiado llenos, con el delineador corrido y los labios fruncidos, Nate no sintió lástima, sino exasperación. *Tú sola estás causando lo que no quieres*, deseaba gritarle a la Hannah lloradora y a la no-lloradora. *¿Acaso no puedes verlo, chingados?*

Pero, su vulnerabilidad lánguida le daba a ella la instancia moral suprema.

—¿Estás bien? –preguntó él.

—Estoy bien.

—¿Por qué no vienes a la cama?

Habló con el tono paciente y condescendiente de una persona acostumbrada a tratar con los débiles mentales.

Ella tragó saliva y miró hacia abajo, parpadeó como si fuera por dolor o vergüenza. Luego, algo pasó. Una idea o un estado de ánimo pareció envolverla. Su rostro se iluminó y su comportamiento se volvió menos abatido, más definido, animado.

—Ándale –dijo, con los ojos brillantes–. Vayamos al otro cuarto y tomemos un trago.

Su voz provocaba una atracción inexplicable, casi lunática. Cuando la siguió hacia la sala, la irritación de Nate dio paso a la curiosidad por ver qué iba a suceder después.

Sin prender la luz, fue y tomó el whisky que estaba encima del refrigerador y luego los dos vasos con borde azul. Nate se sentó cerca de la ventana. El único sonido en el departamento era el zumbido del refrigerador. Hannah regresó de la cocina y se sentó en la otra silla tapizada, con las piernas desnudas dobladas bajo su cuerpo. Sirvió el whisky y le entregó un vaso.

Él no estaba de ánimo para beber, no lo había estado desde ese momento en el restaurante con Jason y Peter en el que se dio cuenta de que necesitaba vigilar la manera en la que ella estaba bebiendo.

Hannah se acabó casi la mitad del suyo de un solo trago. Se estremeció.

—Está de la chingada –dijo. Las palabras eran claras y lúcidas, pero su voz tenía un aire amargado, temerario–. Lo veo, pero no puedo hacer nada al respecto.

—¿Ver qué, Hannah?

Ella miró hacia la ventana. Sus reflejos en el vidrio estaban deslavados y translúcidos, atravesados por los bloques de ladrillos del edificio de departamentos que estaba cruzando la calle. Se volteó para verlo de frente, con su vaso con líquido color ámbar luminoso.

—Ya ni siquiera fumo cerca de ti. ¿Qué tan maravilloso es eso?

—¿Quieres un cigarro? Si quieres uno, adelante, fúmalo.

—¡Cállate! Eres muy condescendiente. Es lo que pensé cuando te acababa de conocer. Pensé que eras tan zalamero y que estabas tan complacido contigo mismo y que no eras tan interesan... recuerdo que pensé *¿Cuántas veces va a mencionar pinche Harvard?* –se río–. Nunca pensé que... –sacudió la cabeza–. Oh, olvídalo. Su voz se había vuelto cantarina, como si estuviera hablando con una persona mayor ligeramente tonta.

Cuando volvió a hablar, había desaparecido el tono agradable.

—¿Qué fue eso de esta noche? –le clavó los ojos–. Estuviste muy *afectuoso*.

Nate agarró su vaso con más firmeza. Lo que sea que siguiera, él no lo deseaba.

—¿Por qué? –continuó Hannah–. Porque le gusté a tu amigo Peter.

La pulsación de la sangre en sus sienes se sintió como un reloj despertador que estuviera haciendo tic-tac agresivamente.

—Sin afán de ofender –dijo Hannah–. Pero, como que me dio asco. Quiero decir, ¿qué clase de persona eres si consideras que la opinión de tus amigos es tan pinche importante?

—Estás borracha, Hannah.

—¿Y quién soy yo si te sigo el juego? Actuar para tus amigos para que tú... –se estremeció al tiempo que las palabras se desvanecían–. Me avergüenzo de mí misma también, sólo para que lo sepas.

Nate se asomó por la ventana, hacia la media luna de luz lanzada por un farol de la calle.

—El asunto es que, un chico con el que salí –Hannah empezó a hablar con sinceridad, como si estuvieran en plena negociación sobre algo importante– era un escritor. Probablemente lo conozcas –no era Steve– sólo era alguien con quien salí unas cuantas veces. Pero, mira, él tenía un fideicomiso y un gran departamento, y un día estábamos ahí, y había unos tipos hispanos que estaban arreglando su azotea, y le pregunté si a veces se sentía raro, ya sabes, porque estaba sentado todo el día y medio trabajaba en lo que estaba escribiendo, mientras que estos tipos estaban justo afuera de su puerta corrediza de vidrio, en medio del calor y todo. Y me dijo "Sí, todo el tiempo", pero, bueno, porque es lo que se suponía que tenía que decir. Porque luego continuó y dijo que escribir poesía era difícil, en la misma medida que ser un jornalero era difícil, y que los tipos de la azotea no querrían cambiar de lugar con él al igual que él no querría cambiar con ellos. Y eso fue, así es como se convencía a sí mismo de no sentirse incómodo por todos sus privilegios. Tan inmaduro, ¿sabes? –miró a Nate atentamente–. No eres así. No, tú eres más bien decen…

—Eso puede sólo haber sido algo que dijo en el momento, no la suma total de los pensamientos sobre inequidad que tuvo a lo largo de su vida –sugirió Nate.

—Tal vez –dijo Hannah–. Pero, era un tipo medio inmaduro, eso sí.

Nate sonrió. Sabía quién era el tipo. Y era un cabrón. Un cabrón alto y guapo.

Hannah miró su vaso vacío con ojos entrecerrados y luego se estiró para tomar la botella de whisky. Nate por poco le decía que se tranquilizara, pero en el último momento se detuvo. ¿Acaso quería ser ese tipo? Ya no estaban en el restaurante, en público. ¿Por qué demonios ella no iba a poder beber? ¿Por qué él no?

Él se tragó el contenido de su vaso.

—Sírveme un poco también, si no te molesta.

Hannah se alegró.

—¡Claro!

—¿Puedo preguntarte algo? –le dijo tras dejar la botella.

—Claro.

—¿Qué pasó?

Luego, como si supiera que Nate iba a estar tentado a fingir ignorancia, añadió algo.

—Con nosotros, quiero decir.

Nate supuso que todo el rato había sabido, desde que aceptó acompañarla a la sala, que para allá iban las cosas. Esto era para lo que habían venido acá. Sin embargo, todavía sintió el impulso de simular que no sabía de qué estaba hablando, de evitar o posponer esta conversación.

—No entiendo –dijo ella–. ¿Hice algo malo?

Cuando Nate habló, su voz salió áspera, más incómoda de lo que se había esperado.

—No lo creo, no.

Deseaba poder culparla a ella, asignar una causa. Pero, sabía que era él. Lo que sea que hubiera pasado, era él.

—No, no hiciste nada –repitió.

La miró. Estaba pálida. La expresión en su rostro reflejaba con tanta precisición la forma en que él se sentía, la sensación de impotencia que lo había invadido. Casi sin darse cuenta, se levantó y caminó hasta la silla de ella y se sentó en su descansabrazos. Su irritación se había apagado. Tenía sentimientos protectores y tiernos hacia ella. Estaba contento. Lo hacía sentirse humano y compasivo.

Ella se hizo a un lado, y él se deslizó hasta quedar sentado junto a ella en la silla.

—Creo que, tal vez, simplemente no soy muy bueno para las relaciones románticas –dijo.

—Quizá sólo deberíamos admitir que no está funcionando –dijo ella–. Quiero decir, ¿a poco no? Si hace un mes alguien me hubiera dicho cómo iban a estar las cosas entre nosotros, hubiera dicho no, nunca toleraría eso. Pero, sigo negociando para que baje el nivel de lo que pienso que está bien. Me agradas, mi problema es que sí me agradas. Hay algo en ti…

Se detuvo y luego se sentó más derecha. Volvió a empezar, con un tono nuevo, más decidido.

—Pero, esta cosa, esta cosa en la que nos hemos convertido, me está quitando algo.

Nate se volteó hacia el librero de ella. Empezó a tratar de distinguir los títulos individuales en la oscuridad.

—Tú tampoco has de estar feliz –dijo Hannah.

No. Cuando hizo que sus ojos dejaran de ver los libros para mirarlos ojos de ella, estaba, de hecho, casi sobrecogido por la tristeza. Pasó como una ráfaga sobre él. Se sintió casi insoportablemente solitario. Se preguntó si tenía algún defecto en algún nivel profundo, si, a pesar de todos los amigos que parecían pensar que era un buen chico (y sí era un amigo bastante bueno), a pesar de ser un hijo razonablemente decente, tenía algo que estuviera terriblemente mal. ¿El romance revelaba alguna verdad, alguna carencia fundamental, una frialdad que hacía que se replegara justo en el momento en que se requería reciprocidad?

Se estremeció. Al jalar aire, inhaló el aroma del cabello de Hannah. Olía a coco, a lo que ahora sabía que era ese champú barato de coco, comprado en la farmacia que ella guardaba en el baño, el tipo de champú que haría que Aurit o Elisa hicieran una mueca de desprecio con los labios.

Recordó cuánto se había divertido con ella al principio, sus primeras citas, cómo lo había hecho reír, cómo lo había sorprendido al ser tan... Interesante. Pensó en cómo se había portado ella hoy en el restaurante con Jason y Peter. (Y no era porque a Peter le hubiera gustado. Era porque había sido ella misma, la persona de quien él se había enamorado.) Incluso el asunto del tipo inmaduro. Él sabía a lo que se refería. Y eso era el asunto. Él, generalmente, sabía a lo que ella se refería. Y él sentía que ella sabía a lo que él se refería. Desde el principio, se había sentido como en casa con ella.

Recargó su frente contra la de ella.

—Me disculpo por cómo han estado las cosas. Pero, sigamos intentando, ¿sí? Puedo hacerlo mejor.

Ella mantuvo los ojos inmóviles en medio del aire oscuro y vacío de su departamento.

Él trazó el labio inferior de ella con su pulgar.

—Me agradas mucho –le dijo–. Lo sabes, ¿verdad?

De hecho, en ese instante, sintió que la amaba. *Por supuesto* que la amaba. ¿Sería que simplemente la había estado castigando por algún crimen desconocido? *¿Por ser amable con él?*

Ella no respondió de inmediato, sólo siguió mirando la nada.

—Necesito sentir que tú también lo estás intentando –dijo por fin–. Necesito sentir que no estoy sola en esto, la única a la que le importa lo que está pasando aquí.

Él sostuvo la barbilla de ella con su pulgar y la miró a los ojos.

—No lo estás –le dijo–. No eres la única.

Sintió que ella se relajaba.

—Está bien –dijo ella y asintió con la cabeza–. Está bien.

La jaló hacia él. El pecho de ella tembló al exhalar. Él la abrazó más fuerte. Sintió un gran cercanía con ella, quizá más cercanía que la que jamás había sentido con ella, como si hubieran atravesado algo difícil juntos, como si no sólo se hubieran visto en su mejor momento, sino también en una situación real y siguieran aquí. Ella, ella no había perdido la fe en él. Enterró la cara en su cabello y murmuró algo sobre amor.

{ 15 }

Nate estaba ante el mostrador, pidiéndole a Stuart –Beth no trabajaba el día de hoy– que le diera más café, cuando la puerta de vidrio del *Recess* se abrió de par en par. Entró Greer Cohen, con una brisa de otoño que giraba a su alrededor. Cuando la puerta se cerró, disminuyó ese crujido que había en el aire. Greer se mantuvo al centro de un pequeño remolino de actividad. Un suéter y diversas bolsas colgaban de sus hombros, incluyendo una que contenía un tapete para yoga enrollado. Rizos salvajes de su cabello ondulado se escapaban de un chongo suelto.

—¡Nate!

Su sonrisa expresó tal placer que Nate no pudo evitar sentirse conmovido.

—Greer –le dijo–. ¿Qué haces por aquí?

—Yoga. En esta misma calle.

Stuart, tras la caja registradora, estaba esperando su dinero. Otros clientes los voltearon a ver desde atrás de sus computadoras portátiles. La energía que causaba el revuelo de Greer, así como su voz cantarina e infantil, alteraban el aire quieto de la cafetería.

Nate deslizó un billete hacia Stuart y luego puso la mano en la parte superior del brazo de Greer para guiarla fuera del pasillo central de *Recess*. Cuando sintió su pequeño brazo a través de su suéter, un temblor lo atravesó. Hasta ese momento, no se había dado cuenta conscientemente de que Greer se había convertido en una figura recurrente en su vida de fantasía, una especie de nombre que aparecía en la marquesina con otras innumerables chicas bonitas que entraban y salían de diversos escenarios.

Mientras permitía que la guiara en reversa, Greer le sonrió con algo que absurdamentese sentía como si fuera complicidad.

Nate le preguntó por su libro. Empezaron a platicar acerca del proceso diario de escribir tan extensamente.

—Tanto tiempo de mirar la pantalla –dijo Greer–. Me pegaría un tiro de no ser por el yoga.

Lo infantil de la sonrisa de Greer para nada contrarrestaba lo insinuante que era.

—Te entiendo –dijo Nate.

Con el paso del tiempo, se había modificado y mejorado su opinión con respecto a Greer. Era cálida, amigable. Tenías que reconocerle esto. Y su contrato para el libro no era cualquier cosa. Manejarlo requería un grado de habilidad no pequeño, en cuanto a la habilidad básica de estructura y en cuanto a la autopresentación. Semejante destreza no era lo mismo que el verdadero talento, pero era algo. Respecto a su escritura como tal, él no tenía nada que decir. No era el tipo de cosa que hiciera.

Siguieron platicando durante unos minutos.

—¿Estás saliendo con Hannah Leary, verdad? –preguntó en cierto momento.

Nate hizo los ojos para un lado.

—Sip.

La sonrisa de Greer simplemente se alteró cerca de las comisuras para volverse más conspiratoria.

—Deberíamos tomarnos un trago un día de éstos –ella le dijo mientras se preparaba para irse–. Y hablar acerca de escribir libros.

Hubo una nueva ráfaga de actividad cuando una tarjeta de presentación fue retirada de una de sus bolsas. Greer agarró un plumón que estaba junto al pizarrón y empezó a garabatear al reverso de la tarjeta.

Se la entregó a Nate. Al frente decía "Manejo global de marcas, AMD". "Ian Zellman, Estratega Senior", decía abajo. Nate miró a Greer de manera inquisitiva.

Ella se encogió de hombros.

—Sólo es un tipo.

Nate le dio la vuelta a la tarjeta. Greer no había escrito su nombre, sólo los diez dígitos de su teléfono celular. Se guardó la tarjeta en el bolsillo, no sin una sensación de satisfacción por haber vencido al Estratega Senior, Ian Zellman.

Después de que Greer se había ido, Nate se quedó en un estado agradable de desconcierto. No sabía por qué Greer era tan coqueta con él. ¿Quizá se sentía atraída por su supuesto caché intelectual? Greer había vendido su libro por más dinero del que él había recibido por el suyo y, probablemente, vendería más copias, pero como biógrafa enfocada en la promiscuidad adolescente, carecía de cierta... Respetabilidad.

Volvió a ponerse a trabajar en la reseña que estaba escribiendo. Se olvidó de Greer hasta esa noche, más tarde.

Había salido con Jason, quien estaba hablando sobre Maggie, la de su trabajo. Maggie estaba pensando en mudarse con "ese tipo nefasto", el diseñador de páginas web.

Nate metió la mano en el bolsillo. Encontró la tarjeta con el teléfono de Greer. Recorrió con dedos las orillas.

Ya había engañado a alguien antes. A Kristen. Estaban viviendo en Filadelfia en esa época, pero él se había ido a Nueva York un fin de semana. Había ido a una fiesta en un departamento ubicado en lo que en esa época le habían parecido las profundidades de Brooklyn, pero que, en realidad, estaba muy cerca de donde él vivía ahora. La única persona a la que conocía era el tipo con el que había ido, quien para cuando llegó la media noche, ya había desaparecido. Jason, en cuya casa se iba a quedar, supuestamente se aparecería en algún momento, pero hasta entonces ¿qué se suponía que Nate podía hacer, más que hablar con chicas? ¿Para qué podría querer hablar un tipo con él? Coqueteó con la actitud cotidiana y casual de alguien que no espera que nada salga de ello. Salió a comprar cerveza con una chica con la que había estado platicando, cuando, de repente, ella volteó hacia él y se le lanzó; lo empujó hacia la pared de caliza de un edificio de departamentos. Nate sólo sintió, al devolverle el beso desganadamente, el impulso sorprendido de no herir los sentimientos de la chica, en parte porque ni siquiera estaba tan bonita. Se separó muy rápido. Pero, de regreso a la fiesta, estuvo intensamente consciente de la chica, al tanto de cada ocasión en que su brazo o muslo la rozaba. Cuando ella se fue a hablar con alguien del otro lado de la sala, él la siguió no sólo con sus ojos, sino también con un instinto animal. Era como si, para alejar todos los pensamientos sobre Kristen, tuviera que ampliar su deseo hasta convertirlo en algo enorme, exagerado, algo que simplemente no permitía la reflexión. De hecho, la chica sólo era medio guapa, con mejillas de ardilla, ligeramente neurótica, vagamente piruja, pero no convincente como aspirante a cineas..., a lo que sea que aspiren ser las personas que quieren trabajar en la industria del cine. A pesar de esto, Nate iba como quien dice ferozmente cegado por el deseo cuando tomaron un taxi de regreso al departamento que ella compartía en Alphabet City. No-Kristen tenía su lengua dentro de la boca de él, No-Kristen se estaba desabrochando un *brassiere* barato de color rojo con el broche al frente, No-Kristen tenía una constelación dispareja de lunares alrededor de la clavícula y una panza aguada, todo esto sólo contribuía más al hecho de que fuera excitantemente desconocida. En algún momento, cuando ella lo tenía dentro de su boca, generó tal succión que la frase *amenazadora sujeción con abrazaderas* le vino a la mente. Nate tuvo que armarse de valor para aguantarse como hombre. Cuando cogieron, sus sonidos polisilábicos tipo maullidos eran teatrales, aparatosos, tan perfectamente coordinados con los empellones de él, que parecía que estuvieran jugando Marco Polo. Y, sin embargo, fue emocionante.

La emoción fue más difícil de comprender al día siguiente. En el autobús de regreso a Filadelfia, Nate miró fijamente a través de la ventana teñida y observó el tránsito que había en la autopista Garden State. El cielo estaba opaco y gris, y su rostro en el vidrio lucía demacrado y desdichado. Cualquier frustración que hubiera sentido con su relación romántica había desaparecido. Su vida con Kristen parecía llena de aire fresco e inteligencia y promesa. Su belleza austera, la nitidez de ésta, parecía marcarla como a una de las elegidas. ¿Por qué había hecho esta cosa que podría provocar que todo se fuera a la mierda?

El camión se sacudió. El olor de la comida rápida de otras personas lo hizo sentirse enfermo.

Cuando Kristen llegó manejando hasta la estación de autobuses, Nate empezó a ajustarse con frenesí los tirantes de la mochila. Aunque decía mentirillas blancas con la misma facilidad que cualquier otra persona que en general es exitosa y querida, nunca había sido un mentiroso hábil cuando estaba en juego alguna clase de ganancia personal. Pronunciaba las palabras como si estuvieran entrecomilladas, como para distanciarse de cualquier cosa que dijera.

Al lanzar su mochila hacia el asiento trasero, Se recordó a sí mismo que no necesitaba mentir. Sólo tenía que omitir ciertas partes de la información. Dentro del coche, pasó a un estado de terror sosegado. Después, en la cama, Kristen afortunadamente se disculpó por estar cansada. El sexo hubiera sido una extenuante semimentira adicional, pero él se hubiera sentido demasiado culpable como para negarse si ella lo hubiera iniciado.

Unos cuantos días después, cuando iban manejando hacia un centro comercial suburbano, Kristen volteó hacia el.

—Te quedaste con Jason el fin de semana, ¿verdad?

La nuca de Nate se puso rígida.

—Sí.

El ceño de Kristen estaba fruncido. Gotas de sudor se formaron bajo la playera de Nate en lo que esperaba. Y esperaba.

—Es lo que pensé –dijo Kristen, tras dar vuelta a la izquierda hacia la avenida Delaware. Cesó el chasquido de la direccional–. Pero, pensé que a lo mejor te habías quedado con Will McDormand. Me encantaría saber cómo es el departamento de Will. Probablemente tenga, no sé, una chimenea y una pintura de Andrew Wyeth en la sala y un espejo en el techo de su recámara.

Nate resopló burlonamente.

—Suena probable.

Pero, su corazón todavía estaba latiendo fuerte.

Lo peor, sin embargo, *no* era que fuera difícil. Lo peor era que no resultaba lo suficientemente difícil. Nate se sentía culpable, sí, pero saber que lo que Kristen no conociera no la lastimaría hizo que esto fuera más sencillo de tolerar incluso que una ofensa mucho menor, como gritarle si lo interrumpía cuando estaba leyendo para hacer alguna pregunta sin importancia, como si deberían ir a Ikea ese fin de semana o si él podría llamar a la compañía telefónica para hablar del cobro equivocado que habían recibido. En esos casos, el dolor era inmediato y palpable, y hacía que Nate se sintiera mal al instante. Pero, después de esta transgresión mucho más seria, Nate experimentó un castigo interior mucho menor del que esperaba. Vio que engañar con facilidad podría convertirse en algo quizá no rutinario, pero al menos más factible. A pesar de odiarse a sí mismo, a pesar de lo que resultaba un poco repugnante de esa chica, y de lo que se imaginaba que resultaría un poco repugnante de la mayoría de las chicas con las que uno probablemente engañara, lo divertido y lo variado resultaba tentador: tener lo que tenía con Kristen y, de vez en cuando, un poco de eso, de cruzar hacia lo desconocido y poco familiar. Se le ocurrieron posibilidades. Pensó en una mesera de aspecto gótico en un bar cercano que desde hace mucho sospechaba que estaba coqueteando con él.

Lo que lo detuvo fue la comprensión de que sería tomar un mal camino. No era sólo porque tuviera que acostumbrarse a mentir. También tendría que justificar su comportamiento ante sí mismo: caricaturizar a Kristen en su mente, exagerar sus carencias y su "mojigatería", repetir mantras de la psicología popular acerca de la naturaleza incontenible de la sexualidad masculina, como lo hacían ciertos hombres que estaban a la mitad de su vida, hombres que tendían a parecerle a Nate no sólo viles, sino también patéticos y poco atractivos. Alcanzaba a ver que podría destruir lo mejor que tenía con Kristen. Aunque podría no sentirse lastimada por lo que no sabía, la necesidad de ocultar facetas clave de su vida privada significaría que tendría que estar en guardia, pensar antes de hablar, por temor a contradecirse o a revelar algo sin querer. Además, era 1999, y el espectro de Clinton acechaba: el estadista consumado que se había convertido en un chiste porque no la podía mantener guardada dentro de sus pantalones. Nate tomó la decisión consciente de no volverlo hacer, de no engañar.

Regresó la tarjeta de Greer a su bolsillo y volteó hacia Jason.

—¿Por qué no simplemente le dices a Maggie lo que sientes por ella?

Jason pareció sorprendido.

—¿Acaso no lo sabes?

Nate se dio cuenta de que no, no precisamente. Se lo había atribuido al hecho de que Jason era raro en general con las mujeres.

—Explícamelo.

La manzana de Adán de Jason tembló al tiempo en que tomó un largo sorbo de cerveza. Puso su vaso en la mesa y se inclinó hacia adelante.

—Es un sábado en la mañana –empezó e hizo un movimiento circular con el brazo hacia adelante, un ademán ostentoso propio de la oratoria–. Abro los ojos y me quito de encima un edredón con flores. La luz del sol entra a través de una ventana y se refleja en una fotografía gigante de Ansel Adams colgada en la pared. ¿Dónde estoy? Me pregunto. ¡Oh! –ahuecó la mano y la puso junto a su oreja–. ¿Qué es esto que escucho? ¿Un pasito que corre de prisa? ¡Es Maggie! Entra con saltitos a su recámara, dulce y adorable, con su playera de Sewanee y sus pantalones de pijama de franela llenos de pelusas mucho muy pequeñas. Con las manos, está sosteniendo un plato lleno de panquecitos de plátano recién horneados, y me sonríe –Jason pausó para aletear las pestañas, lo cual hizo de una forma inesperadamente hábil–. Y su naricita de botón tiene la punta encantadoramente rosa, y su sonrisa es tan dulce que te rompe el corazón. ¿Y qué crees que pasa? Mi verga se encoge tanto que queda como un minúsculo camaroncito rosa, como el pene de un pinche niño chiquito. Todo lo que quiero es largarme de ahí lo más pronto posible, marcharme a algún antro sórdido lleno de modelos y usar un poco de cocaína. Y la cocaína casi ni me gusta.

—¿Cómo lo sabes, Jase? En serio. ¿Cómo sabes que no estarías contento?

Jason trazó con el dedo el borde de su vaso antes de voltear a ver a Nate.

—Bueno, señorita Corazones Solitarios, incluso si sólo hubiera una posibilidad del ochenta por ciento de que esto fuera lo que pasara, no lo podría hacer. Maggie es una persona buena. Y puede ser difícil que me creas, piensas que eres el único que le gusta a las mujeres, pinche vanidoso, pero deveras le gusto.

Nate empezó a responder –a defenderse–, pero luego cerró la boca. El lado sensible de Jason, en esas raras ocasiones en las que emergía, parecía infinitamente frágil, como vidrio tan delicado que incluso notas discordantes en el habla pudieran causar que se rompiera.

—No –dijo Jason, y su voz regresó a un tono más conocido–. Lo que necesito es una modelo con muy buena personalidad. Qué mal que Brigita resultó ser un desastre.

Nate gruñó compasivamente. De nuevo se voltearon hacia los totopos con guacamole que estaban compartiendo.

Después de un rato, Jason le preguntó que cómo iban las cosas con Hannah.

Nate volteó hacia la puerta del chef, que estaba entre el bar y la cocina, que se abría y cerraba.

—En orden. Bien.

Desde la noche en que él y Hannah se la habían pasado despiertos bebiendo whisky, las cosas habían mejorado. Ella estaba decididamente no-deprimida. Lo llamaba menos, a veces no le devolvía las llamadas hasta que él tenía cada vez más entusiasmo por verla. La había llevado a pasear en su cumpleaños y le compró una mascada que Aurit le ayudó a elegir. Las cosas iban bien. Y, sin embargo, a veces sentía los ojos de ella sobre él, demasiado vigilantes, que trataban de adivinar su estado de ánimo y que con claridad se preocupaban de que empezara a aburrirse o volverse frío. Cuando se portaba especialmente afectuoso, él detectaba una felicidad ansiosa y cautelosa que ella trataba de ocultar pero no lograba, como si él fuera un drogadicto o un apostador y ella fuera la esposa sufrida que detectara señales de mejora. Esto parecía humillante, para ambos.

Nate reprimió un suspiro al mismo tiempo en que se paró.

—Voy a la barra –dijo–. ¿Quieres otra?

—Sí.

***

—Me pregunto si la moda se ha vuelto más irónica –dijo Hannah mientras almorzaban unos cuantos días después–. Lo digo por los lentes de *nerd* y los *jeans* como de mamá y la ropa inspirada en los ochenta.

Nate asintió distraídamente con la cabeza.

—¿O sólo empieza a parecer irónico cuando te vuelves mayor porque ya has visto cómo van y vienen todas las tendencias y ya no las puedes seguir tomando en serio? Has visto las cinturas de los *jeans* irse para arriba, arriba, arriba y luego para abajo, abajo, abajo, y ahora otra vez para arriba. ¡Y los lentes! Se volvieron más y más pequeños hasta que parecía que necesitabas lentes sólo para ver tus lentes y luego, *pum*, un día de repente se volvieron a poner grandes y como de búho de nuevo. ¿Pero, será que para los de veintitantos años, que no se han hastiado de este ciclo, esos lentes grandes sólo se ven *cool*? No irónicos, sino sólo bonitos, en la forma en que la gente de nuestra edad auténticamente pensaba durante los años noventa que los *jeans* ceñidos al tobillo se veían bonitos?

Mientras que Hannah estaba hablando, una mujer atractiva entró al restaurante. Tenía una larga melena de cabello café claro, gruesa, pero lisa y brillante, el tipo de cabello que despierta un aprecio primitivo por la buena salud y la buena crianza. Su cara estaba bonita también. La diferencia entre el conjunto exacto de sus facciones y la belleza clásica (su nariz era un poco ancha; su barbilla, un poco prominente) no hacía que fuera menos atractiva en lo absoluto. Traía un saco que le daba un tipo de aspecto lindo, como de estudiante de posgrado, pero que estaba ceñido a la cintura y era lo suficientemente corto como para que sus piernas se vieran muy largas. Cuando pasó por su mesa, Nate vio que sus *jeans* se pegaban tenazmente a su trasero, el cual parecía haberse beneficiado gracias a años de montar a caballo y jugar *lacrosse*.

Volteó hacia Hannah. Ella lo estaba mirando fijamente con la boca abierta.

Nate vio hacia otro lado y se refugió en su taza de café, en la que gotitas grasosas se pegaban a la superficie como si fueran albercas reflejantes pequeñas y prismáticas. Había mirado a otra mujer. ¿A quién chingados le importa? No tenía la energía en ese momento para hacer frente a esta tensión intolerable, *aburrida*, que había entre los dos.

Empezó a hablar sobre la portada de su libro y de cómo quería que se hicieran algunos cambios menores, que se reordenara la secuencia de algunas de las frases publicitarias y que el color de la tipografía del texto de la cubierta quedara más intenso para contrastar con el fondo del libro.

Ahora Hannah parecía estar asintiendo distraídamente con la cabeza y jugaba con un salero de vidrio, el cual hacía rodar entre su pulgar y los demás dedos. Esto a Nate le resultó grosero. Ella era, supuestamente, su *novia*, y esto –su libro– tan sólo era lo más importante de su vida. No era como si estuvieran hablando acerca de la moda.

Apareció la mesera.

—Pan francés para acá y huevos benedictinos para ti. Fuera de eso, ¿cómo vamos? ¿Necesitamos más café?

Asintió con la cabeza al hablar como para guiarlos hacia la respuesta correcta. Luego, levantó la pequeña jarra blanca de crema que estaba en su mesa y la inclinó hacia sí misma para poderse asomar.

—Les traeré más. ¿Cátsup para sus papas? Se las traigo. ¡Ahorita regreso!

Nate continuó su narración sobre la cubierta del libro. Estaba contento de haber rechazado el primer diseño. Se había sentido mal por hacerlo, no quería dar molestias, pero le pareció que se veía antigua y aburrida. Óscar, el diseñador, acabó por hacer un trabajo excelente. La nueva portada trasmitía seriedad, pero también frescura y modernidad.

Nate estaba a la mitad de explicar este último punto cuando Hannah lo interrumpió.

—No puedo hacer esto, Nate.

—¿Hacer qué?

—Sentarme aquí y ser tu fan. No estoy de ánimo para halagar tu libro importante y todos tus pequeños éxitos.

—Qué cosas tan amable dices –dijo Nate. De hecho, se sintió aliviado de que ella le hubiera dado entrada para dar rienda suelta a su irritación–. Es una cosa bondadosa y considerada que tu novia te puede decir cuando tratas de discutir algo que es sólo ligeramente importante para ti. ¿Quieres que hablemos sobre moda de nuevo? ¿Eso te parecería más interesante?

Hannah tragó y cerró los ojos. Cuando los abrió, se enfocaron en los suyos con precisión iracunda.

—¿Por qué no hablamos acerca de la mujer a la que le estabas echando el ojo? Sí estaba muy bonita.

—Por el amor de...

—Ni te molestes –dijo Hannah–. Ya sé lo que pasa. Me vas a decir, o mejor todavía, no me vas a decir, sino que sólo vas a *dar a entender* que estoy siendo irracional, que soy neurótica y celosa e imposible. Después de todo, ¿acaso no todas las personas liberadas del siglo XXI saben que no tiene ninguna importancia cuando los hombres les echan el ojo a las mujeres? Es simple biología. Sólo una mujer imposible y ridícula se molestaría.

Nate miró con furia hacia la mesa.

Hannah siguió hablando.

—Pero, ambos sabemos que no sólo le estabas echando el ojo. Estabas siendo increíblemente, *maliciosamente* obvio. Estabas dando a notar tu desdén por mí o tu aburrimiento o lo que sea. No te preocupes, entendí el mensaje.

Desde las otras mesas surgían risas y trozos de conversaciones animadas que se enroscaban por el aire. Nate se sintió sudoroso, conspicuo, como si Hannah estuviera haciendo un drama, a pesar de que no estaba hablando fuerte. Había una intensidad que distinguía a su conversación de las demás. ¿Cuál de estas parejas de comensales que están disfrutando comida reconfortante de alto nivel para *hipsters* no encaja aquí?

—Así que ahora estoy atrapada –estaba diciendo Hannah–. Si me quejo, me veo ridícula, pero si lo ignoro, ¿entonces de veras se supone que debo sentarme aquí y portarme como si estuviera tan fascinada y contenta por ti porque eres tan exitoso y tu libro es tan emocionante? Eso como que me hace sentir ridícula, también. En cualquiera de los dos casos, estoy jodida.

—¡Jesús! ¿Puedo... puedo... por favor, podemos sólo comer nuestra comida?

—Tengo una idea –dijo Hannah–. Puedo jugar el juego que estás jugando. ¿Ves ese tipo de allá? –gesticuló para señalar a un hombre con chamarra de cuero que estaba sentado en un banco frente a la barra, sorbiendo café–. ¿A poco no está guapo? Es tan alto. Creo que voy a ir a hacerle la plática.

Nate la miró a los ojos.

—Adelante.

Hannah hizo un gesto de dolor y luego sacudió la cabeza. Se quedaron viéndose el uno al otro durante un momento largo, lánguido, regodeándose en el refrescante placer de la hostilidad abierta. Luego, Hannah inclinó la cara hacia sus manos y se cubrió los ojos con las puntas de sus largos y afilados dedos de violonchelista. Cuando alzó la vista, Nate sintió que el enojo de ella se había agotado. Esto lo asustó.

—Olvídalo –dijo ella–. No lo puedo hacer. No quiero –con su tenedor, Nate movió un poco de huevo alrededor de su plato–. He tratado de jugar este juego –continuó Hannah–. Simular que no me importa. ¿Y sabes qué? Sirvió. Siempre respondiste ante eso.

Nate se obligó a sí mismo a no mover un solo músculo de su cara, para no dejar notar que tenía una idea bastante clara al respecto de lo que ella estaba hablando. Confesarlo parecía intolerablemente humillante, un reconocimiento demasiado abierto del pequeño e insignificante melodrama tipo enjuague-y-repita en el que su relación se había convertido.

—Pero, ya no quiero hacerlo –dijo ella–. Siempre vas a ganar este juego porque soy la única que lo está jugando, y tú… Bueno, tú… –soltó su cuchillo y tenedor, los cuales había estado sosteniendo desde hacía bastante rato como si fueran algún tipo de accesorios ceremoniales. Retumbaron cuando aterrizaron en su plato–. Bueno, no sé qué es lo que estás haciendo.

Los ojos de ella brillaban.

Nate se dio cuenta, con cierta sorpresa, de que nunca había visto llorar a Hannah, jamás en todos estos meses. Lo más cerca que había estado fue la vez en la que se dio cuenta de que había llorado.

—Y, por cierto –dijo ella, ya no a punto de llorar, pero con sentimiento–, me parece estúpido. Todo el asunto es estúpido. No te hace quedar bien.

Nate había perdido el deseo de pelear.

—No, definitivamente no –dijo en voz baja–. Mira, ¿por qué no nos vamos de aquí?

Unos cuantos minutos después, se fueron hacia el parque que estaba al centro del vecindario de Hannah. Sin tocarse mientras caminaban por la calle, con las manos enterradas profundamente en los bolsillos de sus chamarras, hablaron con cordialidad acerca de temas sin relevancia.

Hannah asintió con la cabeza mientras miraba una tienda de cocina del otro lado de la calle.

—Eso es nuevo.

—Será conveniente –dijo Nate–. La próxima vez que necesites un sartén o algo así.

Miró hacia otro lado cuando pasaron por el bar al que habían ido en su primera cita.

El parque se sentía desolado, con pasto verde opaco y árboles esqueléticos, con hojas perdidas desde mucho tiempo atrás. Él y Hannah caminaron hacia una banca en la cima de una colina. Durante un rato, estuvieron callados.

—Creo que los dos sabemos que esto no está funcionando –finalmente dijo Hannah.

Sus manos todavía estaban en los bolsillos, pero tenía los brazos extendidos sobre su regazo, de modo que su chamarra quedaba jalada hacia adelante y formaba una especie de tienda de campaña frente a ella. Nate asintió lentamente con la cabeza, con cuidado de no demostrar que estaba de acuerdo con demasiado entusiasmo.

—No sé porqué –dijo ella–. He tratado y tratado de averiguarlo, pero después de un tiempo, creo que lo único que podemos decir con certeza es que no está funcionando.

Su voz era plana, sin emoción, pero sus ojos, cuando volteó para darle la cara, eran tan suplicantes que Nate tuvo que mirar hacia otro lado. Estaba seguro de que quería que la contradijera, como lo había hecho esa noche en el departamento de ella. Pero, no lo podía hacer de nuevo. La intensidad de la sensación que había experimentado esa noche no había durado. Los hechos se habían vuelto demasiado obvios.

Las relaciones románticas no deberían ser tan difíciles. *Nadie* creía que lo fueran. Tendría que estar loco. Y el simple hecho es que él ya no quería esto.

Greer se apareció en su mente: la manera en que le había sonreído en el *Recess*, la forma en que él se había *sentido* cuando ella le sonrió. Eso tenía que significar algo, ese anhelo real y espontáneo. La tarjeta con su teléfono todavía estaba puesta sobre su cómoda.

—¿Manejo global de marcas? –había comentado Hannah secamente al notar que estaba ahí, en medio de las plumas mordisqueadas y las etiquetas de la tintorería arrancadas–. ¿Estás pensando en cambiar de carrera?

Pensar en Greer lo hizo sentirse culpable. ¿Pero, porqué tendría que ser así? Ni que él la hubiera llamado. Sin embargo, así era. Aunque estaba empezando a sentirse aliviado, y de hecho sentía que se disolvía una tensión profunda, casi muscular, que ni siquiera había notado que estuviera ahí; simultáneamente, empezó a sentirse, como si fuera una reacción negativa precisa, tanto triste como avergonzado.

—Lo siento –dijo. Distinguió un poco de condensación sutil y pasajera en su propio aliento.

—Supongo que yo tampoco he sido perfecta –dijo Hannah. Sacó las manos de sus bolsillos y se abrazó el cuerpo con los brazos–. No estoy enojada contigo. He estado enojada contigo, pero creo que ya no lo estoy. No le veo el caso.

Nate se cambió de posición en la banca y tuvo la sensación incómoda de que ella sí tenía razón para estar enojada con él, aunque él no podría decir con exactitud cuál era esa razón. Sabía que la había lastimado, sin embargo, se sentía obligado por la caballerosidad del siglo XXI a simular que no lo sabía, por temor a padecer insolente o arrogante.

—Sabes que creo que eres sensacional –dijo.

Ella alzó las cejas. Él sintió lo trilladas que habían estado sus palabras.

—La cosa que me molesta –dijo ella tras un momento– es que al principio, Dios mío, no podrías haber estado más entusiasmado con esto. Pero, a partir de entonces... –se dio la vuelta para mirarlo a la cara–. *¿Por qué?* ¿Por qué iniciaste esto, sino te importaba lo suficiente como para intentar hacer que funcionara?

Nate trató de no suspirar. ¿Iniciar esto? Obviamente, los dos habían sido responsables de iniciarlo.

—Sí, traté.

—¿De veras? ¿Alguna vez dedicaste tres segundos a pensar en cuál era el problema y si había algo que pudieras hacer para componerlo? Era como si tú no tuvieras nada en juego, como si fueras un espectador pasivo.

Nate deseó no tener que escuchar esto. Sintió como si ya lo hubiera oído o escuchado alguna variante de lo mismo, mil millones de veces.

—Y siempre habías tenido tu libro –continuó Hannah–. Lo que sea que pasara entre nosotros no te iba a afectar tanto en un sentido o en otro porque lo más importante para ti es que va a salir tu libro. Es difícil competir.

—¿Estás diciendo que eso es una cosa mala? ¿Que me importe mi libro?

—Yo... ¡No! Por supuesto que no. Había un desequilibrio de poder, eso es lo único que quise decir. No era divertido estar del lado incorrecto en eso.

Nate se preguntó si sería condescendiente indicarle que le iría mejor si le importara más su propio libro. A veces podía ser difícil seguir motivado –él lo sabía– en especial cuando no estabas feliz. Pero, también, sabía que tenías que seguir adelante. Él lo había hecho. Había escrito su libro incluso en aquellos días en los que era lo último que se le antojaba hacer.

Decidió que sería mejor no decir esto.

Miró fijamente a través de los árboles pelones hacia los puestos del mercado de granjeros que se instalaba cada semana en el parque. En este día gris, parecía el mercado andrajoso de algún pueblo deprimente en Europa del Este. Alcanzaba a oler el diésel de la fila de camiones en reposo que transportaban productos agrícolas y a trabajadores provenientes del norte del estado. Le recordaba las tristes tardes de domingo cuando era niño, cuando iba con sus padres en el coche, de regreso después de visitar a sus primos en Nueva Jersey o de ir a las casas de los amigos rumanos de sus papás en los suburbios de Washington D.C.; le recordaba cuando se asomaba por las ventanas del coche y veía paisajes apagados y desgastados, y se sentía aplastado por una tristeza provocada al mismo tiempo por todo y por nada, por una sensación general de que la vida era un asunto desalentador, solitario y bastante inútil.

Pensó en su futuro inmediato, en estar soltero. Se acordó de la noche en que él y Mark le habían tirado la onda a Cara, de la sensación de insipidez que lo invadió cuando había meditado sobre su vida de soltero, el coqueteo incesante e implacable, con su trasfondo de soledad y cinismo.

—A veces pienso que he perdido algo –le dijo a Hannah–. Alguna capacidad de estar con otra persona, algo que solía tener.

Se rió sin alegría.

—Me siento de la chingada, a decir verdad.

Hannah lucía incrédula.

—No sé qué responder a eso. ¿Qué se supone que tengo que decir?

Nate se sintió herido por su tono.

—Olvídalo–dijo–. Me estaba teniendo lástima a mí mismo. Es algo estúpido.

Hannah cerró los ojos. Cuando los abrió, habló despacio.

—Siento que quieres pensar que lo que estás sintiendo es muy grave, como alguna mierda existencial en verdad profunda. Pero, a mí me parece la cosa más trillada, más cansada en el mundo, el tipo que está muy interesado en una mujer hasta el preciso momento en que se da cuenta de que ya la tiene. Es querer sólo lo que no puedes tener. La aflicción de los imbéciles superficiales que hay en todos lados.

—¡Jesús! Si vas a...

—Lo siento –dijo Hannah–. Estoy siendo dura, pero por favor. Si lo que dices es verdad, si sólo tienes algún "problema", también apesta para mí. No puedo sentarme aquí y tratar de hacer que te sientas mejor. Es como si un ladrón le pidiera a su víctima que le tuviera lástima por su compulsión incontrolable de robarle a la gente.

Entrecerró los ojos al ver el cielo pálido.

—Dame algunos años, hasta que estés en tu lecho de muerte o algo así.

Nate hizo un sonido de risa sofocada. Hannah también. Los ojos de ambos hicieron contacto. La sonrisa de ella estaba extrañamente cordial, como si fueran antiguos amigos que hubieran ido juntos a la guerra.

Sabía con certeza casi total que llegaría un momento en el que se sentiría decaído y solitario y que la compañía de Hannah sería lo que más anhelaría, su calidez, su inteligencia, su sentido del humor, su habilidad para entenderlo. Esa noche, cuando regresara a su departamento vacío, se arrepentiría de este día. Pero, también sabía que todas las demás noches, digamos, cuarenta y nueve noches de un total de cincuenta, cuando no estuviera triste en este sentido específico, le daría gusto estar libre de esto, de este yugo pesado y poco divertido. Pensar en esto hizo que otra vez se sintiera mal.

—Estoy seguro de que mucho de esto sí es mi culpa –dijo él. Sonrió con remordimiento–. Y al decir mucho, quiero decir todo.

—Ah, la rutina del tipo que se menosprecia –dijo Hannah–. "Qué pendejo tan adorable soy." Lo irritante es que hace que quedes bien, pero *a mí* no me beneficia en nada.

El regreso de la amargura a su voz sorprendió a Nate. Cada vez que pensaba que habían dejado atrás los reproches, ella se volvía a enojar. Él vaticinó un círculo potencialmente interminable. También le estaba dando hambre, no había comido mucho durante el desayuno, y afuera estaba haciendo cada vez más frío.

—Supongo que nos deberíamos ir –dijo.

Hannah volteó la cara para no ver la de él. Un muro de cabello lacio café rojizo se movió de arriba hacia abajo cuando ella asintió con la cabeza.

—Sip.

Él simuló no darse cuenta de que ella se limpiaba la mejilla con la parte trasera de la mano. La verdad es que sintió un chispazo de resentimiento. Le pareció manipulador.

{ 16 }

Nate había tenido una relación larga e íntima con la culpabilidad. Se sentía culpable cuando pasaba al lado del tipo sin hogar del vecindario, un hombre de mediana edad con lentes y un peinado a lo afro con canas, cuyo estribillo,"¿Tendrás un dólar que te sobre, hermano?", le quedaba como eco cuando se alejaba, como si fuera el efecto de un remix, de una canción para bailar. Se sintió culpable cuando, en un edificio de oficinas en Manhattan, vio a un intendente de edad avanzada que sostenía un trapeador y tenía la espalda encorvada, articulaciones chirriantes y carrillos que colgaban sobre el cuello de su camisa. Se sentía culpable cuando algún hombre hispano o asiático con rostro en blanco le llenaba de nuevo el vaso de agua en un restaurante. Pensaba en jornadas de trabajo de diez a doce horas, en regresar a departamentos escuálidos que se compartían con una docena de personas. Se sentía culpable en el metro, cuando, conforme el tren se adentraba más en Brooklyn, más y más personas blancas se bajaban. Finalmente, casi todos los que permanecían eran negros y estaban cansados. Trabajaban demasiado, se les pagaba muy poco. Se sentía culpable cuando las circunstancias lo obligaban a levantarse temprano en una mañana de invierno helada y, al caminar presurosamente por calles barridas por el viento, veía cómo los vendedores del sudeste asiático se soplaban en las manos al montar sus carritos de café. ¿Qué había hecho para merecer su destino más sencillo, bueno, su destino sencillo?

Su inteligencia era algo con lo que había nacido. Una casualidad, como ser hermoso. Era una racionalización decir que había trabajado mucho. Era como si te dieran un cuchillo fino y te tomaras la molestia de pulirlo y afilarlo: qué maravilla que hicieras el esfuerzo, pero alguien te tenía que dar el cuchillo. Y no era sólo la inteligencia. Nate se sentía culpable cuando pensaba en sus abuelos y sus bisabuelos en Europa del Este, en pueblos pequeños con una gran población judía, en medio de ataques violentos y cosas peores.

Dentro de semejante contexto, las decepciones románticas a pequeña escala de las mujeres solteras privilegiadas en la ciudad de Nueva York ni siquiera podían ser aceptadas; ni por equivocación. Sin embargo, el día después de que él y Hannah cortaron, Nate fue afectado por una fuerte sensación de culpabilidad.

En el parque, él había estado tan... bueno, no había podido ver más allá de una gran nube de irritación, la cual no sólo parecía justificar su comportamiento actual, sino también un comportamiento mucho peor. Sintió que se había portado excepcionalmente bien y que, en un esfuerzo por liberarse de una trampa tan sutil e incómoda, podría haber sido mucho más malvado. En el mes anterior o dos meses atrás, había habido ocasiones con Hannah en las que se había sentido tan acosado que le había parecido un acto heroico no decirle exactamente lo que estaba pensando en los términos más claros posibles. Y ayer, durante el almuerzo y después, por momentos había estado tan molesto que su tolerancia ante toda la escena de la ruptura le había parecido, en general, una exhibición de magnanimidad. No había dicho "ya basta" ni se había largado, como lo hubieran hecho muchos tipos. Muchos tipos le hubieran dicho que necesitaba tranquilizarse, hubieran dado a entender que era obsesiva, que estaba mal de la cabeza.

Sin embargo, ahora, al deambular por su departamento y arrastrar los pies con desgano de cuarto en cuarto, Nate no se sentía tan bien que digamos. Se sentía culpable por varias cosas. Para empezar, por echarle el ojo a esa mujer en el restaurante. Por la manera en que se había portado en general.

También estaba confundido. Tantas veces, conforme su relación se había empezado a deteriorar, había pasado de sentirse irritado por Hannah a sentir remordimiento una vez que su irritación desaparecía. Siempre había pensado en eso durante el momento de la secuela, cuando se sentía mal, tenía la cabeza despejada y veía la situación tal cual era. Sólo que ahora le parecía que todo el tiempo se había mantenido en alguna clase de estado de fuga disociativa, por lo que pasaba de un estado de ánimo al otro, sin detenerse a meditar sobre qué estaba impulsando este descabellado ir y venir. En vez de eso, la había evitado durante ciertos periodos.

En el parque, había pensado que Hannah era poco razonable cuando lo acusó de no intentar, pero ahora se preguntaba si en algún momento había puesto todo en contra de ella, si había decidido que no la quería y luego había acomodado las cosas de modo que ella justificara que su interés se redujera. Porque sabía, por supuesto que sabía, no era tonto, que su comportamiento había contribuido a la inseguridad de ella, si es que no la había causado por completo. Y, por supuesto, que su inseguridad (*¿Estás enojado conmigo? Por favor, por favor, ¿puedo prepararte el desayuno?*) sólo la volvía más irritante. Pero, se había sentido como si no pudiera evitar comportarse como lo hacía. Cuando se había portado mal, cuando le había gritado, le había echado el ojo a esa mujer, lo que fuera, había actuado debido a una compulsión que lo rebasaba. Y, no obstante, alguna vez ella le había gustado mucho.

Dejó de caminar, se paró cerca de la ventana y parpadeó al ver el cielo blanco como el papel. La verdad era que no había dejado de gustarle. Ni siquiera ahora. Eso era lo que había sido, y seguía siendo, tan confuso.

La voz estentórea que escuchaba dentro de su cabeza le dijo que había sido un patán. Ya sabía que su comportamiento la había confundido. La había visto volverse pequeña, ponerse más nerviosa y triste, en cierta manera, convertirse en alguien que él no reconocía. Cada vez que él se había sentido mal respecto a esto, se dijo a sí mismo que no la estaba obligando a quedarse con él. Ella podía cortarlo en cualquier momento que deseara.

Pero, ahora pensó en algo que Aurit había dicho –o, de hecho, había escrito– en un ejemplo excelente de escritura expositiva. Había descrito la dinámica retorcida de sus padres e indicado cómo la respuesta de su padre ante cualquier crítica era: "Si no te gusta, vete". Aurit alegaba que si la persona con mayor poder en la relación se niega a tomar con seriedad la infelicidad del otro, simplemente porque nada la obliga, es lo más cabrón que puede haber: "Es como si Estados Unidos en los años cincuenta hubiera dicho: 'Perdón, gente negra del sur, pero si no te gusta la manera en que estás siendo tratada, puedes regresarte a África'".

Por otro lado, Hannah no era parte de una minoría privada de sus derechos, pensó Nate al alejarse de la ventana y caminar de la recámara hacia la cocina. ¿Por qué tendría que ser él quien tuviera más poder? Él no lo pidió. Cuando recordó eso, empezó a tenerle resentimiento por su disposición tímida de aguantar su mal comportamiento. Por estar dispuesta a ser su víctima. Sí, ella le había contestado con agresividad, se había puesto a discutir, pero éstas habían sido pequeñas torrentes vacías, las sacudidas indignadas de un animalito atrapado en una trampa. En gran medida, ella se había colocado a disposición suya, había sido fácil que la hiriera. Y ahora él tenía que ser su propio juez y jurado. Pero, tenía que preocuparse por sus propios sentimientos. No era justo que él fuera responsable por ambos.

Eso hizo que se sintiera un poco mejor, durante un ratito. Luego cayó en cuenta de que ella lo había aguantado porque él así lo había querido. Hasta que él dejó de quererlo así. Siempre había dejado de ser tan cabrón con ella tan pronto se daba cuenta de que había cruzado la línea y que ella podría irse. Ella le había permitido atormentarla de esta forma porque *le caía bien*. Quizá hasta lo amaba.

Pensar en esto hizo que se avergonzara.

Porque, vamos, ¿alguna vez iba a encontrar alguien que no tuviera tics irritantes ni imperfecciones físicas? ¿Qué crítica real podía tener de ella? ¿Que a veces bebía demasiado? Él también. ¿Que no parecía que tomara demasiado en serio la escritura? La verdad es que antes de que su relación, que iba en una espiral descendente, la consumiera, ella le había parecido bastante seria. ¿Que a veces era insegura? Todas las mujeres a veces eran inseguras. Las que afirmaban no serlo eran las que estaban más locas.

Se imaginó a Hannah en la fiesta en la azotea de Francesca Como-Se-Llame. Se acordó de cómo le hizo frente a Jason. Se acordó, bueno, de lo contento que había estado esa noche.

Decidió llamar a Kristen. Si alguien tan responsable como Kristen, una persona que además era una mujer muy fuerte e inteligente –una *oncóloga pediátrica*–, una mujer que había vivido con él de manera íntima por más de tres años, lo tenía en buen concepto, no podría ser una persona tan terrible como la que ahora sentía ser.

Kristen contestó al segundo timbrazo. Su voz era cálida y rica, y profundamente familiar, todavía. Lo conmovía incluso tras todo este tiempo.

—¡Nate! –dijo–. Qué gusto saber de ti.

Se oyó el ladrido de uno de sus perros en el fondo.

—Corky, el más nuevo que tenemos –ella le dijo–. Sólo tiene un año, es una mezcla de pastor alemán. Todo un travieso.

Kristen vivía en Boulder con su esposo, un médico/doctor en filosofía que hacía algo muy loable e impresionante, aunque a Nate se le olvidaba qué, en la escuela de medicina. (¿Estaría a cargo de algún tipo de clínica innovadora y altamente compasiva?)

Kristen dijo que ella y David estaban bien. De hecho, estaban de maravilla. La nueva casa también estaba de maravilla, aunque apenas habían desempacado algunas cosas.

—No hay tiempo.

¿Pero, sí encontraba tiempo para rescatar y cuidar a tres perros?

—Supongo que sí –confesó.

—¿Y para correr?

—Estuve en el maratón de Denver en septiembre –dijo, un poco avergonzadamente.

Nate se rió cariñosamente.

—No cambias, Kris.

Oyó que David la llamaba.

—Dame sólo un segundito –le dijo a Nate. Lejos de la cocina, comenzó a hablar con David, y su voz se escuchaba de forma embrollada y confusa. Mientras esperaba, Nate se imaginó la cena en la casa de Kristen y David: velas en la mesa, los perros extendidos sobre colchones a cuadros, cajas apiladas sobre los pisos de madera.

—Cuéntame cómo estás –dijo ella cuando regresó a la línea.

Nate estaba parado cerca de la ventana y dibujaba círculos sobre el vaho. Afuera, el crepúsculo descendía sobre el paisaje anguloso y postindustrial de Brooklyn, un mar picado de anuncios espectaculares, grúas y edificios de departamentos grises y achaparrados.

—He estado mejor.

Le dijo a Kristen que había cortado con otra chica agradable más.

—En verdad agradable. De hecho, más agradable que la mayoría.

Simplemente, había dejado de funcionar. Se había sentido..., era difícil de explicar. Las cosas se habían puesto "intensas". Él había estado consciente de no cumplir con cierta expectativa. No estar suficientemente interesado en eso, no estar suficientemente interesado en ella, suponía. Se había sentido, después de un tiempo, como si la estuviera decepcionando, como si siempre estuviera enojada con él. No era divertido. Hacia el final, la relación había sido sofocante. Eso de seguro significaba algo, ¿verdad?

—¡Nate! –dijo Kristen–. Por supuesto que significa algo. Lo sofocante no es bueno.

—¡Exacto!

—Estoy segura de que hubo alguna razón por la que no quisiste seguir adelante con esta, umm, Hannah, aunque ahorita no te quede claro cuál haya sido.

Algo en el tono contraído de Kristen –él podía visualizar su nariz, ligeramente arrugada– le indicó a Nate que ella suponía que Hannah era, bueno, un poco terrible en algún sentido que sería obvio para todo el mundo excepto para él.

¿Pero, qué tal si –y no podía decir esto, no a *Kristen*– no había nada de malo con Hannah? ¿Y si el problema era sólo que ella ya no lo emocionaba tanto, al menos no lo suficiente? Quizá la razón por la que su relación con Hannah había perdurado tanto, mucho más que sus otros involucramientos recientes, era que su atracción disminuía en conjunto con su interés por la chica como tal. Las mujeres empezaban a irritarlo más o menos al mismo tiempo en que comenzaba a perder el interés por acostarse con ellas. Esta confluencia lo había llenado con un agradable sentido de su propia falta de superficialidad. El problema con Hannah, ahora lo sentía, era que la disminución en su atracción y emoción por ella no había correspondido a sus sentimientos respecto a ella como persona. Esto había hecho que él se volviera visible ante sí mismo.

A Kristen, le dijo:

—¿Y si la razón por la que me sentí tan conflictuado es porque estoy, no lo sé, estropeado en algún sentido?

—No estás estropeado, Nate.

Correcto. A Nate se le había olvidado que en el mundo de Kristen, estar estropeado significaba que eras un niño de seis años con un tumor del tamaño de una toronja. Y cuando se dio cuenta de esto, una vez más (siempre le pasaba en algún momento cuando hablaba con Kristen) encontró que no podía confrontar el hecho de que para ella, sus problemas eran los de un neoyorquino consentido que desperdiciaba su tiempo en dramas autoindulgentes. El buen Nate, un tipo neoyorquino soltero, parece que no puede sentar cabeza. Inteligente, ¿verdad? David podría preguntar. Sí. Pero, muy, bueno, ya sabes, neurótico, egoísta. Nate podría hacer el papel de un contrapunto entretenido para su estilo de vida virtuoso, orientado a la comunidad, y sus problemas y su infelicidad confirmarían lo correcta que era su forma de vivir.

Esto no ayudaba. Nate se dio la vuelta para recargarse con la espalda contra la ventana.

—También me siento algo culpable –dijo, y el vidrio se sintió frío a través de su playera–. No me pude decidir.

Pensó en la noche en que él y Hannah se la pasaron despiertos y bebieron whisky en el departamento de ella.

—O, más bien, me la pasé cambiando de opinión. Creo que me porté más o menos como un patán.

—¿Y acaso no es eso lo que significa salir con alguien? –Kristen preguntó–. ¿Tratar de decidirte?

—Supongo que sí.

—Nate –dijo Kristen enfáticamente– saliste con ella durante ¿qué, cuatro meses? ¿Cinco? Se te perdona no estar seguro respecto a la persona durante los primeros meses. Ten más cuidado a la próxima. Pero, no seas duro contigo mismo. No es como si le hubieras dado esperanzas durante años y que ahora ella esté demasiado grande como para tener hijos.

—Sí.

Kristen, Nate se dio cuenta, no tenía mucha compasión por los pesares románticos de las mujeres. Aunque era buena, muy buena, el rango de su compasión estaba un poco restringido. Siempre le había faltado cierta clase de imaginación. Era tan sensata y autodisciplinada; el único lujo que se permitía era tener desdén por aquellos que no manejaban sus vidas de manera tan competente –o tan astuta– como ella manejaba la suya. (Pensó en su fila de novios, cada uno alineado casi antes de que dejara libre al anterior, una tendencia que continuó hasta que llegó David).

Tras haber resuelto de manera satisfactoria para ella el tema de Hannah, Kristen empezó a describir las más recientes travesuras de Corky, las cuales involucraban una manguera de jardín y la gárgola de un vecino. (¿Una *gárgola*? ¿Pues, dónde demonios vivían?) Mientras escuchaba a medias, Nate supuso que él tampoco tenía compasión por los apuros de Hannah en teoría. Sólo era que, al margen de la teoría, de hecho sí se sentía mal.

Después de que colgaron, Nate siguió vagando en medio de las tinieblas de su departamento que se oscurecía y eligió no encender las luces superiores, como para mantener su realidad externa a tono con la interna. Recordó la primera noche que Hannah había venido para acá. Se habían desvelado para platicar. Habían cogido. Más de una vez. La segunda vez, debían de haber sido las tres o cuatro de la mañana, y habían estado platicando durante horas. Él empezó a besarla, y luego estuvo encima de ella. No podía creer que hubiera iniciado el sexo. Estaba exhausto. Su verga se había opuesto al juicio de su cerebro, el cual tenía miedo de que no pudiera hacerlo o que se sintiera como una labor pesada. Pero, no fue así. Estuvo bien, muy bien, de hecho.

En la cocina, abrió su refrigerador y miró fijamente hacia adentro, mientras escuchaba su silbido.

En uno de los estantes de metal, había un montón de apio blando que Hannah le había traído. Pensó que le podría gustar como bocadillo con mantequilla de cacahuate, no, de almendra. No se dio cuenta de que él, cuando tenía hambre, no tenía la paciencia siquiera de limpiar y cortar el apio. Pero, le gustaba la mantequilla de almendra. Sí, era mejor que la mantequilla de cacahuate. Cerró la puerta del refrigerador.

No sólo era culpabilidad lo que estaba sintiendo.

***

—Siempre pensé que ella era... Bueno, medio...

Nate se inclinó hacia adelante.

—¿Sí?

—Bueno...

—¿Qué?

—Rara.

—¿*Rara*?

La frente de Jason estaba arrugada de tanto pensar. Cuando, al fin, habló, su voz tenía una característica tensa, como si estuviera tratando de destilar ideas muy complejas y altamente abstractas en simples palabras.

—No me malinterpretes. Hannah me cae bien. Pero, no te veo con ella. Por ejemplo, su voz se ponía medio aguda cuando estaba hablando contigo. A veces, parecía nerviosa al estar cerca de ti. No lo sé. Sólo me pareció raro. No podía verlos contentos juntos. Tú no *parecías* estar contento.

Nate y Jason estaban sentados en un hueco aledaño a una ventana en un bar cerca del departamento de Jason.

—¿Pero, quizá soy yo? –dijo Nate.

—¿A qué te refieres?

—Quizá no estar contento fue mi culpa. Quizá, no lo sé, dejé de intentar.

Jason se sentó en su silla y se frotó el costado de la cabeza, con lo cual desordenó una sección de su cabello, de manera que quedó parada como si fuera el pelaje erizado de un animal.

—Digamos que si hubieras "dejado de intentar" –dijo–, probablemente fue *porque* no estabas contento. ¿Correcto? Ni que fueras masoquista –se frotó las manos–. Confía en mí, no eres masoquista. Eres bastante bueno cuando se trata de velar por tus propios intereses.

Nate empezó a despegar un poco de cinta adhesiva que había sido colocada en el descansabrazos de su asiento. Escuchó el golpeteo de la lluvia sobre el vidrio de la ventana. Se sintió a la defensiva por parte de Hannah, como si Jason la estuviera decepcionando. (¿*Rara*? Nate había pensado que a Jason le caía bien, que auténticamente le caía bien.) Recordó que Jason hace mucho había dicho que no le parecía que Hannah fuera de su tipo. ¿Qué era lo que había dicho Jason? Que tendían a gustarle las chicas que eran "infantiles, muy demandantes". El recuerdo desató la amarga sospecha de que Jason estaba contento de que su predicción se cumpliera.

Nate hubiera preferido hablar con Aurit, pero estaba en Alemania. Tras colgar con Kristen, también había pensado en llamarle a Peter, que estaba en Maine, pero parecía haber algo medio femenino en el hecho de llamarle a toda la gente que conocía para platicar de su ruptura. Además, se le hubiera dificultado hablar con Peter sobre esto. Peter, por el panorama árido de su propia vida romántica, abordaba estas cosas con suposiciones distintas. Peter daba por hecho que si una mujer era *cool* y atractiva y le gustabas, querrías estar en una relación romántica con ella. Eso también lo había pensado él, antes.

Lo que Nate quería ahora era cambiar de tema. Lo cual fue sencillo. Pronto Jason estaba describiendo su próximo ensayo. Un artículo que sería un éxito sobre la meritocracia.

Nate presionó las palmas contra la parte superior de la mesa.

—¿No estás alegando que el problema es que no tenemos una, pero también que la meritocracia en sí misma es mala?

Jason asintió con la cabeza con entusiasmo.

—La justicia dentro de una meritocracia es un homenaje al talento excepcional. Para los no excepcionales, por definición, el grueso de la población; la meritocracia es un sistema más cruel que lo que reemplazó...

—¿Qué es la esclavitud? ¿Qué es el feudalismo?

Por cada Jude el Oscuro –continuó Jason, interrumpiéndolo– a quien el sistema hereditario de clases le impidió ir a Oxford, hay miles de otros albañiles que trabajan la piedra que carecen de la inteligencia de Jude. La meritocracia es maravillosa para los tipos como Jude, que tenían talento. Para los demás, es una mala noticia.

—Espera –dijo Nate–. ¿Cómo se ven perjudicados los otros albañiles si Jude logra ir a Oxford? ¿Es algo así como cuando el matrimonio entre heterosexuales se ve perjudicado al permitir el matrimonio entre homosexuales? Porque eso es algo que tampoco entiendo.

—Quedan expuestos como deficientes. –Jason sacudió la cabeza–. Si todos permanecen en el mismo nivel donde nacieron, no hay razón para avergonzarse, pero si uno tiene el poder de elevarse, no hacerlo se convierte en un fracaso personal.

—Oh, ya veo –dijo Nate, quien se relajó por estar inmerso en los contornos agradables de una discusión impersonal–. Es mejor para todos, pero, sobre todo, para los propios pobres, conocer y aceptar los lugares que les corresponden. Creo que ya he escuchado este argumento antes. Por parte de todos los defensores de la aristocracia. ¿De la reina Victoria, tal vez?

Jason exhaló a todo volumen.

—La diferencia, y esto debería ser obvio, entre yo mismo y algún conservador rígido es que el conservador niega la existencia de Jude y se resiste a creer que hay algún talento desproporcionado dentro de las "clases bajas". O, si lo reconoce, es hostil hacia ese talento. Ve el antisemitismo de las clases altas.

—De todas formas –dijo Nate–. Tú harías que Jude se quedara abajo, para evitar que otros obreros se sintieran mal respecto a ellos mismos. Quizá deberías ahorrarle al pueblo tu falta de hostilidad.

Jason se encogió de hombros amigablemente.

—Todos tenemos nuestra propia manera de mostrar amor.

Nate pagó la siguiente ronda. Este bar tenía la característica de ser frecuentado por cantidades casi iguales de residentes blancos y negros del vecindario de Jason. Jason venía aquí seguido, algo que Nate había recordado esa noche más temprano, cuando presenció que el cantinero lo saludaba. Durante un momento, Nate había visto a Jason en la forma en que el cantinero de seguro lo veía, como un tipo guapo, bien vestido, sociable, un cliente frecuente que a la gente le caía bien.

Nate caminó despacio de regreso hacia sus asientos, sosteniendo con cuidado sus dos cervezas llenas.

Después de un rato, la conversación regresó a las relaciones románticas.

—Como regla, los hombres quieren tener una razón para poner fin a una relación, mientras que las mujeres quieren una razón para seguir con ella –declaró Jason, al agitar su vaso–. Ése es el motivo por el cual, después del suceso, los hombres buscan todas las cosas malas que tenía la relación, para confirmar que terminarla fue lo correcto. Las mujeres, por el contrario, regresan y buscan lo que podría haberse hecho de forma distinta, lo que podría haber logrado que funcionara.

La espuma estaba chorreando de un lado del vaso de Jason. Nate sintió una oleada de afecto por su amigo, quien sin decirlo con claridad, estaba fuera de casa aunque era muy tarde, y bebiendo demasiado, en una noche laboral porque Nate necesitaba su compañía.

—Los hombres y las mujeres, en cuanto a las relaciones románticas, son como los hombres y las mujeres en cuanto a los orgasmos, sólo que a la inversa –continuó Jason ruidosamente–. Las mujeres anhelan tener una relación romántica en la misma forma en que los hombres anhelan un orgasmo. Su ser completo sucumbe ante esta necesidad imperiosa. Los hombres, en contraste, quieren relaciones románticas en la misma forma en que las mujeres quieren un orgasmo: a veces, bajo las circunstancias correctas.

Para cuando se fueron del bar, Nate ya estaba de mucho mejor ánimo.

Mientras caminaba a su casa en medio de la lluvia, pensó en lo que Jason había dicho y recordó un desacuerdo que una vez tuvo con Aurit. Ella estaba despotricando sobre un tipo que había cortado con ella. Sentía que él estaba equivocado respecto a lo que quería. Dijo que los hombres y las mujeres *necesitan* las relaciones románticas en la misma medida; que los hombres no lo saben. Erróneamente atribuyen su infelicidad a otras causas, lo cual es frustrante para las mujeres, cuando miran a los hombres tomar decisiones que dañan a ambos. Nate había alegado que la palabra *necesitar* pierde su significado si se define de esa manera. Si crees que no quieres tener una relación romántica, y encuentras felicidad en otras cosas como los amigos o el trabajo, ¿cómo puede ser que alguien asegure que estás sufriendo por un profundo anhelo de tener una relación romántica?

Nate ya había llegado a su edificio. Subió por las escaleras y abrió su puerta, moviendo las llaves con torpeza. Cuando la puerta se abrió, sintió una oleada de cariño por su departamento modesto y por el simple placer de estar dentro de él, solo.

No, definitivamente no *necesitaba* tener una relación romántica.

***

A la mañana siguiente se despertó bastante temprano, pagó sus cuentas de electricidad, teléfono celular e internet y compró su boleto de autobús para irse a Baltimore durante las vacaciones navideñas. Luego se tomó un café con el editor de un periódico literario que estaba ávido de publicar su artículo de transformación-de-la-conciencia-en-mercancía. De camino a casa, se detuvo en la tienda de abarrotes. Cuando regresó a su departamento, sus dedos estaban enrojecidos debido a las asas torcidas de las distintas bolsas de plástico que estaba cargando (siempre se le olvidaba llevar una bolsa de lona, en parte a propósito, porque llevarla era un poco afeminado). El día estaba despejado y su departamento quedó inundado por una favorecedora luz dorada. Las voces agudas que lo habían atacado ayer ya habían hecho sus maletas y se habían ido a casa.

En su computadora, se encontró un correo electrónico de Aurit, desde Hamburgo. Él le había escrito el día anterior.

—Estoy de prisa –escribió ella–. Pero, quería decirte que sentí escuchar eso sobre ti y H. Quizá lo siento más que tú. Quisiera que hubiéramos hablado antes. Siento como si a lo mejor no le hubieras dedicado suficiente tiempo a pensar acerca de lo que puede haber causado la "dinámica mala" que describiste. ¿Vale la pena pensar en eso? ¿O ya es demasiado tarde? De cualquier forma, espero que no te moleste si le escribo. Me siento mal por ella. Hablamos pronto, A.

¿Quizá lo siento más que tú? ¿Qué demonios se supone que significaba eso? Pinche Aurit. Borró el mensaje, para que no fuera a estorbarle a su ánimo, que rápidamente estaba mejorando.

Tomó la tarjeta de Ian Zellman de donde estaba, alojada entre sus sábanas. La noche anterior, después de haber regresado del bar, con ebriedad la había quitado de la cómoda y se la había llevado consigo a la cama, pues estaba considerando llamar a Greer justo en ese instante y, por fortuna, no lo hizo. Ahora se sentó sobre la cama con el teléfono en la mano. Rayos de sol trazaron rayas a lo largo del aire de la recámara. Greer contestó al segundo timbrazo. Su voz por teléfono era infantil y bonita, y sin embargo también sensual. Su risa lo emocionó. Mientras hablaron, la barbilla de él estaba tímidamente presionada contra su hombro; pasó su mano por su cabello y sonrió de oreja a oreja.

***

Un par de días después, al estar en Manhattan para reunirse con el editor de su libro, Nate se topó con Amy Perelman, de su preparatoria. No la había visto desde hacía cinco o seis años, desde poco después de que ella había conseguido su maestría en administración de empresas. Ahora trabajaba para un banco de inversiones. Le dijo a Nate que estaba en el área de fusiones y adquisiciones, lo cual le había parecido "muy poco *sexy* hace cinco años, cuando todo el mundo estaba consiguiendo mucho dinero con acciones derivativas y otras cosas que nadie entendía", pero en retrospectiva le alegraba no haber "entrado en todo ese juego". Sacudió la cabeza con tristeza cuando le dijo que los bonos todavía no eran grandes. Le tomó un momento a Nate darse cuenta de que no estaba hablando con ironía, simulando ser una banquera de inversiones que no entiende la situación de los demás.

Dijo que estaba comprometida. La forma afectada en que extendió la mano para que pudiera ver su anillo a Nate le pareció ordinaria y medio provinciana. No era común que le ofendiera el coqueteo, pero no pudo dejar de sentir que había algo condescendiente en la forma en que Amy coqueteó con él sin entusiasmo. No se portó como si se sintiera atraída por él, sino como si todavía fuera la chica más popular de la escuela y él fuera un seguidor que la adorara, como si con cada pequeña sonrisa ella estuviera aventando monedas de un centavo que él correría a recoger del piso. Además, aunque técnicamente todavía estaba bastante bonita, en realidad, ya no lo emocionaba tanto. Con su maquillaje demasiado pesado y el tono artificial de su cabello rubio, se veía mayor que muchas de las mujeres artísticas y sin trabajos corporativos que Nate conocía en Brooklyn y que tenían la misma edad.

Tampoco ayudaba que ella no se hubiera enterado de su éxito relativo en la vida. La última vez que había visto a Amy, él era un escritor independiente en apuros que vivía en una pequeña buhardilla en Brooklyn.

—No hay muchas cosas que hayan cambiado ahora –le dijo, aunque agregó en voz baja que tenía un libro que pronto se iba a publicar.

Ella respondió como si no entendiera, un tibio "qué bien". Quizá pensó que estaba publicándolo él solo o algo. Así que se las ingenió para mencionar que había escrito algo para una revista prestigiada.

—Está bien –dijo, pero él notó que esto no significaba mucho para ella. Nate sabía que no pretendía ser desdeñosa. (Sí, dijo que había escuchado "que Brooklyn se había puesto muy bonito.") Las cosas que hacían que él se sintiera exitoso en su propio círculo tenían poca relevancia fuera de ese círculo. Le molestaba que lo afectara la incapacidad de Amy para verlo en la forma en que él quería que lo hiciera, como alguien exitoso, alguien igual a ella. ¿Por qué habría de importar?

Nate iba maravillado ante este encuentro casi todo el camino de regreso a su casa. Jamás hubiera pensado que llegaría el día en que Amy Perelman, cuya dona para el cabello amarilla con blanco bien podría estar al fondo de una caja en el condominio de sus padres, le resultara tan poco atractiva. Lo que lo hacía incluso más sorprendente era que no hace mucho se habían topado por casualidad con otra chica de su preparatoria. Estaba en una lectura cerca de Columbia cuando vio a Michelle Goldstein, la chica con el cabello crespo, la que amaba el teatro, la que antes lo aburría, Michelle Goldstein, la de *pas de deux* y *coup d'état*.

En su departamento, al revisar su correspondencia, se rio. No de Michelle, sino de la idiotez y la afectación de la juventud. Porque Michelle, después de todos estos años, era agradable. Era abogada laboral. Parecía muy sincera e izquierdista, como una persona de la vieja escuela que viviera en el Upper West Side, que es donde vivía, con su esposo e hijo. El esposo, le platicó, era actor. ("No precisamente un aspirante a actor, es muy talentoso y hace mucho trabajo maravilloso fuera del circuito de Broadway y en los pequeños teatros no comerciales, pero, digamos que no necesitamos una nana de tiempo completo. Lo cual está bien, porque no nos alcanzaría.") Vivía en un hogar antiguo con renta controlada ubicado en la Calle 104 y Riverside que su esposo había habitado por años, anteriormente con compañeros de cuarto. Se quejaba acerca de lo "adinerado" que se había vuelto el vecindario. El cabello de Michelle, recogido de manera informal, todavía estaba un poco crespo y sus jeans eran un poco similares a los que usaría una mamá, pero era atractiva, mucho más atractiva que Amy Perelman.

Nate seguía pensando en esto al tiempo de caminar hacia su computadora y revisar su bandeja de entrada. Había un mensaje de Hannah. Sin detenerse a pensar acerca de lo que podría contener, hizo clic en él. Apareció una nueva ventana. Se sentó.

Querido Nate:

El otro día en el parque te dije que no estaba enojada. No creo haber estado mintiendo. Creo que estaba bloqueada.

Luego me enojé. Lo primero que me encabronó fue la manera en que, cuando te dije que esto no estaba funcionando, *asentiste con la cabeza*. ¿Qué chingados? ¿Qué entendiste hace unas semanas cuando te dije que la única forma en que quería seguir contigo era si me prometías que a ti también te interesaba? Por mi parte, quise decir que no quería tener una relación con alguien que fuera a asentir con la pinche cabeza cuando yo le propusiera cortar con él. (También me enojó cuando pienso en esa noche en mi departamento. ¿Por qué me persuadiste de que siguiera contigo si no lo deseabas? ¿Estabas jugando alguna clase de juego?)

Así que, sí, he estado enojada. Contigo, pero también conmigo. Porque jamás pensé que me fuera a dejar ser tratada de este modo. Sé que merezco algo mucho mejor y francamente he recibido algo mucho mejor de parte de otros chicos.

Saco esto al tema porque después, cuando las cosas empezaron a estar mal, me la pasé pensando en esa época, antes de que me enamorara tanto de ti que se me dificultara salirme con tanta facilidad. Fue como si esperara que el hecho de que no me hubieras tenido enteramente bajo tu poder desde el día uno de alguna forma me pudiera proteger de ser lastimada después. Obviamente no fue así. Al final solté el control. Confíe en ti. Por la manera en que me siento ahora, quisiera no haberlo hecho.

No estoy tratando de ser melodramática. Sé que las relaciones con frecuencia no funcionan. Pero, recuerdo cómo estaban las cosas hace no tanto tiempo. Estaban bastante maravillosas. Al menos, yo así lo pensaba. Sentía como si hubiera algo verdadero entre nosotros, como si yo te conociera y entendiera. ¿Es eso algo estúpido de mi parte? No puedo dejarme de preguntar si hice algo mal. ¿Fui demasiado difícil? ¿No lo suficientemente difícil? ¿Te debería haber dicho algo tan pronto sentí que estabas, no lo sé… cambiando, en lugar de aceptar tu palabra cuando decías que todo estaba bien? No puedo dejar de preguntármelo, sin embargo, sé que estar pensando esto es algo retorcido, como si fuera mi trabajo hacer que funcionara, como si yo tuviera que averiguar qué era lo que querías y hacer los ajustes necesarios.

Lo único que sé es que cuando trataba de hablar acerca de lo que pasaba con nosotros, sentía como si siempre quisieras acabar con el tema. Me empecé a poner nerviosa por miedo a irritarte, sentí que te estabas distanciando y no quería alejarte, así que no insistía en que habláramos más. En retrospectiva, me arrepiento de eso. Era obvio que algo había estado mal desde hacía tiempo. Al recordarlo, me parece tonto que ignoráraramos el elefante en la habitación.

Me pregunto, si hubiéramos hablado, en verdad hablado, ¿las cosas hubieran estado mejor? A veces pienso en cosas que son tan obvias para mí y odio que no sean, o que no hayan sido, obvias para ti. Por ejemplo, ¿por qué crees que nos la pasamos bien cuando salimos con Jason y Peter? Fue porque se portaron amables conmigo, actuaban como si de veras quisieran escuchar lo que yo iba a decir, algo que tú ya casi no hacías a esas alturas. (Gracias por eso, por cierto, por la forma en que me has tratado recientemente).

Pero, luego pienso en lo triste que te veías en el parque cuando dijiste que te preocupaba ya no tener la capacidad de estar en una relación. Y hace que me pregunte si estabas tan triste y confundido por esto como yo lo estoy. Si es así, quizá deberíamos hablar ahora para tratar de averiguar lo que pasó. Quizá no sea demasiado tarde para enfrentarlo con esta sinceridad y con apertura.

Parte de mí piensa que no debería mandar esto, que ya he sido lastimada demasiado. Pero, preferiría no convertirme en alguien con tanto miedo de ser sincera.

H.

Había una gama de cosas que a Nate se le antojaron hacer cuando terminó de leer este correo electrónico. Una era cerrar de golpe la tapa metálica de su computadora y lanzar la cosa contra la pared. Otra era correr rápido unas diez millas cuesta arriba. Una tercera era leer algún filósofo muy fortalecedor, muy austero, muy *masculino*, digamos, Schopenhauer. Una cosa que decididamente *no* hizo que se le antojara fue regresar con Hannah.

Nate no había puesto atención a cada frase, no tuvo la capacidad de hacerlo. El correo electrónico fue tan desagradable que sólo lo leyó por encima. Sintió como si hacerlo fuera una cortesía para ella, como si la hubiera pescado en una posición vergonzosa y cortésmente estuviera mirando para otro lado. (¿La parte en la que mencionaba a otros chicos? Se estremeció por pena ajena, sonaba tan... Desesperada.) Pero, había leído suficiente, más que suficiente. Entendía. La carta, su conclusión, ese asunto acerca de "hablar más", de "enfrentarlo con esta sinceridad y con apertura", le pareció como un engaño voluntario. Cualquiera podría ver que le habían dado cualquier cantidad de oportunidades a su relación y que su conversación en el parque había sido decisiva. El correo era un ir y venir confundido y desordenado entre el enojo y una compulsión salvaje, casi desesperada, por tirar una vez más de la palanca de la máquina tragamonedas y esperar un resultado distinto. ¿Con base en qué? ¿Porque había dicho que le preocupaba tal vez ser incapaz de tener una relación romántica? Cuando le dijo eso, había estado hablando con la verdad, pero, vamos, era un temor que lo apresaba de vez en cuando y luego desaparecía casi por completo de su mente. Para nada le estaba preocupando en este momento. Y, definitivamente, no hacía que quisiera seguir adelante con una relación que estaba tan muerta.

Además, el correo electrónico era un recordatorio visceral (como si le hiciera falta) de las razones por las que no quería estar con ella. La carta de Hannah hizo que volvieran todas las sensaciones de culpabilidad y temor e incomodidad que había empezado a relacionar con ella.

Pero la carta confería una obligación. Ella estaba afligida. Él tenía que hacer algo, se lo debía. Durante los siguientes días, Nate se debatió entre contestarle o no, pero casi de inmediato vio que no había manera en la que pudiera producir un correo electrónico de un largo igual, y unas cuantas líneas de texto de su parte, con su mensaje colgado abajo, con su gran abundancia textual, se vería tan insignificante, tan escaso, una bolita insultante encima de su voluminosidad. No era sólo que no tuviera la paciencia para escribir algo de un largo cercano. La verdad, y esto lo asustaba un poco, es que no sabía qué iba a decir. Había una cierta vanidad moral en su suposición implícita de que todo el mundo podría sentarse y preparar algo similar a su carta, como si los sentimientos de todos fueran tan conocidos y tan honorables. No podría haber producido semejante carta sin importar cuánto lo intentara. Incluso, después de todas las horas que había caminado alrededor de su departamento el otro día, no sabía lo que pensaba o sentía, y lo que sí sabía era confuso y, francamente, triste. Lo que había aprendido, en unos cuantos días subsecuentes, fue que su infelicidad era eminentemente contenible si la manejaba bien. Esto significaba no obsesionarse. Significaba ir hacia adelante.

Dado que escribir no era posible, Nate pensó que debería llamarle. En varias ocasiones, estuvo a punto de hacerlo. Pero, se la pasó posponiéndolo. No podía decidir si deberían discutirlo por teléfono o si debería sugerir que tomarán un café. Probablemente esto último, pero luego una parte de él se preguntaba si quizá esto no fuera buena idea. Un café sería más tardado que una llamada telefónica. Ella querría que él dijera muchas cosas que él no tenía muchos deseos de decir. No sólo por su propio bien. No quería verse forzado a decir cosas que pudieran herir sus sentimientos. La única cosa sincera que tenía algún deseo de decirle era algo que, sospechaba, era lo último que ella quisiera escuchar. Quería decirle que se arrepentía de no haber cortado antes, de no haber notado antes que no estaba funcionando y que no funcionaría. No debería haber asentido con la cabeza en el parque. Ella tenía razón acerca de eso. Ya no debería haber estado con ella en absoluto para esas alturas. En retrospectiva, sintió que había tenido una falta de valor esa noche en el departamento de ella; deberían haber cortado en ese momento. Pero, no creía que ella agradeciera escuchar esto. Y, fuera de eso, no sabía que decir. Además, el torrente interminable de conversaciones tras la ruptura que había tenido con Elisa era una lección práctica respecto a la forma en que estas cosas podían salir contraproducentes. No quería adentrarse en otro diálogo extenso y, a fin de cuentas, poco sano. Y Hannah no era Elisa. Era más madura, uno esperaba más de ella.

¿Sería que una conversación telefónica, breve y dulce, fuera mejor?

Cada vez que se decidía a hacer una cosa o la otra, una llamada o una cita para tomar café, no llegaba a animarse a jalar el gatillo, se decía a sí mismo que sin duda lo decidiría más tarde; lo haría, ya fuera una cosa o la otra, más tarde.

Una semana después de que Hannah le había mandado el correo electrónico, era una hermosa y soleada mañana de viernes en la que iba caminando relajadamente de regreso de la casa de Greer. Estaba de buen humor, había sido una buena noche, una noche muy buena. Vio otro correo electrónico de parte de Hannah. De inmediato supo que la había cagado. Debería haber hecho *algo*. La línea para indicar el asunto del mensaje estaba en blanco. Nate hizo clic en el mensaje.

Dios, no puedo creer lo imbécil que soy. No puedo creer que te escribí un correo electrónico en algún momento de quién sabe qué. Sólo quería decirte que me retracto. Eres un cabrón más grande de lo que jamás me imaginé. No puedo creer que ni siquiera te pudieras molestar en responder. De todas formas, sólo hay otra cosa que quería decirte. Eres sumamente malo en la cama.

{ 17 }

—¿Así que ahora tú estás saliendo con Greer?

Nate y Aurit iban caminando por la Quinta Avenida en Park Slope, con bufandas que ondeaban al viento mientras entrecerraban los ojos para protegerse del sol de mediodía. Aurit acababa de regresar de su viaje, una semana en Israel y dos en Alemania.

Nate no sólo detectó desaprobación en su voz. Sabía que ella no iba a aprobar de Greer. Pensaba que Greer era superficial y tonta. Él también lo había pensado, antes. Lo que más le molestaba era algo fulminante en la forma en que pronunció la palabra tú, como, "así que ahora *tú* estás saliendo con Greer".

—Greer es muy inteligente –dijo conforme se acercaron a su destino.

Se arrepintió de haber dicho esas palabras tan pronto salieron de su boca.

—No lo dudo –dijo Aurit. Jaló la puerta de vidrio del restaurante para abrirla–. Quiero decir, ha sido tan exitosa con su carrera. Recuérdame, ¿cuánto le pagaron por su libro sobre sexo?

Luego los envolvió el aire cálido del restaurante, repleto de aroma a jarabe de maple. Una anfitriona con acento australiano los guió a través de un pasillo estrecho hacia una mesa al fondo. Para cuando se sentaron, se había perdido ese trozo de la conversación en particular. Después del largo viaje de Aurit, había mucho que discutir. Hans se iba a mudar a Nueva York.

—Eso es fantástico –dijo Nate.

Aurit le platicó como fue que esto había llegado a suceder, las conversaciones que ella y Hans habían tenido, los planes que habían hecho.

Luego, ella le preguntó si había hablado con Hannah.

—¿Tú no has hablado con ella? –preguntó Nate.

—Yo te pregunté primero.

Nate vertió azúcar en su café.

—No seas así.

—Bien –dijo Aurit–. Ella y yo nos hemos mandado correos electrónicos. Brevemente. No me dijo mucho.

—Bueno… –dijo Nate–. Creo que puede estar un poco loca.

La mesa se tambaleó cuando Aurit puso en ella su tarro.

—No empieces con eso, Nate. Es feo. En especial porque *ella* mostró mucha clase al respecto. No dijo nada malo sobre ti.

Lo miró con intensidad al tiempo de sacar la barbilla.

—¿Qué pasó?

—Básicamente me dijo que soy el patán más grande que jamás haya existido –Nate recorrió una mano a través de su cabello. Trató de poner una sonrisa relajada como de "¿Y yo qué puedo hacer?". En realidad, la manera en que las cosas con Hannah habían evolucionado negativamente en forma tan rápida hacia que se sintiera intensamente incómodo.

Aurit inclinó la cabeza hacia un lado

—¿Qué hiciste, Nate?

—Nada.

—No seas un narrador poco confiable. ¿Qué hiciste para que se encabronara?

—Literalmente no hice nada. Ése fue el problema.

—Sí, como no.

—No contesté un correo electrónico que me escribió.

—¿Te disculpaste?

—No viste el correo electrónico que me escribió como respuesta ante mi falta de respuesta. Creo que ya rebasamos el punto en el que pudiéramos pedir disculpas.

Aurit sacudió la cabeza.

—Muy bonito.

Nate pensó en hacer un chiste acerca de cómo un ejército de mujeres hostiles, con Juliet a la cabeza, lo estaba esperando en las calles de Nueva York. Elisa, que simulaba ser su amiga, estaba dentro del campo enemigo. Ahora Hannah también se había unido a sus filas. Mientras tanto, del otro lado, todavía había un solo Nate. Sin embargo, no hizo el chiste. De hecho, no sentía ganas de bromear al respecto. Se sentía mal cuando pensaba en ello. Trataba de no pensar en ello.

—En su correo electrónico, Hannah trató de ser discreta –dijo Aurit–. Pero, me dio la sensación de que estaba bastante alterada. Me sorprende que estés tan despreocupado al respecto –estudió a Nate con curiosidad–. ¿Estuvieron juntos por, qué, cinco, casi seis, meses?

—Cinco –murmuró Nate.

—Y parecía como si te gustara. O sea, mucho.

Nate miró hacia el lugar en la mesa donde había estado su plato.

—Probablemente no dure mucho con Greer –dijo de repente, y se sorprendió a sí mismo–. Tal vez sólo sea una cosa a corto plazo.

***

Él y Greer se habían acostado en su primera cita. Dado que Greer había estado muy coqueta toda la noche, esto no le había sorprendido a Nate. Lo que le sorprendió es que ella rompió en llanto inmediatamente después. Se había sentido confundido y preocupado y también, extrañamente, fascinado, por su mutabilidad, la manera en que pasaba sin interrupción y de manera desenfadada de una especie de actitud de zorra a la de una ingenua. Había sido como mirar un reptil al cambiar de piel; lo tuvo embelesado. La noche había tenido cierta característica sobrenatural, pues pasó una y otra vez de un estado de ánimo a otro. Cuando Nate se fue en la mañana, sintió como si hubiera vivido una vida entera.

Cuando llegó a recogerla para su tercera cita –Greer lo inspiraba a realizar gestos de caballerosidad a la antigua, lo cual era raro porque en otro sentido sentía como si estuviera ahí casi exclusivamente porque quería acostarse de nuevo con ella– encontró que todavía no estaba vestida para salir. Su cabello estaba despeinado. Había estado llorando de nuevo. La fuerza combinada de un comentario de su editor, un incidente en el autobús en el cual una mujer pasada de peso había acusado a Greer de empujarla y una conversación con su hermana la habían "aniquilado".

Por un instante, Nate recordó con incomodidad a Elisa, ese río de lágrimas sin final. Sintió el impulso de huir. No huyó. Ni siquiera quería hacerlo. La marca más vívida que le quedó de esa noche fue de mucho más tarde, después de que Greer había sido consolada: el brillo del arete que tenía en el ombligo en la recámara iluminada por la luz de la luna, mientras su cuerpo se elevaba y caía encima del suyo.

El amorío se volvió un amorío más y más largo.

Nate había estado equivocado respecto a la naturaleza del interés que Greer tenía en él. No se había sentido atraída por su "caché intelectual". Ella había sentido, le contó, un tipo de atracción física poderosa, "casi cinética". Nate, quien no estaba acostumbrado a verse a sí mismo como un objeto de fascinación erótica, se sintió increíblemente excitado por esto. También estaba dispuesto a creerle. Por ser autobiógrafa, Greer era una narradora hábil de sus propias emociones. Y lo que decía encajaba perfectamente con lo que él sentía, con la atracción hacia ella que él había mantenido durante mucho tiempo, antes de que anduvieran.

Hace mucho, había colocado a Greer dentro de la categoría de personas que habían recopilado una cantidad sorprendentemente pequeña de verdaderos conocimientos durante los cuatro años que pasaron en Sarah Lawrence o Vassar o Gallatin o cualquier escuela elegante y progresista a la que hubieran asistido, donde esa meta tan anunciada de la pedagogía moderna, enseñarles a los estudiantes "cómo pensar", se consideraba más fácil de lograr sin la interferencia de verdadera información. Su ignorancia respecto a cosas que habían pasado, ciertos despidos ilustres, divisiones, hambrunas, etcétera, era casi conmovedora. De igual manera, estaba poco familiarizada con muchos libros e ideas que se consideraban de importancia histórica mundial. Pero, Greer tenía sus propias ideas, de todo tipo. Sólo que no estaban arraigadas en ningún contexto más allá del de la cultura popular y cierta rama de la literatura femenina. También había perfeccionado una irreverencia imperturbable, una creencia honrada y sincera en su superioridad por encima de las personas conservadoras y pomposas. Igual que Nate. Greer no era falsa. A diferencia de Elisa, no simulaba nada. Greer te miraba a la cara y te decía: "¿De verdad? ¿Me estás preguntando si he leído *La guerra y la paz*? ¿De veras no sabes la respuesta?"

Tal y como le había dicho a Aurit, Greer era inteligente. Al igual que un auto deportivo finamente pulido, su mente no cargaba con el peso de estorbos innecesarios, pero tenía una habilidad natural para la modalidad dialéctica de los argumentos y rápidamente hacía notar las fallas en tu lógica y te devolvía contraargumentos. Cuando la dialéctica le fallaba, disponía de otra herramienta poderosa: las lágrimas. Este recurso retórico le parecía legítimo: las lágrimas cabían dentro de la categoría de la sinceridad.

Aunque Greer no fuera rigurosa o autocrítica, era apasionada y empática, con grandes reservas de sentimientos respecto a los asuntos que le importaban. Su personalidad, al igual que su forma de escribir, era cantarina y cautivadora. Y lo que Nate antes había interpretado como cierta artificialidad de su parte, lo empezó a ver como dramatismo, lo cual era distinto y también era parte de lo que hacía que ella fuera tan vívida. Pronto se sintió encantado por sus intereses excéntricos, sus entusiasmos impredecibles por, digamos, las piñatas esta semana o las pequeñas tarjetas postales en las que sólo cabía una frase a la siguiente. Se dio cuenta, también, de cómo respondían otras personas hacia ella. Tenía un aire, carisma, bríos a la hora de contar historias, un estilo cool para vestir que no le exigía esfuerzo y que estaba tan a la moda como la imagen chic de Elisa, pero que era mucho menos recargado, una relajación innata en el ámbito social que usaba con benevolencia al brindarle atención a los miembros más tímidos y torpes de un grupo. Una noche, tocó la guitarra para él. Su cabello estaba recogido en una cola de caballo despeinada; un tirante delgado de su playera sin mangas se había caído hacia su brazo superior. Mientras cantaba una canción de Liz Phair, con una voz pequeña, sin entrenar, pero dolorosamente hermosa, fue la cosa más *sexy* y conmovedora que él jamás hubiera visto. Dulce y dura y triste y sensual a la vez.

No sólo se sentía poco impresionada por ello, Greer se inclinaba a pensar que ese "aire intelectual" de Nate era medio aburrido, una especie de ejercicio masturbatorio que toleraba con más o menos la misma condescendencia que él toleraba lo que acostumbraba describir, en su propia mente, como la "introspección pueril y autocomplaciente", que caracterizaba el trabajo de ella. De vez en cuando, estas actitudes mutuas hacia la escritura de ambos, se escapaba en comentarios ácidos mientras se peleaban, cosa que empezó a suceder en cuanto las cosas se hicieron más serias.

Aunque se enorgullecía de ser sincera, Greer, en el sentido estricto, no siempre decía la verdad. No era tanto que inventara, sino que revolvía y reacomodaba para cumplir con su propósito actual, y los hechos se configuraban como si fueran canicas en un plato hondo inclinado. Casi no estaba consciente de hacerlo. En el momento, creía lo que estaba diciendo. Para ella, eso bastaba. También caía con facilidad en usar la manipulación cuando no le quedaba de otra. No tenía escrúpulos respecto a eso tampoco. Por eso era que una discusión menor acerca de que él hubiera llegado tarde o que no hubiera hecho algún detalle pequeño que ella pensara que tendría que haber efectuado –digamos, contestar su celular cuando ella le llamaba–, escalaba en intensidad. Ella hacía toda clase de afirmaciones descabelladas; él se enfurecía tanto ante su "falta de honradez" o "manipulación" o simplemente su "trivialidad", que sentía tener una justificación para prescindir de todo tacto. Toda clase de críticas acumuladas salían de golpe, muchas de las cuales no tenían nada que ver con el tema aparente de la discusión. Una vez pronunció en voz alta las palabras *introspección pueril y autocomplaciente*. La molestó más que las palabras estúpida y puta, dos que también habían encontrado la forma de salir de su boca. (Para Nate, estos momentos habían sido, francamente, emocionantes, pues las palabras iban acompañadas por un escalofrío de placer ilícito. Era liberadora la idea de que podía hablar con una mujer de esta manera y no pasaría nada más allá de que ella a su vez te gritara que era un "pinche pendejo pedazo de mierda.")

En parte, le sorprendía que él y Greer salieran de sus pleitos con cicatrices, pero también purgados. Al exagerar sus defectos, acusarla de un nivel de deshonestidad y de otras cosas, mucho muy superior del que en realidad era culpable, se le salían las cosas. Le dijo, por ejemplo, que era lo más irritante en el pinche mundo cuando ella le preguntaba, *con esa voz*: "¿Estás enojado conmigo?". A su vez, Greer le dijo como cincuenta cosas mucho peores que él hacía. Al parecer, era un verdadero cabrón. Tenía incontables maneras de menospreciarla a ella y a las mujeres en general. La amedrentaba cuando discutían, lo cual era la razón por la que ella a veces empezaba a llorar. No era que estuviera tratando de evitar el asunto, le explicó. Simplemente estaba frustrada, y si sus lágrimas lograban que él dejara de amedrentarla, si hacían que él *se detuviera y se escuchara a sí mismo*, mucho mejor. No era tanto que ella lo convenciera, el feminismo de Greer le parecía que era una manera conveniente de autojustificarse y que se usaba de forma incongruente (es decir, se aplicaba sin falla en los casos en que reforzaba su postura y de lo contrario se ignoraba), pero el temor a hacerla explotar sí ejercía un fuerte impulso sobre él para que modificara su comportamiento. Invariablemente, sus pleitos terminaban, y Nate se sentía aliviado al darse cuenta de que Greer no era tan poco escrupulosa o poco inteligente como la había descrito cuando estaba enojado. También, como era de esperarse, había sexo candente. Ni siquiera era sexo tras haberse contentado, sino más bien se contentaban por medio del sexo. Llegaba un momento en el que Nate se daba cuenta de lo absurdo que era el motivo de su pleito; su enojo *cambiaba*. Para estas alturas, Greer –quizá porque estaba demasiado cansada de discutir o quizá porque la excitaba ver lo emocionado que él se había puesto gracias a ella– por lo general podía ser convencida de tranquilizarse con bastante rapidez.

Greer era una persona necesitada, es decir, necesitaba un público, pero no siempre le quedaba claro a Nate por qué lo necesitaba a él en particular. A veces, le daba un vistazo y veía lo *sexy* y lo encantadora que era. Lo atrapaba la ansiedad.¿Acaso no preferiría estar con un chico más guapo y más divertido, alguien menos agotador y académico? Después de unos meses, le preguntó ¿por qué él? Sí, recordaba lo que ella había dicho respecto a la atracción, pero ¿por qué, por qué se sentía atraída por *él* en vez de por alguien más? Ella tomó una de sus manos con la suya y recorrió un dedo por la palma y hacia arriba y hacia abajo de sus dedos. Le dijo que su incapacidad e incompetencia al maniobrar objetos en el mundo físico eran adorables.

—A veces, miro tus manos grandes y torpes, estos dedos…

Sonrió y besó la punta de su dedo índice.

—Tus manos me recuerdan a las patas de un oso… Veo cómo picas verduras o te abrochas la camisa y, no lo sé, me llena de afecto.

Lo que dijo era dulce, pero Nate quedó insatisfecho. Le parecía exógeno, ajeno a su verdadero ser.

Pero, entendía lo que ella quería decir acerca de sentirse conmovida por la vulnerabilidad. La pequeñez de Greer le atraía. Disfrutaba más allá de lo razonable el hecho de poderla rodear tan enteramente con sus brazos. Se sentía protector, en especial cuando ella tenía alguno de sus estados de ánimo más oscuros, cuando lloraba después del sexo o cuando la dejaba impotente algún obstáculo menor. En esos momentos, el mundo dejaba de estar lleno de entretenimientos inocentes (¡postales pequeñitas!, ¡piñatas!) y se convertía en un siniestro carnaval de clasificación X, en el que hombres rapaces y lascivos competían constantemente por cogérsela:

—¡Me enferma!

Y se sentaban en el piso, y ella llevaba las rodillas hasta su pecho mientras que Nate la abrazaba y acariciaba su pequeña espalda encorvada con sus manos grandes.

***

En febrero, su libro fue publicado. Aunque Nate en privado había tenido fantasías de estar soltero cuando esto sucediera, resultó que fue mejor tener novia para esto. En las fiestas de su (breve) gira literaria, trataba de recordar los nombres de personas que no había visto desde hacía años o que acababa de conocer unos cuantos minutos antes. Se sentía incompetente cuando no podía o cuando no era lo suficientemente entusiasta en su plática. El proceso entero era extenuante y desconcertante –con frecuencia se sentía apenado o ridículo– y le alegraba tener a quién llamarle después o, mejor todavía, acurrucarse con ella en el hotel mientras veían una película. Se sentía más cercano a Greer, incluso agradecido con ella, después de atravesar esto juntos.

Una cierta característica cursi en el panorama mental de ella, una tendencia histriónica, autodramatizada que ocasionalmente irritaba, las malditas lágrimas manipuladoras, todo eso le molestaba a veces. Pero, Greer era dulce, con buen temperamento, en especial cuando todo iba bien, cuando se sentía querida, no sólo por Nate, sino por todo. Era tan sensible como una planta exótica transportada desde su ecosistema natural, pero cuando recibía lo que necesitaba, estaba radiante. Día con día, estaban contentos. Nate rara vez estaba aburrido. Con Greer, siempre había alguna distracción, una crisis o un pleito o algún plan fantástico suyo. Como querer que él la viera mientras se cogía a una mujer.

Lo que a Greer le faltaba en cuanto a rectitud estricta, lo compensaba con virtudes más femeninas, como calidez y compasión. Al igual que Hannah, era animada y resultaba divertido estar cerca de ella. A diferencia de Elisa, estaba dispuesta a hacer cosas que él disfrutaba. También tenía un fuerte impulso por cuidarlo. Le gustaba cocinar para él y, en general, asegurarse de que estuviera bien atendido. Inicialmente, esto le pareció sorprendente en una chica que era tan salvaje en la cama (aunque todo el asunto de sexo-entre-Greer-y-otra-mujer no se dio, y conforme pasó el tiempo y su dinámica cambió, cada vez se volvió menos probable que llegara a suceder).

Greer había visto brevemente a los padres de él durante la fiesta de su libro, pero en la primavera la llevó a Maryland para pasar tiempo con ellos. Le sorprendió cuánto más amable fue con ellos que lo que Elisa había sido. En general, no les cayó bien, él lo pudo notar. O, más bien, a su padre le pareció bien, y su madre, quien criticaba a todas las mujeres con las que él salía, casi ni se molestó en ocultar, bajo una actitud arrogantemente cordial, un desagrado personal elitista. Nate, lleno de ternura y gratitud por lo mucho que Greer se esforzó, intentó esconder la frialdad de su madre.

Aunque ese verano de incertidumbre lo mantuvo profundamente atento a su sentimiento hacia ella –no podía dejar de temer que el inexplicable apego de Greer hacia él se apagara tan abrupta y misteriosamente como se había encendido–, él también, al paso del tiempo, sufrió por lo opuesto, por los celos de ella. Ya sea que le gustara o no, esto era un hecho de la vida, una parte integral de estar con Greer. El miedo a un berrinche de celos imponía limitantes no sólo a su comportamiento, sino a su conversación. Nate minimizaba sus halagos hacia otras mujeres, incluso en cuanto a su escritura. Aurit se volvió un tema difícil.

—¡Nunca me ha atraído! –Nate insistía. Pero, Greer, finalmente se dio cuenta, era lo suficientemente astuta como para saberlo. Tenía celos, no del atractivo sexual de Aurit, sino del respeto que tenía por ella, aunque fuera a regañadientes porque a él le parecía calificada.

—Tratas lo que sea que diga Aurit como si tuviera un peso especial porque ella lo dijo –una vez dijo Greer–. Si yo digo lo mismo que ella, te portas como si el hecho de que esté de acuerdo conmigo le diera validez a lo que yo dije.

Greer siempre estaba atenta para encontrar formas en las que estaba siendo menospreciada o se le estaba negando algún derecho. Nate jamás le hubiera echado el ojo a otra mujer cuando estaba sentado frente ella. No sabía si agitaría su cuchillo para carne por la zona aledaña a su corazón o si empezaría a llorar, pero no importaba porque nunca pasó.

Celebraron su aniversario de seis meses.

—Creo que no tienes un problema con las relaciones románticas después de todo –comentó Aurit un día, en una de las ocasiones cada vez más raras en las que ella y Nate se juntaron, los dos solos–. Supongo que no habías conocido a la persona correcta.

Aunque a Aurit ya casi por completo le había caído bien Greer –había llegado a respetar su feminismo y su percepción emocional, aunque las dos no se hubieran identificado como amigas– algo que había en su tono irritó a Nate.

—Quizá sólo era el momento correcto –dijo, en gran parte para contradecirla.

Aurit entrecerró los ojos.

—¿Sabes que con frecuencia minimizas sutilmente a Greer cuando no está aquí?

—Bueno, en realidad no puedo hacerlo cuando ella está aquí, ¿o sí?

Aurit no se veía divertida.

—Relájate, estaba bromeando. Sólo es que pienso que el momento tiene algo que ver con esto. ¿Tú no?

—No sabría decirte –dijo Aurit–. Para las mujeres, casi siempre es el momento correcto.

Habló medio cortante. Justo en ese momento, Hans estaba pensando en regresarse a Alemania porque todavía no encontraba un empleo en Nueva York.

—Lo que creo que apesta –ella agregó después de un momento– es que cada vez que ustedes, los hombres, quiero decir, deciden que es el momento correcto, siempre hay alguien que está disponible para que ustedes se junten con ella.

—No creo que sea cierto –dijo Nate–. ¿Qué hay de Peter? ¿O Eugene?

—Eugene siempre está buscando pleito de una manera tóxica. Y Peter vive hasta casa de la chingada, en Maine.

A pesar de lo que le había dicho a Aurit, Nate sí sentía que había encontrado a la persona correcta. Después de los primeros meses, los cuales, entre el sexo, los estados de ánimo de ella y sus pleitos, habían sido para él una aventura vertiginosa, él y Greer empezaron a pelear menos. Al paso del tiempo, el terreno fue cedido y las peticiones fueron cumplidas. Ahora siempre tomaba las llamadas de Greer cuando estaba fuera de casa. La apoyaba en ciertas formas que se requerían. (Había aprendido, por ejemplo, que no era ridículo que ella quisiera que él fuera a verla a mitad de la noche porque el amigo de un amigo había sido asaltado la víspera anterior y ella tenía miedo). Aunque a veces él se sintiera frustrado por las exigencias de ella, sentía también algo más: su propia exasperación contenía la confirmación sorpresivamente grata de que él era razonable, mucho más razonable que ella. Además, había llegado a aceptar que era más feliz y más productivo, y que estaba menos distraído por la soledad y la calentura, cuando tenía novia que cuando no. Y si eso significaba que tenía que hacer ciertas concesiones por el bien de la relación, así sería.

Había momentos en los que Greer lo apenaba, en los que él se avergonzaba un poco por dentro. Ella llegaba a ser exagerada, demasiado tiernita e infantil, demasiado dada a proclamar con orgullo una opinión planeada deficientemente y poco informada, por estar tan enamorada de sí misma, que no se daba cuenta de que a veces dejaba ver una superficialidad fácil, que en el peor de los casos rayaba en la vulgaridad. Pero, éstos sólo eran momentos aislados, instantes de un sentimiento que desaparecía. ¿Y quién era él para juzgar? Él, dado que era estudioso, de carácter cambiante y enfocado en su trabajo, definitivamente no era perfecto. Quizá lo que lo preocupaba más era una sensación ocasional de soledad. A veces Greer, con perfecta inocencia, decía algo que lo devastaba, algún comentario cuya sustancia o incluso por sus propias omisiones expresaba claramente su indiferencia relajada y reflexiva, e incluso su desdén, ante muchas de las cosas que a él más le importaban. Ciertos aspectos de quien era él le resultaban incomprensibles a ella. Todo era un "aire intelectual". Para Greer, escribir era una forma de monetizar su carisma. Le permitía dedicar tiempo a pensar acerca de lo que más le gustaba pensar: en ella misma, en sus sentimientos. Para él era imposible explicarle cómo eran las cosas para sí mismo, lo que ciertos libros y cierta manera de pensar eran para él. En realidad ni intentó. Probablemente, acabaría por sonar mal de todas maneras, hueco. Pretencioso.

Esas pláticas no eran de lo que se trataba su relación. Sus conversaciones eran coquetas y alentadoras, un cambio de ritmo, en especial tras un día de trabajo. Con ella, Nate entraba en la modalidad Greer, que era más ligera, más indulgente y más absurda que su manera normal de ser. Esto le brindaba cierto grado de privacidad. Mantenía un ser separado, ajeno a su ser tipo Greer, que estaba intacto y libre, sin importar qué tan obligada estuviera su persona física a, digamos, auxiliar a Greer cuando se asustaba. Y la verdad es que, incluso entonces, mientras hacía la excursión a su departamento a la mitad de la noche, casi siempre le daba gusto verla. Incluso después del paso de tanto tiempo, la manera específica en que Greer era bonita lo conmovía profundamente. Había algo en ella, en su sonrisa, en su risita dulce, en su manera de tocar suave, como la de un pájaro, en su propia pequeñez, algo que no sólo lo excitaba, sino que hacía que sintiera... Bueno, algo que nunca había sentido antes.

***

Un día, Greer le preguntó si había cortado con Hannah por ella. Nate cometió el error de decir que en realidad no.

—Eso ya estaba en las últimas, de todas maneras.

—¿Entonces soy algo así como tu aventura para recuperarte? –dijo ella bruscamente–. Sé que piensas que es *muy* inteligente.

—¡Greer! Jamás tuve siquiera algo serio con Hannah. Tú y yo ya hemos estado saliendo por más tiempo que el que ella y yo salimos.

Nate se enteró unos días después de que Hannah había vendido su propuesta de libro. Greer, probablemente, también lo había escuchado; probablemente, fue lo que la hizo explotar. En privado, a Nate le dio gusto por Hannah. Tenía un cariño por ella que no había cambiado por la forma en que las cosas se habían descompuesto al final. Había pensado en ella, en cosas que le gustaría decirle, observaciones que le gustarían y sentía una punzada de decepción cuando se daba cuenta de que era imposible. A veces pensaba en los buenos momentos que habían pasado juntos, pero con más frecuencia, estas remembranzas eran apagadas por el recuerdo de su infelicidad hacia el final.

Se sentía culpable cuando pensaba en varias mujeres de su pasado (aunque le agradó y también estuvo aliviado, un poco egoístamente, al escuchar tanto por parte de Jason como de Aurit, que el anuncio de la boda de Juliet se publicó en el Times un domingo). Cuando pensó en Hannah, sintió algo más también. Él y Hannah se habían identificado en ciertos niveles que él y Greer, no. Esto no era, para Nate, un pensamiento cómodo. Su relación con Hannah le había mostrado cosas acerca de sí mismo, de las cuales no estaba orgulloso, respecto a lo que valoraba en una mujer y lo que afirmaba que valoraba, pero en realidad le daba igual.

***

Cuando él y Greer llevaban un poco más de un año de salir, decidieron vivir juntos. Aparentemente tenía sentido. Las cosas con ellos iban bien. El contrato de arrendamiento de él se había terminado. Tenía que confesar que su departamento dejaba mucho que desear. El de Greer tampoco estaba maravilloso.

Estaba en medio de empacar y tomó un descanso para ir a la fiesta de cumpleaños de Cara. Con el paso del tiempo, Cara le había empezado a caer mejor. Era una persona agradable. Nate, por petición de Mark, hasta la había ayudado a conseguir un empleo al recomendarla con el editor de una revista que necesitaba una asistente. Lo importante era que ella y Mark estaban contentos (aunque cuando ella no lo escuchaba, Mark sí dedicaba una gran cantidad de tiempo quejarse de que "las mujeres" carecían de sentido del humor).

Antes de la fiesta, Nate iba a cenar con Jason y Aurit y Hans, quien después de todo había decidido aguantarse en Nueva York, y Peter, quien estaba en la ciudad, y la nueva novia de Peter. En realidad, había logrado conocer a alguien en Maine. Ella era agradable, una archivista de Portland. Bonita, también, aunque un poco fuera de lugar en Nueva York, con su cola de caballo y su chamarra de lana.

Greer le había mandado un texto más temprano ese día para decirle que no se les iba a unir. Nate se sintió un poco culpable de estar aliviado. Cuando Greer se juntaba con sus amigos, invariablemente acababa sintiéndose mal. Pensaba que no creían que fuera tan inteligente para ellos ni para él. No había forma de que Nate le explicara que no era así. Era un asunto de estilo de conversación. A Greer le gustaba encantar y entretener con su *Greereza*, divertir al grupo con historias de su más reciente pasatiempo excéntrico o adversidad cómica, su interés semiirónico en la astrología y su consecuente visita a una psíquica, su encuentro con un vecino que se quejó del aroma a ajo que provenía de su departamento cuando cocinaba. Quizá alguna teoría consentida respecto a los reality shows o a las películas para adolescentes de los años noventa. El tipo de discusión impersonal, el intercambio agresivo y el distinto estilo de humor que él y Jason y Aurit y Peter manejaban hacía que Greer se sintiera hecha a un lado, incluso rechazada. Pero, a diferencia de lo que Greer pensaba, a sus amigos les caía bien. Estaban contentos de rendirle tributo a su encanto durante cinco minutos al principio de la noche y en intersticios a lo largo de ésta, en medio de las conversaciones, pero la mayoría del tiempo simplemente querían hablar normalmente, es decir, de la manera que era normal para ellos. No había manera de que Nate le explicara esto a Greer sin herir sus sentimientos.

Durante la cena, Jason le dijo que Elisa había sido ascendida en la revista de noticias donde ahora trabajaba.

Por petición de Greer, Nate había dejado de estar en contacto con Elisa. Esto resultó ser para bien. Elisa obtuvo satisfacción por el hecho de que Greer la encontrara tan amenazadora que le prohibiera a Nate verla o hablar con ella. Por medio de Jason, Nate se enteró de que Elisa comentaba esto cada vez que se presentaba la oportunidad. Nate no dudaba que el triunfo en eso era una compensación más que adecuada por renunciar a lo que incluso Elisa debe haber sabido que era una amistad bastante disfuncional. (Además, había estado mucho más contenta desde que tomó el nuevo empleo; había empezado a salir con un reportero de ahí.) Nate, por su parte, se sintió aliviado de liberarse de la carga de Elisa, sin haber tenido que tomar la decisión de dejarla él mismo. Y Greer, naturalmente, disfrutó esta prueba de su poder para provocar con rapidez un sacrificio.

Nate le contó a sus amigos que su libro había sido incluido en la lista inicial de candidatos para un premio razonablemente prestigiado. Trató de minimizarlo, pero de hecho estaba extremadamente complacido. Para celebrar, hicieron que se tomara una copa de un vino de postre, que Hans había asegurado que se consideraba de buena suerte en Alemania.

Caminaron desde el restaurante hasta la fiesta. Nate no pretendía quedarse mucho tiempo. Tenía muchas cosas que empacar.

Había estado en la fiesta sólo un rato cuando vio a Hannah del otro lado de la sala de Cara. La distinguió justo a tiempo para ver que ella lo miraba. Ella se encogió de dolor e inmediatamente se volteó. Cuando Nate volvió a mirar, se había ido.

Cuando entró a la cocina para conseguir una bebida, Hannah estaba cerca del refrigerador. Él había esperado encontrársela.

—Hola –le dijo.

—Hola.

Su voz era relajada; su expresión, imposible de leer. Le dijo que le daba gusto verla. Ella sonrió insípidamente y lucía como si quisiera que él no estuviera ahí.

Nate sostenía una cerveza en una mano. Dentro de su bolsillo, los dedos de la otra se doblaban y desdoblaban contra su muslo. Se dio cuenta de que quería decirle a Hannah que lo sentía. O algo. Pero, tenía miedo de decirlo mal. Condescendientemente. Decidió hacerlo de todos modos. Greer le había dicho que él pensaba demasiado respecto a este tipo de cosas, y con frecuencia tenía razón.

Inhaló y siguió adelante.

—Quería decirte que lo siento. Me refiero a muchas cosas. De veras. Fui un burro.

La expresión de Hannah se tornó un poco menos reservada. Dijo sí, como que sí lo fue. Pero, lo dijo un poco irónicamente, más divertida que enojada. Después de un momento, ella también comenzó a disculparse.

—No debería haber escrito lo que... –se ruborizó.

Él se dio cuenta de qué era a lo que se refería. Quizá él también se puso rojo.

—No te preocupes por eso –le dijo.

Ella miró para otro lado. Pero, había algo pícaro en la manera en que succionó los labios hacia adentro. Nate se encogió de hombros y llevó los ojos hacia arriba de manera conspiratoria. Sus miradas se encontraron. Nate sintió, no tanto vio, alguna clase de reconocimiento de camaradería. Por un instante, los motivos de vergüenza, las decepciones del pasado fueron una broma triste que sólo ellos compartían.

Notó que el cabello de ella estaba sutilmente distinto; todavía era lacio y le llegaba más abajo de los hombros, pero estaba cortado en un estilo un poco más a la moda. Estaba usando más maquillaje del que recordaba que era típico en ella. Traía una falda más o menos corta. Se veía bien.

Hace no mucho tiempo, Aurit le había contado que Hannah estaba saliendo con un cineasta especializado en documentales. Naturalmente, esto lo había molestado un poco. Los cineastas especializados en documentales eran las personas más pretenciosas del mundo. Él siempre lo había pensado. Pensar en algún cineasta pendejo que disfrutara de la inteligencia de Hannah, de su sentido del humor y de su madurez, lo irritó. Sentía que sólo él mismo, Nate, era lo suficientemente inteligente como para apreciar por completo el valor de sus méritos especiales, lo cual era algo descabellado.

Ahora se preguntó si ella todavía estaría saliendo con el cineasta. Tal vez sería raro preguntarle.

—Supe acerca de tu libro –fue lo que dijo, mejor–. Felicidades.

—Gracias.

—Sé que estará magnífico.

—Qué amable de tu parte.

Luego, silencio, lo suficientemente cordial, pero al poco tiempo causante de un poco de ansiedad.

—Entonces... –comenzó Nate. Había algo que quería decir, pero no sabía lo que era. A falta de algo más, le preguntó si había visto a Peter. Ella sacudió la cabeza.

—Va a estar aquí el fin de semana –dijo Nate–. Le dará gusto verte.

Pensó que ella se ruborizó de nuevo. Se preguntó si había sido algo incorrecto de decir. Pero, ¿por qué? Quizá a ella le recordaba ciertas cosas. Luego él también se acordó de la noche en que ella conoció a Peter. El restaurante, la conversación, el departamento de ella después. Él la había abrazado y había sentido, había sentido algo tan fuerte y tan triste. ¿Esa noche le había dicho que la amaba? La había amado esa noche.

De repente se sintió mareado. Agarró demasiado fuerte su vaso de plástico, y empezó a arrugarse en su mano. La cerveza se desbordó hacia su zapato.

—Cuidado –dijo Hannah, sonriendo. Luego, inesperadamente –él pensó que apenas estaban empezando– ella le dijo que se tenía que ir.

—Mi amigo está en el otro cuarto. De hecho, ya nos tenemos que retirar. Dile a Peter que le mando saludos. Me hubiera gustado verle.

Nate se fue poco después. En el metro de camino a casa, los recuerdos lo inundaron: noches largas que pasaron platicando en las sillas cerca de su ventana, en la cama de él, muchas risas, la compenetración sencilla, pero profunda, el sexo que en su mejor época estaba lleno de tanto sentimiento, tanta intensidad. Tuvo una sensación de pérdida, con una fuerza que lo sorprendió tanto como el hecho de que surgiera. Había pensado tan infrecuentemente en Hannah desde que habían cortado.

En casa, se encontró con un aroma seco a papel. Las cajas para la mudanza, apiladas en montones borrosos que bordeaban las paredes.

Empezó a caminar. *Por supuesto* que Hannah nunca le había parecido más atractiva que ahora, ya que estaba fuera de su alcance, ya que estaba a punto de mudarse con Greer. Y, sin embargo, estaba seguro de que era más que eso lo que estaba sintiendo. El afecto que sentía por Hannah era real y espontáneo y conocido. Era lo que había sentido cuando estaban juntos en sus mejores momentos.

Pero, él no había estado contento con ella. Por eso habían cortado. Tomó una caja a medio llenar del piso y la colocó en su escritorio, con la intención de empacar su archivero. No lo hizo. Tras un momento, caminó hacia la ventana. Cuando la abrió, una ráfaga de aire frío entró con velocidad. Dejó que lo recorriera, lo cual hizo que los vellos de sus brazos se levantaran.

Incluso ahora, se le dificultaba decir por qué no había estado contento con Hannah.

Tras un momento, cerró la ventana. Se sentó frente a su computadora. Cuando apagó la luz y se metió a la cama, eran casi las tres. Todavía se le complicó conciliar el sueño.

Al menos, iba a estar ocupado mañana, pensó mientras se daba la vuelta una vez más. Quizá Greer vendría para ayudarle a empacar. Claramente, él no era muy eficiente por sí solo. Sí, eso estaría bien. Greer llenaría su departamento con alegría ligera cuando se riera de su patético progreso y de los pequeños regueros que constantemente desenterraba al excavar dentro de los fondos de sus clósets y mover muebles que habían estado arraigados en un mismo lugar durante años.

Con este pensamiento, Nate se empezó a sentir mejor. Y luego lo supo. Esta cosa que ahora estaba sintiendo –la sensación de pérdida, de añoranza– se desvanecería, desaparecería de él como cualquier otro estado de ánimo. Y así debería ser. Lo que él y Greer tenían era algo bastante bueno, carajo. Además, le agradaban su vida y sus amigos. Estaba complacido con su progreso en cuanto al nuevo libro; quizá eso era, para él, más importante que ninguna otra cosa. Ya sea que lo mereciera o no, estaba feliz.

En unos cuantos días, sería como si esta noche jamás hubiera ocurrido, y la única evidencia de ella sería un correo electrónico sin enviar que se guardó automáticamente en su carpeta de borradores. ("Querida Hannah...") Ya no recordaría el dolor ni el placer de este momento, en la misma forma en que no recordaría, tras haberse mudado al nuevo departamento, el aroma exacto del aire que provenía desde la ventana de su recámara durante la madrugada, después de haber estado despierto toda la noche para trabajar.

Agradecimientos

Tuve la suerte de contar con lectores tempranos que me brindaron un increíble apoyo. Estoy en deuda con Melissa Flashman y Ryan Ruby, quienes leyeron el libro capítulo por capítulo conforme estaba siendo escrito. Ryan, tu edición al texto en sus últimas etapas fue maravillosa, y estoy agradecida por las múltiples conversaciones que tuvimos respecto a Nate. Mel, tu entusiasmo desde el principio me ayudó a creer en el libro. Siempre te estaré increíblemente agradecida por eso.

También quisiera dar las gracias a Stacey Vanek Smith, por su apoyo no sólo a esta novela, sino también a intentos previos. Stacey, siempre recordaré con cariño nuestras largas llamadas telefónicas acerca de Isabel y Abby y Tom, antes de que Nate se hubiera gestado. Carlin Flora también leyó más borradores que los que ninguna persona tendría que leer. Carlin, me he beneficiado tanto en la ficción como en la vida de tu sensibilidad y tu perspicacia respecto al carácter y a las relaciones humanas.

Michelle Orange, Meline Toumani y Gary Sernovitz también fueron lo suficientemente generosos como para leer y responder muy atentamente. Megan Hustad también proporcionó excelente retroalimentación.

Además, me gustaría dar las gracias a Anthony Madrid, cuya respuesta a mi primer borrador ayudó a darle forma al segundo. También, gracias por años y años de la más maravillosa amistad y conversación que pudiera imaginar. Me has enseñado tanto. No reconocería a la persona que yo sería si no te hubiera conocido en Tucson hace todos esos años.

Gracias, además, a Dan Ray, Lou Rouse, Matt Bonds y Myles Perkins por dejarme escuchar su plática masculina durante años.

Estoy muy agradecida con mi agente literaria, Elyse Cheney, quien me impulsó a hacer que la novela fuera lo más fuerte que se pudiera y que la leyó demasiadas veces como para contarlas. Adicionalmente, Sarah Rainone es una editora sensible, perspicaz y creativa, y estoy endeudada con ella por sus magníficas habilidades editoriales. Gracias también a Alex Jacobs, quien trabajó incansablemente a nombre de esta novela y leyó y respondió ante los borradores en varios momentos cruciales, y a Tania Strauss, quien brindó una nueva perspectiva refrescante.

Me habían dicho que los editores realmente no editan hoy en día, pero eso no podría ser más falso cuando se trata de Barbara Jones, mi editora maravillosamente sensible y astuta en Henry Holt. Gracias también a Joanna Levine, Kenn Russell, James Meader, Vicki Hare, David Shoemaker y a todos los demás en Holt, con gracias adicionales de todo corazón a la persona que tuvo que ingresar los cambios que marqué obsesivamente en el texto. Estoy tan agradecida con Tom Avery, cuyo entusiasmo ha significado tanto, y con todos en William Heinemann y, en especial, Suzanne Dean. Hablando de Gran Bretaña, gracias también a Natasha Fairweather.

También quiero dar las gracias a mis hermanos, Zev y Steve Waldman. Zev, tu edición al texto en sus últimas etapas fue maravillosa. Steve, no podría haber tenido animador más consistente y bondadoso que el que tú has sido durante tantos años. Mi prima, Wilhelmina Waldman, también ha sido un enorme apoyo a lo largo de los años.

Y, por supuesto que un enorme agradecimiento a mis padres, que ni siquiera una vez insinuaron que debería tomar un trabajo "de verdad" y que siempre han sido increíblemente bondadosos y de gran apoyo.

Su amor y su paciencia me han ayudado a salir adelante de demasiadas crisis como para contarlas. Por último, gracias a mi extraordinario esposo, Evan Hughes, de quien he aprendido tanto, acerca de escribir y de todo lo demás. Evan siempre trató mi escritura de ficción como si fuera lo más importante que yo pudiera estar haciendo. Es un editor brillante y un maravilloso observador de las personas y ha aguantado incontables conversaciones sobre Nate y compañía. Evan, decir que no podría haber escrito este libro sin ti es verdad, y no viene al caso. No podría siquiera empezar a imaginar mi vida sin ti.

Acerca de la autora

Adelle Waldman es una periodista independiente y reseñadora de libros. Graduada de la escuela de periodismo de la Universidad de Columbia, Waldman trabajó como reportera en el *New Haven Register* y el *Plain Dealer de Cleveland*, y escribió una columna para la página web del Wall Street Journal. Sus artículos han aparecido en el *New York Times Book Review*, el *New Republic*, *Slate*, el *Wall Street Journal* y otras publicaciones nacionales en Estados Unidos. Actualmente, vive en Brooklyn.